治文彪◆著

人皮論語

中華文化第一歷史懸案

下

現代《論語》是拼貼版本?那真正《論語》去了哪裡?

探尋《論語》版本流傳真相,向中華文化的中樞神經開刀。

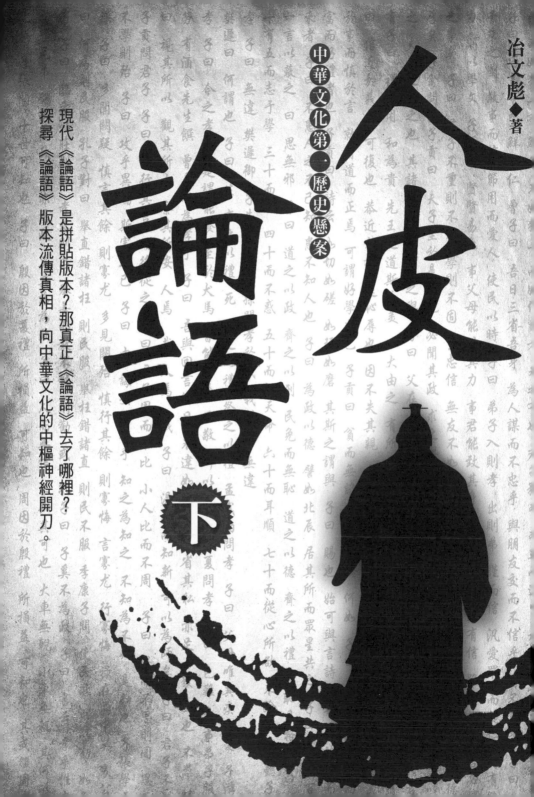

目錄

第二十三章　箱底秘道

硃安世背著驩兒，蹚過小溪，鑽進了對岸樹林。

他一邊逃一邊暗暗讚歎妻子，越發覺得天上地下、從古至今，再找不到第二個女子能如酈袖這般聰慧可人。

原來，門外那些士卒被硃安世唬住，又要活捉他，便沒有再硬衝進來。硃安世這才有餘裕仔細打量房間，他見左右各有一間側室，便點了盞油燈，先走進右邊那間。

屋內一張床，一張案，一個櫃子。他走到床邊，見褥子中間微微有一片凹陷，長寬差不多是驩兒的身量，續兒睡覺時壓的？分別時，續兒只有二尺多高。他笑了笑，真的長大了。

一抬頭，見床頭木杆上掛著些玩物：小鼓、竹編螳螂、木劍、陶人、漆虎……其中一小半硃安世都親熟無比，正是當年他買給兒子的。他心頭一陣暖熱，伸出手，一件件輕撫，兒子的小臉、小肩膀、小手，哭、笑、氣惱……全都潮水一樣湧上心頭。他拿下那隻漆虎，最後和兒子分別時，他答應給兒子買的就是它，卻沒能兑現。恐怕是酈袖為了安慰兒子，後來替他買的。

硃安世眼睛潮熱，長呼一口氣，轉過身，看那木案。案上堆了幾卷竹簡，擺著筆墨硯臺，還放著一塊石版，一尺見方，半寸厚，面上整整齊齊寫了幾十個字。這定是酈袖教兒子寫的。兒子剛滿三歲時，酈袖就開始教兒子認字，並讓硃安世買了這個習字石版。字寫滿後，用水洗淨，擦乾再寫。硃安世輕手端起那石版，剛買來時，石版潔白如玉，現在已經深浸了一層墨暈，看來已經寫過無數回。上面那些字，硃安世只認得幾個，看那字跡齊整、筆畫繁複，他忽然覺得兒子有些陌生。

他怔了半晌，輕手放下石版，又環顧一圈，轉身離開。回到正屋，見驩兒坐在火盆邊，睜著圓圓的黑眼望著他，他微微笑一笑，聽了聽外面，仍無動靜，便又走進左邊那間屋子，進門一看——是酈袖的寢室。

昏暗中，寢室陳設也和茂陵舊居並無二致，就連榻上的枕頭被褥也和當初完全一樣。看到那兩只枕頭，硃安世眼睛一熱，險些落淚：一隻枕頭白底繡著紅梅，另一隻綠底繡著青蟬。梅枕歸酈袖，蟬枕歸硃安世。酈袖說硃安世白天聒噪不停、晚間鼾聲不斷，常笑他是隻大蟬，枕邊私語時，也不叫他的名字，只喚他「大老蟬」……

硃安世不敢多想，又環視室內，窗邊是妝奩臺，牆角是衣箱。妝奩臺上空無一物，他拉開抽屜，裏面也空空如也，那只虞姬珠寶木櫝酈袖一直藏在抽屜最裏邊，現在也已不見。他心裏又一陣悵懣，重重歎了一聲，轉身過去打開了衣箱，裏面只有幾件舊衣亂堆著，顯然被翻檢過。

他蹲到衣箱一側，雙手摳住箱子底板兩端，試著用力一扳。如他所料，衣箱底板被抽了出來，再起身看衣箱裏，硃安世不由得嘿嘿笑起來：箱子底現出鋪地青磚，中間靠邊的一塊青磚缺損了一小塊，他用指頭摳住那處缺口，用力一提，九塊青磚一起被掀起來，底下露出一個黑洞，洞壁上掛著一副繩梯。

在茂陵安家時，為防不測，硃安世就在寢室衣箱底下挖了個地道，通到宅後的樹林中。那九塊青磚其實是一整塊磚板，上面劃了縱橫三道磚縫而已，是專門請工匠燒製。沒想到酈袖居然記得清清楚楚，並且在新居依法炮製。

既然有這秘道，他們母子應已逃走？但若是捕吏突如其來，毫無防備，酈袖恐怕根本來不及逃。

硃安世心裏七上八下，憂煩不已，聽到外面士卒雜遝，心想：現在不是煩的時候，先逃出去再說。

他忙回到正屋，這時天色已暗，驩兒躲在門後，從門縫裏向外張望。

硃安世也過去窺探，只見外面火光閃耀，士卒們手執著火把兵刃，排成一排，在院中守衛，那個校尉立在庭中，正在聽一個士卒回報：「這宅子後面是一條青石路，路邊是條溪溝，本就有兩人守住後門，現在又已增派了四人過去……」

硃安世聽了，轉身到櫃中找到火石袋，拿了盞油燈，悄悄牽著驩兒走進寢室。他先把驩兒抱進衣箱，讓他抓住繩梯慢慢下去，而後自己也爬了下去，伸手托住青磚板慢慢合攏，這才點亮油燈，照見洞口邊垂下的一根細繩，便拽住用力向下拉。

這根細繩是從衣箱腳底引下來的。造衣箱時，底邊框木中央鑽一個小洞，穿一根細繩，一頭拴住衣箱底板，另一頭在磚縫間鑽個小孔，引到洞下。合起青磚後，扯動這根細繩，便可以將衣箱底板重新拉回合攏。硃安世確信繩子拉死、箱底合攏後，便用刀齊根割斷那根拉繩，以防上面有人發覺線索。

他手執油燈，貓著腰，驢兒跟在後面，兩人沿著地道向前走，地道並不是直的，而是向左斜彎。走了一陣子，便到了底，盡頭是一扇小木門。硃安世知道這木門其實是一個木盒，外面填著泥，種著蔓草，以作掩飾。

後門有士卒把守，硃安世不知道洞口開在哪裏，但想酈袖一定想得周全，便不太擔心，伸手拔起門栓，剛要推開門，心裏忽然一沉：這暗門從裏面栓著，酈袖母子沒有從這裏逃走！

一陣慌亂憂急，他忙定定神，酈袖母子就算被捕，只要還沒捉到自己，官府斷不會處死他們。只要人還活著，總有法子救出來。眼下一定逃出去，留住這條命，好救他們母子。

他忙收住心，輕輕推開木門，一陣涼風吹來，外面一片漆黑，只聽見水聲淙淙。

他悄悄伸出頭，四周探看：洞口開在一道陡壁上，離溪水一尺多高，頭頂斜斜一塊石板，從岸邊搭到溪水中一塊石坪上，看來是為方便取水洗滌而搭。

硃安世側耳靜聽，頂上寂靜無聲，地道是斜挖的，應該離後門有一段距離，於是他小心鑽出洞口，踩著溪水，扒著岸壁，向左邊偷望，兩三丈外的岸上，果然有幾個士卒手執火把，在一扇院門外把守，那扇門應該正是酈袖宅院的後門。

硃安世回身，把驢兒小心抱了出來，翻放到背上，探著水，一步步慢慢向對岸渡去，盡量不發出水聲。幸而溪水不深，最深處也只沒腰。

他邊走邊不時回頭望，那幾個士卒一直面朝小院後門，執械戒備，始終沒有扭頭。

不一時，到了對岸，岸上是一片林子。

硃安世放下驢兒，牽著他躡足上岸，快步前行，鑽進林子。

才走了幾步，樹叢裏忽然冒出一個人影！

＊＊＊＊＊

靳產離了張掖，動身又趕往朔方①。

他在張掖盤問了那個匈奴百騎長，得知兩年前，匈奴侵犯朔方，漢軍戍卒抵擋不住，棄城奔逃，當地百姓也各自躲命。匈奴殺入城中，除了老弱病殘，城裏不見其他人影，只有牢獄內尚有幾十個囚犯，匈奴便擄走這些囚犯，姜老兒和那孩童當時正在那獄中，被一起押往漠北，隨軍作苦役。

靳產原本要奏請張掖郡守，發驛報給朔方，追查此事，但轉念一想，自己只是邊地一個小小督郵，平生難得遇到這樣一樁大差事，萬萬不可錯過。於是，他決意親自去朔方追查。

自張掖至朔方，兩千多里路，沿途盡是荒野大漠，又都地處邊塞，行一整日都見不到人影。好在漢軍攻破大宛之後，匈奴震懾，又加之老單于才死、新單于初立，向漢庭求和，遣使獻禮，這一年邊地還算安寧。

靳產獨自一人跋涉荒漠，寂寞勞累，但只要一想到仕途晉身之望，再累也不覺得苦了。而

①朔方：西漢北地邊郡，元朔二年（前一二七），衛青率軍擊逐匈奴，大勝，築朔方城，置朔方郡，轄河套西北部及後套地區，治朔方縣（今內蒙古杭錦旗北）。

且他因身懷執金吾密令，沿途投宿戍亭時，各處官吏無不盡心款待，單這一點，便足以慰勞旅途艱辛。

近三個月，靳產才終於到了朔方城。

進了城，靳產逕直前往郡守府，郡守聽了通報，立即命長史帶靳產去查閱當年獄中簿錄。朔方雖然屢遭匈奴侵犯，但所幸刑獄簿冊不曾毀掉。長史找出兩年前的簿冊，全都抱出來，讓靳產查看。

靳產埋頭一卷卷細細看完，卻沒找見姜老兒被捕記錄。他心中愕然，又仔細翻看了幾遍，的確沒有，難道是那匈奴百騎長記錯了？姜老兒不是在朔方捉到的？

他大失所望，卻只能苦笑著搖搖頭，勉強道過謝，黯然告辭，心裏一片死灰。

*****

司馬遷前往天祿閣查尋檔案。

他找到河間獻王劉德的案卷，抽出來，展開細讀。

讀到最後，卻不見劉德最後一次與天子問策對答的內文。而且，記錄中有些文句似乎不通，反覆讀了幾遍，又發現有一些段落缺失，所缺者為劉德與儒生論學語錄、幾次向宮中所獻書目。

更令他吃驚的是：這些缺失之處，上下文筆跡與全文筆跡略有不同。

這檔案是司馬談當年親手記錄，父親的筆跡司馬遷自然無比親熟，而那另一種筆跡乍看十分相似，仔細辨別，便能看出是在模仿司馬談筆跡。

司馬談雖然崇尚道家，不重儒家，但生為太史，他一生求真，毫不隱晦，而且生前曾屢次讚歎過劉德品格，定不會有意略過這些內容，即便空缺，也定然要令文意自然貫通，絕不會讓文句如此阻塞梗斷。

「果然……」司馬遷喃喃道。來之前，他便預感不妙，現在猜測被印證，仍遍體一陣發冷。

衛真湊近那卷書簡，仔細參研了半晌，小聲道：「編這竹簡的皮繩是後來換的。」

司馬遷也俯身細看：這簡卷編成至今已有三十多年，竹簡已經黃舊，穿編竹簡的皮繩卻要新一些。看來是有人拆開書卷，抽去其中一些竹簡，刪改了文句，而後另用皮繩穿編。

什麼人如此大膽，竟敢刪改史錄？

做這等事必定隱秘，不會在天祿閣中公然行事。司馬遷頓時想到石渠閣秘道，竊走古本《論語》的人，與刪改這史錄的恐怕是同一起人。衛真在那秘道中發現另有一條岔道，必定是通往這裏。他環視四周，閣中書架林立、書櫃密列，不知道秘道入口藏在何處。但無論如何，刪改史錄必定得先從秘道中取走原本，在別處刪改後，再悄悄送回閣中。

劉德史錄上究竟有什麼言語？為何要刪改？

司馬遷沉思片刻，隨即明白：劉德當年所收大多是古文儒經，而朝中得勢掌權者均為今文經派。古文經一旦公諸於世，今文經地位必將動搖。此事定是關涉到古本《論語》及其他古文儒經。

司馬遷又查看劉德後人，劉德共有十二子，他去世後，長子劉不害繼嗣河間王位，次子劉明封茲侯。

三年後，天子頒布「推恩令②」，命諸侯王各自分封子弟為列侯，名為「推恩」，實則是拆分藩國封地，離析諸侯勢力。此令頒布不到一年，劉德長子劉不害去世，次子劉明因謀反殺人，棄市除國。其他十子一起封列侯③。

司馬遷心中暗疑：劉不害死因、劉明謀反詳情，均不見記錄。兩人同一年死去，難道真是巧合？

他盯著「元朔三年」四個字，低頭細想，猛然記起：這一年，天子不但藉「推恩令」，一舉削弱諸侯勢力，更升任公孫弘為御史大夫、張湯為廷尉，儒學與酷法並行，恩利與威殺同施，天下格局由此大改。

兩年後，公孫弘位至丞相，置五經博士，廣招學者，今文經學從此獨尊，齊派儒學一家獨大……

*****

② 推恩令：各劉姓諸侯王權勢日增，不斷危及天子威權，元朔二年（前一二七年）漢武帝劉徹為削弱諸侯王勢力，頒布「推恩令」。《史記・平津侯主父列傳》：主父偃上書「『願陛下令諸侯推恩分子弟，以地侯之。彼人人喜得所願，上以德施，實分其國，不削而稍弱矣。』於是上從其計」。

③ 參見《史記集解・漢興以來諸侯王年表第五》

硃安世從酈袖所留秘道逃出圍困。

他背著驪兒渡過溪水，剛鑽進林子，林中猛地冒出一個黑影。

驚得硃安世頭皮一麻，驪兒更是嚇得全身電掣了一般，張大了嘴，卻叫不出聲。

那人嘻嘻一笑說：「老硃，是我——」

硃安世聽聲音熟悉，是個女子，再一細看，竟是韓嬉！

「你？」硃安世更加吃驚。

「噓——跟我來！」韓嬉低聲說著，伸手牽住驪兒，轉身往林中走去。

硃安世趕忙跟上去，韓嬉在前引路，一路摸黑鑽出林子，外面是一片田地，月光如水，冬麥如陣，沿田埂走了一陣，眼前一片民居，燈火隱約。走近時，狗吠聲此起彼伏，三人鑽進小巷，左穿右拐，來到一座小小宅院前。

韓嬉掏出鑰匙，開了門，讓硃安世和驪兒進去，她回身扣好院門，引著兩人脫鞋進了正屋，又關好屋門，點亮油燈，放到案上，朝兩人抿嘴一笑，隨即轉身進了側室。

硃安世和驪兒立在房中，一起微張著嘴，互望一眼，都像在做夢一般。

片刻，韓嬉抱了一疊東西出來，是一套男子衣襪，她笑吟吟遞給硃安世：「去裏屋把濕衣服換掉，進門左手邊木架子上有乾淨帕子。」

硃安世仍恍惚未醒，韓嬉喚了一聲，他才回過神，看韓嬉，還是那般嫵媚俏麗，眼波映著燈影，流霞一般。他嘿嘿笑了笑，忙道了聲謝，接過衣服，進到裏屋，一間素潔的寢室。他怔怔站著，越發覺得身在夢中，回頭看左手邊木架上果然掛著幾張新帕子，又聽到外面韓嬉和驢兒說話，才又笑了笑，心裏暗歎：韓嬉不是仙，就是鬼。

他脱掉濕衣，拿帕子擦乾身子，換上了乾淨衣襪。等他走出去時，只見案上已經擺好幾碟熟食，一摞餅，三雙箸，一壺酒，兩只酒盞。

韓嬉和驢兒坐在案邊，一起抬頭望他，硃安世立在門邊，有些不知所措，又嘿嘿笑起來。

「呦，幾個月不見，怎麼就變靦腆了？還不快過來坐下！」韓嬉笑起來。

硃安世嘿嘿笑著，過去坐好。

韓嬉拿起一隻肉餅，遞給驢兒，柔聲道：「驢兒餓了吧？快吃。」

「謝謝韓嬸嬸。」驢兒接過餅和筷子，望著硃安世，有些為難。

硃安世這才略微清醒，忙道：「你要不餓，就先背了再吃，韓嬸嬸不會見怪。」

韓嬉笑道：「我怎麼就忘了？你說起過這件事呢。驢兒，你喜歡怎樣就怎樣。」

驢兒這才放下餅，坐到一邊，背對著他們，低聲念誦去了。

韓嬉拿起酒壺，兩只盞都斟滿酒，端起來，一盞遞給硃安世：「別後重逢，先飲一杯。」

硃安世忙雙手接過，要開口說話，卻被韓嬉打斷：「先飲酒，再說話。」

兩人相視一笑，一杯飲盡，韓嬉隨即又斟滿，連飲了三杯，韓嬉才放下杯子，用手帕輕拭朱唇，笑道：「好，現在我就來答你想問的幾樁事——」

她扳著細長雪嫩的指頭，一條一條數說起來：

第一，我怎麼會在成都？因為我知道你會來成都，所以我就追來了。

第二，為什麼我要追來？因為你欠我的還沒結賬。

第三，我怎麼知道你會來成都？首先，我知道你要找你的妻兒，其次，當時在趙老哥莊子上時，我們閒聊起天下各處名城風俗，說到成都，你的神色忽然有些古怪，所以我猜你妻兒定是在成都。

第四，剛才我怎麼會在林子裏？我來成都已經一個月了，來了之後，我就到處打聽，我在郡府裏有個故人，前幾天他說起一件事——郡守接到京中執金吾密信，讓他到夷里橋一帶去查訪緝拿一個京中遷來的婦人，這個婦人的丈夫盜走了汗血馬。郡守立即派人尋訪，很快就找到了那婦人的宅子。我當然也就知道了。這裏，我先給你報個喜信，官府去捉拿你妻子時，她早已經帶著你兒子逃走了。所以，你不用擔心。

硃安世心一直懸著，聽了韓嬉這句話，才長長呼了口氣，心裏頓時亮堂，喜不自禁，竟至手足無措。

韓嬉拿起酒壺遞給他，盯著他嘲道：「聽了好信，是不是想痛快喝兩杯？想喝就自己斟，還要我來伺候？」

「嘿嘿，謝謝嬉娘，謝謝！謝謝！」硃安世忙接過酒壺，連斟了幾杯，一氣喝下，心中暢快無比。

再要斟時，一抬頭，見韓嬉正似笑非笑盯著自己，忙也給韓嬉斟滿酒，端起來，恭恭敬敬遞過去：「恕罪恕罪！」

韓嬉接過杯子，卻不飲，隨手放到案上，悠悠道：「看來你真是很記掛你的妻子呢。」

硃安世又嘿嘿笑了笑，自己斟上酒，端起來敬韓嬉。

韓嬉道：「你喝你的，不必管我，我接著說我的——那郡守撲了個空，但杜周在密信中說你會來成都找妻兒，郡守便派人守在宅子內外。我每天就在那宅子對面樓上，喝酒閒坐，看你怎麼落網。等了這些日子，眼睛都望出繭子來了，都沒見你們來。偏巧今天傍晚，那店家上來說事，囉哩囉嗦，打了個大岔子，等我回頭看到時，見你和驩兒正要進門。喊已經來不及，我急忙下樓，原以為你們只能束手就擒，卻不見有什麼動靜。偷眼一看，校尉帶著士卒守在院子裏，我猜你定是衝到屋裏，把門關了起來。他們必是要活捉你，所以沒有硬衝。我又想，你為什麼要衝進屋子裏呢，恐怕那屋子裏有秘道可以逃生。如果真有，這秘道必定是通到後門外溪水邊。於是我就繞到溪對岸，左右一看，那宅子後門外面溪岸一帶都沒有遮攔，秘道出口只能開在旁邊那條石板橋下面，才最隱秘。於是呢，我就在對岸林子裏等你們——」

第二十四章　絲鋸老鼠

司馬遷告了假，換了便服，帶著衛真，各騎一馬，離開長安，趕往河間。

行了幾日，過了河南郡，司馬遷繼續向東直行。

衛真提醒道：「河間國在冀州，走西北這條道要近便些。」

「我們先去青州千乘④。」

「那樣就多繞路了。」

「我想先去尋訪兒寬家人。」

兒寬原籍青州千乘。那日，司馬遷在長安偶逢兒寬弟子簡卿，才忽然想起延廣所留帛書是兒寬的筆跡，帛書秘語既然是兒寬所留，兒寬家人或許知道其中隱情。

過了陳留，到了兗州，大路上迎面竟不斷見到逃難之人，挑擔推車，成群結隊、絡繹不絕。一打問才知道，泰山、琅邪等地百姓揭竿、群盜蜂起，占山攻城，道路不通。在長安時，司馬遷就已經略有聽聞，只是沒想到情勢如此嚴重。

看眼前男女驚慌、老幼病羸，司馬遷一時間心亂如麻，不由得深歎：民之幸與不幸，皆繫於天子一念之間。

天下蒼生，誰不願安樂度日？民起而為盜，實乃逼不得已。回想文景之世，奉行清儉，安

④千乘：位於今山東省淄博市高青縣。《中國古今地名大辭典》：「千乘縣，本齊邑，漢置縣，並置千乘郡治焉」。

養生息，七十餘年間，國家安寧，天下饒富，非遇水旱之災，百姓豐衣足食。當今天子繼位以來，南征百夷、北擊匈奴，東討朝鮮、西敵羌宛，征伐不已，耗費億萬。又廣修宮室，大造林苑，加之酷吏橫行、搜刮無度，天下疲困，民不聊生，一旦遇災，屍遍野，人相食……

司馬遷正在感慨，忽聽身後一陣喝道之聲，路上行人紛紛避開，司馬遷和衛真也忙駐馬路旁。回頭一看，一隊驍騎飛馳而來，馬上騎士均身穿蒼色繡衣，手執斧鉞，隨後一輛華蓋軺車，車上坐著一人，蒼色冠冕、神色僵冷，臉側一大片青痣，異常醒目。

衛真低聲驚呼：「是他?!」

司馬遷不明所以，等車隊駛過，衛真才又嚷道：「車上那人我見過！石渠閣秘道外，向鷩侯稟報的正是他！」

司馬遷驚問：「當真？」

衛真急急道：「他左臉上那片青痣只要見過一次，就決計忘不掉！而且馬上那些人穿的蒼色繡衣，和他那晚穿的也完全一樣！」

司馬遷道：「此人名叫暴勝之，新升光祿大夫⑤，最近又被任為直指使者，奉命逐捕山東盜賊⑥。他是光祿勳呂步舒下屬，你那夜在秘道見的鷩侯難道是呂步舒？」

---

⑤光祿大夫：皇帝內廷近臣，漢武帝始置，秩比二千石，掌顧問應對，隸屬於光祿勳。

⑥《漢書・武帝紀》：（天漢二年）泰山、琅邪群盜徐勃等阻山攻城，道路不通。遣直指使者暴勝之等衣繡衣、杖斧分部逐捕。刺史、郡守以下皆伏誅。

衛真叫道：「對！一定是呂步舒！我想起來了！當時在秘道裏，那個鷙侯雖然只能看見後背，但我一直覺得似曾見過，主公這麼一說，我才想起來，那天在石渠閣外，呂步舒從我們身邊走過，看到的背影和秘道裏的正是同一人！」

司馬遷恍然大悟：「應該是他，也只該是他……呂步舒本是董仲舒的弟子，後來轉投公孫弘，公孫弘為丞相時，他曾任丞相長史。董仲舒雖然好言災異，但為人剛正不阿，學問高過公孫弘。公孫弘則精於吏事，只以儒術為表飾，外寬厚，內深忌，設法逼退了董仲舒，從此獨得天子之寵，升為丞相。公孫弘、呂步舒都是以今文經起家，當然嫉恨古文經。而且，秘道出口在建章宮，呂步舒身為光祿勳，掌管宮廷宿衛及侍從，才能在兩宮之間往來自如。」

衛真道：「對了，我們不是談到過？當年長陵高園殿那場火災，董仲舒著文說那是天降災異警示天子，天子拿給群臣看時，呂步舒不也在場？主公曾說，當時呂步舒不知這文章是董仲舒所寫，便說著文者罪當至死，董仲舒因此幾乎送了命。呂步舒是董仲舒的高徒，跟隨董仲舒多年，怎麼可能認不出老師的筆跡？」

「這麼說來，董仲舒恐怕知道火災原委，又不便說破，只好用災異之說來旁敲側擊。而呂步舒一定和那場火災有關聯，他是怕董仲舒拆穿內幕，才裝作不知著文者，想置董仲舒於死地……」

司馬遷心中震驚，身在麗日之下，卻覺得寒意陣陣。

＊＊＊＊＊

小院夜靜，燈影微搖。

韓嬉一番解釋，讓硃安世暗暗心驚。

他忙舉起酒杯，心悅誠服道：「嬉娘實在機敏過人，佩服佩服，容我老硃誠心誠意敬你一杯！」

韓嬉一擺手，笑起來：「你先不要忙，你心裏的疑問還沒答完呢。我不要你七分、八分的佩服，要佩服，你就得佩服十分才成。你不想知道減宣為什麼會放走驩兒嗎？還有，汗血馬去哪裏了？」

硃安世只得放下酒盞，咧嘴笑道：「我正要問呢。」

驩兒聽到，也顧不得念誦，忙扭過頭，等著聽。

韓嬉反倒拿起酒盞，輕呷一口，而後慢悠悠道：「我先說汗血馬，那天我騎著汗血馬，牽了你那匹馬，奔到岔路口，把那匹馬趕到左邊山谷，我自己走右邊山谷，後面幾個刺客分成兩路追，汗血馬果然快，等我奔出山谷，已經把刺客遠遠甩開。我心裏記掛著趙老哥，他的屍首不能丟在那裏，唉……」

「那位伯伯也死了？」驩兒驚問。

硃安世知道驩兒心事重，故而一直沒有告訴他。

韓嬉歎了口氣，眼圈一紅，低頭靜默難言，硃安世深歎一口氣。驩兒見狀，隨即明白，也默默垂下了頭。

半晌，韓嬉抬起頭，舉起酒盞：「來，我們兩個為趙老哥飲一杯！」

硃安世端起酒盞，卻喝不下去，疚悔道：「我只忙著逃命，把老趙丟在那裏……」

「趙老哥不會怪你，他不顧自己性命，正是要你和驩兒安全。我們這班朋友結交，本就為了在危難時，彼此能捨命相助。換了你，也只會這麼做。」韓嬉說著挪過身，伸手攬住驩兒，柔聲安慰，「驩兒不要自責，這不是你的錯，是那些人可惡可恨。趙伯伯和硃叔叔殺了他們八個，也算報了仇。」

她拿起肉餅遞給驩兒，驩兒接過來，仍低垂著頭，小口默默吃著，神情鬱鬱不振。

硃安世恨道：「來的路上，我又殺了三個。這些刺客追了驩兒幾年。過了這一陣子，我定要去查清這些刺客底細，一個都不放過。老趙臨死前也說，這些刺客來頭不小。在棧道上，我從一個刺客身上搜出了宮中符節，看來背後那個主使者極不簡單，我遲早要揪出他來！」

韓嬉點點頭：「嗯，到時我跟你一起去查。」

硃安世問道：「那天甩開刺客後，你又回去了？」

韓嬉輕歎了口氣：「趙老哥屍首留在那裏，倘若被那些刺客查出他的身分，他的家人也要遭殃。所以，我繞路趕了回去，幸好當時天已經晚了，趙老哥的屍首還在那裏，那八個刺客的屍首還有那些馬也都在。我牽了匹馬馱著趙老哥的屍首，送回了他家。在他家留了幾天，幫著料理完喪事才離開。那汗血馬留著始終是禍患，驩兒有人追殺，你又擔著盜御馬的罪，能減免一些就減免一些。所以，我自作主張，把汗血馬帶回了長安，趁夜晚，栓在長安城門外，天亮後，守城門值發現了它，把它交了上去。」

硃安世惋惜道：「便宜了那劉老彘！」

韓嬉笑道：「你戲耍他也戲耍夠了，再鬧下去，可不好收場。」

硃安世悶了片刻，轉開話題，問道：「你究竟使了什麼魔法，竟能讓減宣白白交出驩兒？」

韓嬉笑道：「我哪裏會什麼魔法？只不過小小嚇了他一場。」

「哦？」硃安世更加好奇。

驩兒也抬起頭，睜大了眼睛。

韓嬉又呷了一口酒，慢悠悠道：「我聽趙老哥說兵法，別的我也聽不懂，只愛一句，叫什麼『不戰而屈人之兵』。你們男人喜歡動刀動劍、喊衝喊殺的，我們女流家有那氣力？就算有那氣力，也不喜歡那蠻勁兒，橫衝直撞的樣子不好看。你們用劍，我們用針。哪怕一隻老虎，也有它的要害，拿針輕輕巧巧刺中它的要害，再兇猛也動彈不得。不過這要害千萬得找準，否則反咬過來，命都不保。」

聽她說到「虎」，硃安世和驩兒不由得對視一眼，韓嬉見他們目光異樣，忙問道：「嗯？怎麼了？」

硃安世將山中遇虎的事說了出來，韓嬉先瞪大了眼睛，繼而呵呵笑個不止：「竟有這樣的稀奇事？那老虎也過於晦氣了，這萬年遇不到的巧事偏偏被它碰到……」

硃安世見驢兒神情有些不自在，知道他又想起了那兩隻虎仔，忙岔開話：「這只是湊巧，你救驢兒出來，才真正叫絕妙。我死活想不出來你究竟用了什麼法子。驢兒說你使了巫術。你不要盡顧著笑，快說說！」

「我這事輕巧的很，不用扳大石頭，減宣的嘴也沒有那麼大，呵呵……」韓嬉說著又笑起來，半晌，才收住笑，繼續道，「那減宣一向出了名的小氣吝嗇，一鹽一米都要親自過問⑦，這算是他的要害。不過，若是一般的事，多使些錢財便能辦妥，但你這禍惹的太大，這要害管不到用。減宣有個僕婦曾是我家鄰居，現在減宣宅裏掌管廚房，從小就極愛占小利。我就買了些錦繡飾物去見她，她得了東西，歡喜得了不得，和她攀談，問什麼就說什麼。我這才探問出減宣真正的要害是膽小，他總是疑神疑鬼，夜裏從來不敢一個人睡。錢財固然好，命才最要緊。我就是從這裏下的手……」

韓嬉說得高興，伸手去端酒盞，硃安世忙起身執壺幫她添滿酒，端起酒盞遞給她：「減宣雖然膽小，卻不是輕易就能嚇得到的。何況丟了驢兒，就等於丟了命——」

韓嬉接過酒盞，俏然一笑，飲了小半盞，繼續講道：「怕也要分個先後緩急，捨了驢兒，只是將來或許沒命，我是要讓減宣覺得眼前就會沒命。趙老哥在扶風有個毛賊小友叫張嗝，我就找

⑦《史記‧酷吏列傳‧減宣》：「其治米鹽，事大小皆關其手。自部署縣名曹實物，官吏令丞不得擅搖，痛以重法繩之。居官數年，一切郡中為小治辨，然獨宣以小致大，能因力行之，難以為經。」

到他，在一條錦帶上寫了五個字，託他深夜潛入臧府，將錦條掛在臧宣寢室門外。第二天我去打聽，臧宣果然嚇得不輕。」

「什麼字？這麼厲害？」

「饒你一命，硃。」

「嘿嘿……我的姓？」

「我不是說了？又替你添了些名頭？不過，你說得對，臧宣膽子雖小，但畢竟見慣風浪，嚇這一次肯定不管用。我得讓他覺得你無處不能到、隨時都能殺他。若是你，你會怎麼做？」

「我？」硃安世低頭想了想，門上掛錦條不難辦，就算掛到臧宣床頭，也做得到。但要隨時隨地，那就不好辦了，除非——是他身邊親近之人。於是，他猜道，「你又買通了臧宣的侍妾？」

韓嬉搖搖頭：「家裏可以買通侍妾，但路上呢？府寺裏呢？何況就算在家中，侍妾也不只一個，不能處處跟行。」

硃安世又想了幾種法子，但都顧得到一處、顧不到另一處，做不到隨時隨地，只得搖頭笑道：「我想不出來。」

驩兒也轉著眼睛想了一陣，隨即猜道：「韓嬸嬸，是不是用巫術？」

韓嬉呵呵一笑，揉了揉驩兒的頭頂，柔聲道：「韓嬸嬸可不會什麼巫術，我用的是心思。你們只想著怎麼隨時隨地，我想的是怎麼讓他覺得是隨時隨地。」

驢兒滿眼困惑，聽不明白，硃安世卻恍然大悟：「找幾個最要緊處下手，他自然會覺得處處不安！」

韓嬉點頭笑道：「嗯，你還算不太笨。其實，減宣每日不過是在家中、車上和府寺這三處。車上、府寺都好辦，其中家最讓他安心，只要再在家中嚇他一次，也就大致差不多了。家裏最要緊的地方無非床上、碗裏。這兩處，飯碗更加要緊。」

硃安世笑道：「嗯，若能將錦帶藏進減宣飯碗中，其實也就是隨時隨地了。這麼說，你又去找了那個僕婦？」

「那僕婦雖然貪利，卻不會幫我做這個。」

「那就是你混進廚房，親自動手？」

「我若混進廚房，一個生人，總會被人留意，減宣也定會查出，若知道是誰下的手腳，就嚇不到他了。」

「那就得買通廚娘？」

「碗裏見到異物，減宣第一個要拷問的就是廚娘。這嘴封不住。」

硃安世又想了想，除非在婢女端送飯食的途中，設法把錦帶投進碗裏，但要不被察覺，極難。

韓嬉看他犯難，得意道：「看來你只會扳石頭。這有什麼難？廚娘的嘴不好封，那就不讓她知道。我和那僕婦攀談的時候，見灶上有個婦人專管減宣的飲食，留心問了一下，得知她丈夫是減宣的馬夫，夫婦兩個在減宣府中已經服侍十幾年，自然都是減宣信得過的人。這夫婦二人也有一個要害——他們只有一個兒子，也在滅府作雜役，兩口子視如珍寶，但這兒子嗜賭如命，將家裏所有財物都賭完賭盡，還不罷休，整日叫鬧，跟爹娘強要賭資。」

硃安世笑著讚道：「哈哈，這等人最易擺布。只是難為你竟能找得出來。」

韓嬉輕輕一笑：「是人，總有要害，只要留心，怎麼會找不出來？我拿了些錢給張嗝，讓他借給那小子，誘他去賭，讓那小子一夜輸了幾萬錢。張嗝立逼他還錢，那小子哪裏能還得了？結結實實唬了他一陣後，我才讓張嗝叫那小子做兩件事，以抵賭資。一是將一個蠟丸偷偷放進滅宣飯食裏，二是將一條錦帶掛到滅宣車蓋上。」

「這事要送命，他肯了？」

「那小子起初不肯，張嗝便作勢要殺他，又將蠟丸含在嘴裏，讓他知道沒有毒，他才答應了。當天夜飯時，那小子果然溜進廚房，看他娘煮飯，瞅空把蠟丸投進滅宣的羹湯中。滅宣見了蠟丸，自然是驚破了膽，全府上下鬧成一團。第二天，滅宣上車，當然又見了第三條錦帶……」

驩兒手裏拿著肉餅，聽得高興，早忘記了吃。

硃安世連聲讚歎：「三條錦帶就能救出了驩兒，果然勝過我百倍！」

韓嬉笑道：「這才只是一半呢。那滅宣是何等人？不花盡十分氣力、做足十分文章，哪裏能輕易嚇得到他？而且，若沒有汗血馬，我這計策恐怕也不會這麼管用。」

驩兒忍不住開口問道：「韓嬸嬸，我身上的繩子你是怎麼弄斷的？」

韓嬉笑瞇瞇地問：「那幾夜，你見到一隻老鼠沒有？」

「見到了！那是你派去的？」

「嗯，那隻老鼠跟了我有一年多呢。」

硃安世奇道：「我最想不明白就是這一點，老鼠可以咬斷繩索，但怎麼讓它聽話去咬？另外，驩兒說連那木樁都連根斷了，老鼠本事再大，恐怕也做不到。」

韓嬉笑道：「這事兒說起來，其實簡單得多。要嚇滅宣，得內外交攻才成。所以我才想了這迷魂障眼的法子。那日我送你的絲鋸還在不在？」

「在！在！」硃安世從懷裏掏出絲鋸捲，撫弄著讚道：「這實在是個好東西，在梓潼我被上了鉗鈦，多虧它才鋸開。」

「我就是用絲鋸鋸開驩兒身上的繩索的。」

硃安世和驩兒都睜大了眼睛，想不明白。

韓嬉笑道：「只不過我用的絲鋸要比這長得多。驩兒當時被綁在市口，街南角是一家酒坊，店主是趙老哥的好友，北角是一家餅鋪，店主是我的故友。我約好這兩家店主，到了夜裏，一起躲在自家店門後，兩人隔著街，扯動絲鋸，一起鋸那繩索，幾下子就鋸斷了。」

「原來如此！這絲鋸在夜裏，肉眼根本看不到！」硃安世恍然大悟，但隨即疑惑道，「但是，絲鋸是怎麼遮過街去？」

韓嬉道：「我不是剛說了嗎？」

驩兒忙問：「那隻老鼠？」

韓嬉點頭笑道：「那隻老鼠是一個侯爺送我的，它可不是一般的老鼠，靈覺得很。它極愛吃烤松瓤，那三天夜裏，我躲在餅鋪中，用根細線把絲鋸一頭拴在它身上，對面酒坊的店主就抓一把烤松瓤誘它，老鼠隔著幾丈遠都能嗅到松油香，我就放開它——」

「原來如此！」硃安世忍不住大笑，驩兒也咯咯咯地笑個不停。

韓嬉摸了摸驩兒的頭頂，笑道：「就是這樣，三條錦帶，一根絲鋸，一隻老鼠，救出了你這個小毛頭。」

硃安世斟滿了酒，雙手遞給韓嬉，道：「這一杯，誠心誠意敬你，你說要我佩服十分才成，老硃現在足足佩服你二十分。」

韓嬉接過酒盞，樂得笑個不住，酒灑了一半，才連聲道：「可惜可惜，二十分被我灑掉了十分。不過——」她忽然收住笑，正色道，「有句話要問你，你必須說實話，我才喝。」

硃安世爽快答道：「你儘管問，只要我知道，一定照實答。」

韓嬉盯著硃安世，片刻，才開口：「我和酈袖你佩服誰多一些？」

硃安世一愣，酈袖的名字他從未告訴過別人，忙問：「你怎麼知道她的名字？」

「是我問你，不是你問我，快答！」

「這個——嘿嘿」硃安世想來想去，覺得兩人似乎難分高下，但他心中畢竟還是偏向酈袖多一些，又怕說實話傷到韓嬉，一時間左右為難，不知道如何對答才好。

韓嬉繼續盯著硃安世，似笑非笑，半晌，忽然點頭道：「嗯，很好，很好……」

「什麼？」硃安世迷惑不解。

「我知道答案了。」韓嬉抿嘴一笑，竟很是開心，將酒盞送到嘴邊，一飲而盡。

「嘿嘿——」硃安世越發迷惑，卻不敢多言。

韓嬉站起身道：「好了，不早了，該安歇了。你們兩個睡左邊廂房，明天得趕早起來，還要辦事呢。」

＊＊＊＊＊

朔方城，風獵獵，塵飛揚。

靳產行在街頭，悵悵然，心神俱喪。

千里迢迢趕來，卻一無所獲，心中氣苦，卻無人可訴。只能長長歎一口氣，失魂落魄，慢慢走向城門。

他抬眼茫茫然環顧，這北地小城，房舍粗樸，行人稀落，與金城有些相似。

相似？他猛然想起一事，急忙轉身奔回郡守府。

那長史正走出來，靳產幾步趕上去，大聲問道：「朔方這裏囚犯被捕後，要多少天才審訊？」

長史一愣，隨即答道：「這個說不準，若是囚犯少，當天就審，若是囚犯多，就要拖一陣子。並沒有個定制。」

靳產大喜，果然和湟水、金城一樣，偏遠之地，縣吏做事都散漫拖遝，他忙問：「或許那姜老兒被捕之後，還未來得及審訊，匈奴就來襲了，所以這簿錄上沒有記錄？」

「這個好辦，在下去找幾個獄吏來，問問看，若是真有這事，定會有人記得。」

長史找來三個執事多年的獄吏，一問，其中一個立即答道：「確實有這樣一老一少，我記得清清的。不過他們不是被捕，是那老漢自己撞上來的。」

靳產大奇：「哦？怎麼一回事？」

那獄吏道：「我有個兄弟是督郵大人的車夫，那天他駕著車，載督郵大人出城巡查，前後跟了幾十個衛卒。出城才不久，他看見大路上四匹馬迎面急奔過來，一匹在前，三匹在後，前面那匹馬上是個老漢，身前還有個四、五歲大的小孩子。老漢奔到督郵車前，猛地停下來，攔住督郵的馬車。我兄弟嚇了一跳，趕忙扯轡繩，停住了車，險些把督郵震倒。督郵大人大怒，大罵那老漢，那老漢卻大叫救命。原來後面三匹馬上的人在追這老漢。那三個人都手執長斧、身穿繡衣——」

「繡衣？」靳產忙問。

「是，我兄弟說的，是蒼色繡衣，前襟繡著蒼鷹，看著精貴無比。他們衝過來，一句話不說，也不把督郵大人放到眼裏，揮著斧頭就去砍那老漢。衛卒們一擁而上，護住老漢，都去和那三個人廝殺，那三個人砍傷了幾個衛卒，但衛卒人多，他們敵不住，就掉轉馬頭，一陣風逃走了。督郵大人問那老漢到底怎麼一回事，那老漢很古怪，什麼都不説。督郵大人一惱，命人把他帶回城，關到獄裏慢慢審。當時還是小人把他們關起來的。我問他姓名，他也不答。關進去才一兩天，還不及審，匈奴就來了，城裏官民都逃了，小人也跟著大家逃命去了，那一老一少後來怎麼樣，小人就不知道了。」

第二十五章　九河日華

清晨，韓嬉早早叫醒硃安世和驩兒。

她已備好早飯，看著兩人吃了，才道：「你們昨晚逃出來，城內戒備必定森嚴，得先在這裏躲一陣子，再想辦法出城。這個宅子是我一個朋友的，他全家剛去了長安行商。」

硃安世道：「昨天我們逃走，全城各處必定都要搜查，民宅恐怕也躲不過……」

韓嬉微微一笑：「這我已經想好，我設法先穩住這裏的里長和鄰居。廚房裏有個地窖，你們兩個今天先躲到那裏。」

說著，韓嬉用竹籃裝了一壺水、幾個肉餅，帶兩人去了廚房，挪開水缸後面一堆雜物，揭起地上一塊木板，下面一個幾尺深的地窖，硃安世先跳下去，又接住驩兒，韓嬉遞下竹籃，而後蓋回了木板，搬回雜物遮住。

硃安世和驩兒便在黑暗中坐著靜聽，上面先是水聲嘩嘩，繼而咚咚噹噹之聲不絕，想是韓嬉在洗菜切菜剁肉。半個時辰後，韓嬉離開了廚房，院子裏傳來開門鎖門聲。靜了許久，院門響起開鎖聲，接著腳步輕盈，韓嬉回來了，在廚房與前堂間來來回回走個不停，之後她又出了院門。

硃安世猜想韓嬉一定是以進為退，置辦筵席，宴請當地里正、鄰居，熟絡人情，也藉此表明自己是獨自一人，以事先避開嫌疑。

果然，過了不久，隨著開門聲，傳來韓嬉的笑語和幾個男女的聲音。

「里長請進，小心門檻，幾位高鄰也快請……」

一陣足音雜遝，七八個人走到院裏，進了前堂。

韓嬉笑著大聲招呼安座，那幾人彼此謙讓，接著，韓嬉又快步來到廚房，進進出出幾遍，想是在端菜，之後，她的笑語聲便在前堂裏飄蕩。

有個男聲道：「朝廷有令，三人以上，無故不得聚集飲酒。這樣斷斷使不得。」

韓嬉笑道：「無故當然不成，但今天大有緣故。小女子初來乍到，和里長、各位高鄰初次見面，這禮數是一定要盡的。小女子本姓酈，可憐我生來命薄，拋家別舍，遠嫁到成都，做人小妾。丈夫為了求利，如今又去了長安，把我一個人丟在這裏，好不孤單。有親靠親，無親靠鄰，小女子想著還沒拜見過各位鄰里，故而今日備了些粗飯淡酒，請各位來坐坐，盼著各位今後能多多看顧……」

這些話語，硃安世大致都能猜到，但韓嬉話語時而可憐，時而嬌俏，時而恭敬，時而爽利……演百戲一般，那些客人聽來被她款待奉承得極是暢快，客套聲、誇讚聲、道謝聲、玩笑聲……魚兒躍水一樣，此起彼伏。硃安世在地窖裏聽著，又是好笑，又是佩服。驩兒也在黑暗中捂著嘴不住地笑。

直到過午，那些人方離開，韓嬉這才揭開窖板，笑道：「好了，里長算是先查過一遍，可以安安靜靜過一陣子了。不過，我們說話得小聲些。」

上來後，硃安世讚歎道：「嘿嘿——你這手段實在是高。」

「我做了人小妾，你聽了是高興，還是傷心？」
「嘿嘿，你怎麼可能做人的小妾？」
「若是真的呢？」
「就算是真的，天下也恐怕沒有哪個正室敢在你面前做正室。」
韓嬉聽了，猛地笑起來，笑得彎下腰，眼淚都笑了出來。

硃安世和驩兒就在這小宅院裏躲了一個多月。

其間，捕吏曾來搜查過幾次，聽到動靜，兩人就立刻躲進地窖，韓嬉能言善道，又有里長在一旁作保，所以都輕易躲過。

等城裏戒備漸鬆後，硃安世盤算去路，心想還是得先設法送驩兒去長安，了了這樁事，再去尋找酈袖母子。北上棧道恐怕很難通得過，東去水路應當會好些。

他在成都認得一個水路上的朋友，於是便和韓嬉道別，要去尋那朋友。韓嬉聽了之後，道：「我也要回長安，我最愛坐船，正好一路。」

硃安世知道她是不放心，心中感激，見她這樣說，又不好點破，只得笑笑說：「那實在是太好了。」

這一陣，驩兒也和韓嬉處得親熟，聽到後，點著頭，望著韓嬉直笑。

硃安世和韓嬉商議一番，還是由韓嬉出去，到碼頭尋見硃安世那位朋友。那朋友聽到風聲，正在牽掛硃安世，聽了韓嬉解釋，一口應允。約定好後，韓嬉買來兩只大箱子和一些錦帛。硃安世和驩兒用錦帛各自把身子包裹起來，躺到箱底，韓嬉在上面蓋滿錦帛，又去雇了兩輛車，韓嬉扮做錦商，將箱子運去碼頭。

經過關口時，韓嬉裝作希圖減免關稅，柔聲嬌語，奉承關吏，又暗地行了些賄，幾個關吏歡喜受用，開箱隨便看了兩眼，便放了行，硃安世故友早在碼頭駕船等候。

箱子搬上船，駛離成都後，韓嬉便放硃安世和驩兒出來透氣。硃安世這才和故友相見，互道離情。

攀談中，硃安世打問酈袖，那人並不知道酈袖搬來了成都，更不知她去了哪裏。

那日，被圍困在錦里宅院中，硃安世格外留意酈袖是否又留下了其他記號，卻毫無所獲。其實這也早在他預料之中：他最怕兒子郭續重遭自己幼年命運，所以曾和酈袖約定，一旦自己遇事，酈袖立即攜續兒遠遠逃走，一點蹤跡都不能留下。酈袖在茂陵舊宅留下記號，已經是冒險違約。她在成都應該是聽到了長安消息，見機不對，忙先避開，再不敢留任何記號。

硃安世知道妻子這樣做，無疑極對，心頭卻難免悵悵，但也只能先撂下。

船沿岷江，一路向南。

幾個人說說笑笑，倒也開心。

黃昏時，吃過飯，硃安世見韓嬉閒坐船頭，便湊近坐下，想再道聲謝，卻見韓嬉凝視遠處，正在出神，鬢邊青絲飄曳，肌膚因為風冷而略顯蒼白，神情竟隱隱透出一縷淒清落寞。

硃安世一怔：遇見妻子酈袖之前，他就認得韓嬉，她從來都是嬉笑不停，此刻卻像忽然變了一個人。

他心裏納悶，卻不好問，更不敢起身離開，甚是尷尬。

韓嬉忽然扭過臉，盯著硃安世，目光異樣，又遠又近，似哀似怨。

硃安世從來沒有見過她這等神情，除酈袖外，他也從未和其他女子親近過，一向不懂女子心事，所以不知道該説什麼，憋了半天，才乾笑了兩聲。

韓嬉也嫣然一笑，眼中閃過一絲幽怨，但轉瞬即逝。

「你這是——」硃安世小心探問。

韓嬉抿了抿鬢髮，漫不經心道：「沒什麼，不過是女人家的心思。你沒見過酈袖這樣嗎？」

「她好靜，常日都是這樣，一個人能在窗邊坐一整天。倒是你，忽然靜下來，讓人有些吃驚。」

韓嬉忽然笑瞇瞇問：「我平常的樣子好些呢，還是安靜時的樣子好些？」

硃安世有些發窘，支吾道：「只要沒事，都好，都好，嘿嘿——」

韓嬉呵呵笑起來，但笑聲裏竟略帶傷惋。

＊＊＊＊＊

劉敢奉命備了一輛囚車，率人出城，到了郭外，逕直來到一院民宅。

卒吏上前用力敲門，一個男僕出來開門，一見這些人，驚得手中一隻碗跌碎在地。

劉敢下令：「進去搜！」

士卒一把推開那個男僕，一擁而入，分別鑽進幾間房屋，屋裏一陣亂叫，幾個男女孩童慌跑出來，都聚在一個老者身邊，各個驚惶。

劉敢並不下馬，只立在門外觀望。屋裏一陣掀箱倒櫃之聲，士卒們紛紛抱出一些錦繡器皿，堆在院子中間。劉敢的貼身書吏一件件查看，出來稟告道：「大半都是宮中禁品。」

劉敢點頭道：「好，將東西和人仝都帶走，只留那老傢伙一個。」

士卒上前驅趕那一家人，將他們仝都推搡出門，關進囚車中，又將那些搜出來的東西仝都搬上車。那老人趕出門來，跪在劉敢馬前，大聲求饒：「大人！我兒子介寇在宮裏當差，這些東西都是宮裏賞賜的！」

劉敢道：「哦？那得查明了才知道。」

說罷吩咐卒吏回長安，囚車裏女人孩子一路在哭，那老者追了一陣，才氣喘吁吁停足。

進了長安，劉敢命卒吏將那家人押入獄中，自己去見杜周。

*****

東去路上，災民越來越多，竟至道路不通。

司馬遷只得轉向北邊，避過兗州、泰山，繞道趕到青州千乘縣，幸好這裏還算安寧。

千乘因春秋時齊景公驅馬千駟、田獵於此而得名，兒寬家在城東門外鄉里。司馬遷和衛真一路打問，找到兒寬故宅。到了宅前，卻見大門緊鎖，透過門縫，見裏面庭院中竟然雜草叢生，簷窗結滿蛛網。衛真去鄰舍打聽，一連敲開幾家門，不論男女，一聽到是問兒寬家事，都神色陡變，搖搖頭便關起門。

衛真只得回來，納悶不已：「奇怪，兒寬曾是堂堂御史大夫，而且為人仁善，德高望重，怎麼在他家鄉，居然人人懼怕？」

司馬遷也覺奇怪，忽然想起去年遇到簡卿，問詢兒寬家人時，簡卿也是神色異常、匆匆告別。他驅馬來到驛亭，找到當地亭長，向他打問。

那亭長聽見是問兒家，也頓時沉下臉，冷聲問：「你打聽這些做什麼？」

衛真在一旁忙道：「大膽，我家主公是京城太史令，你一個小小亭長，敢如此無禮！」

那亭長上下打量司馬遷，見他身穿便服，樣貌平常，有些不信。

衛真從背囊中取出司馬遷的官印，送到那亭長眼前：「瞪大眼，看清楚了！」

那亭長見了官印，慌忙跪下，連聲謝罪。

司馬遷忙道：「起來吧，不必如此。我只想知道兒寬後人到底去了哪裏？」

那亭長爬起來，小心道：「兒寬大人過世後，他的兒子扶靈柩回鄉安葬，喪禮過後，他家忽然連夜搬走，不知去向，只留了兩個老僕人。過了三天，鄰居發現那兩個老僕人，一個被人殺死在屋裏，另一個不知下落。這幾年，也再沒聽見過他家後人的訊息。」

司馬遷越發吃驚，又詢問了幾句，那亭長一概搖頭不知。

司馬遷看他神色間似乎另有隱情，但知道問不出來，只得作罷，騎了馬，悶悶離開。他在馬上仔細回想，發覺那亭長神色之間，似乎有幾分袒護之情。兒寬一生溫厚恭儉，在鄉里必定聲望極高，不論鄰里還是亭長，恐怕都是想庇護兒家後裔，故而不願多說。

衛真跟上來道：「這一定和那帛書秘語有關，可能是兒寬知道內情後，怕子孫受牽連，所以臨終前囑咐兒子遠遠逃走。」

司馬遷點點頭，隨即想到自己的兩個兒子，頓感傷懷，不由得長歎一聲。

衛真見狀，立即明白，忙安慰道：「主公是想兩個公子了吧。他們並不是孤身一人，有兩個老家人看顧，現在一定各自買了田宅，都分別安了家。何況，兩個公子為人都誠懇本份，又沒有嬌生慣養，所以主公你不必太擔心。」

司馬遷眺望平野，深歎一聲：「我倒不是擔心，只是忽而有些想念。」

「等主公完成了史記，如果一切平安，我立即去找兩位公子回來。」

司馬遷聽了這話，越發感懷：史記能否完成，他並無把握，而眼下這樁事越陷越深，越深越可怖。今天得知兒寬這事，更讓他覺得前路越來越險峻，此生恐怕再也見不到兩個兒子。但事已至此，已不容多想，但求他們能平安無事。

他長出一口氣，揚鞭打馬，道：「去河間。」

*****

岷江之上，江平風清，兩岸田疇青青、桃李灼灼，正是天府好時節。

幾個人談天觀景，都甚暢快。

韓嬉早已恢復了常態，一直說說笑笑，正在高興，她忽然扭頭問硃安世：「對了，我那匣子呢？」

硃安世一聽，心裏暗暗叫苦，當時答應把匣子還給韓嬉，不過是隨口而說，沒想到韓嬉一直還記著。只得繼續拖延：「那天我到酈袖寢室中找過，沒找到那匣子，恐怕被酈袖帶走了。得找見她，才能要到。」

韓嬉眉梢一挑，盯著他：「這就怪了，不過一個空木匣子，又舊又破，她帶在身邊做什麼？」

硃安世聽她說出「空」字，吃了一驚，她怎麼知道那匣子是空的？只得含糊遮掩道：「這個——我就不知道了。」

其實，硃安世當然知道：宅院、金玉、錦繡，酈袖全都能捨棄，唯獨不能捨棄那個空木匣子。

八年前，在茂陵，當時正是春末夏初，硃安世去一家衣店買夏衫。

他正在試衣，一轉頭，見店後小門半開，後院中有個妙齡女子正在摘花，只一眼，硃安世便馬上呆住，像是在烈日下渴了許多日，忽然見到一眼清泉。

他立時想到一個字——靜。

只有「靜」這個字才可形容那女子的神情容貌，他從未見過哪個女子能有如此之靜。

簡直如深山裏、幽潭中，一朵白蓮，嫻靜無比，又清雅無比。

硃安世呆呆望著，渾然忘了身邊一切，店主發覺，忙過去掩上後門，硃安世這才失魂落魄茫茫然離開。

第二天，硃安世一大早就趕去那家衣店，那扇小門卻緊緊關閉，他只得離開。過一會兒，又湊過去看，門仍然緊閉。一連幾日，都是如此，再沒見到那女子。

逼不得已，到了夜間，他悄悄翻牆進到那個後院，院子不大，只有一座小樓，上下幾間房。硃安世先在樓下尋找，只看到店主夫婦。一抬頭，見樓上最左邊一扇窗透出燈光。

他輕輕攀上二樓，當時天氣漸熱，窗上垂著青紗，隔著紗影，他偷眼一望：裏面正是那個女子！

那是一間小巧的閨閣，屋內陳設素潔，那女子正坐在燈前，埋著頭，靜靜繡花。

硃安世便趴在窗外，一動不動，望著那女子，一直到深夜，那女子吹熄了燈，他才輕輕移步，悄悄離開。

自此以後，硃安世夜夜都去，他不知道能做什麼，只是趴在窗外，偷偷看，那女子也始終嫻靜如一，甚至難得抬起頭。

有一夜，硃安世在去的途中，聞到一縷幽香，見路邊草叢中開著一簇小花，心下一動，便順手摘了一朵，到了那女子窗邊時，輕輕放在窗檽上。

隔夜再去時，發現那朵花已經不在。

難道是風吹落了?

以後再去時,他都要帶一朵花,偷偷放到窗欞上,第二夜,那朵花總是消失不見。

*****

長安,直城門大街。

軺車緩緩而行,杜周呆坐車中,木然望著宮牆樓闕。

汗血馬追回,天子氣消了不少,但隨口就問盜馬賊下落,杜周卻只能說仍在追捕。天子當即面色一沉,得馬之功頃刻間化為烏有。杜周俯伏於地,絲毫不敢動,天子喝斥了一聲,他才忙躬身退下。

天子性情愈老愈如孩童,好惡愈來愈任性,喜怒愈來愈難測。身為臣下,真如《論語》中曾子所引那句《詩經》:「戰戰兢兢,如臨深淵,如履薄冰」。

回到宅裏,妻子見他臉色陰沉,小心上前,要幫他寬衣,他擺擺手,驅開妻子,自己伸手慢慢摘下冠帽,望著那冠帽,又發起怔來:只要在朝為官,除非到死之日,誰也不知明日腦袋是否還在頸上,是否還能戴這冠?

但不做官又能做什麼?回鄉養老?一旦沒了權勢,連亭長小吏都要藉機欺辱你,你當年不正是為了不受這些欺辱,才發狠讀書謀職?登得越高,敢欺辱你的便越少。這世事便是如此,只有這條陡路,不進則退,別無他途。

他正在沉想，書吏忽然拿著一卷錦書進來，是成都的急報，杜周展開一看：硃安世又逃走了。他將那錦書緊攥在手裏，嘴角一陣陣抽搐，心裏生出一把鋸齒刀，一刀一刀慢慢割在一個囚犯身上，那囚犯沒有面目，名叫硃安世。

這時，劉敢脱履輕步走了進來，杜周見到，隨即鬆手，將急報扔到腳邊，面上也恢復了常態。劉敢似乎察覺，說話比平日更加恭敬小心：「那介寇家中果然有宮中禁品，他家人已經關在獄中，卑職照大人吩咐，留下了他父親，那老兒現在應該也趕往宮中，給他兒子報信。介寇很快便會得知消息。」

介寇是宮中黃門蘇文手下親信。

那些繡衣刺客所穿蒼錦，是由蘇文從織室中取走，杜周多方打探，卻查不出任何下落。他知道蘇文一向愛財貪賄，所以才想到這個主意，從蘇文身邊小黃門下手。蘇文既然貪財，手下自然也乾淨不了。

果然，才過了兩個時辰，門吏來報，黃門介寇求見。

杜周當然不願出面，仍讓劉敢去辦。劉敢領命出來，回到自己書房，書吏已將在介寇家查沒的物件清單抄好，呈給他，他接過來，坐到案前，仔細看了一遍，又讓書吏將那塊從織室得來的蒼錦取來，放在手邊，這才吩咐書吏引介寇進來。

介寇一臉惶急，進門就伏地叩拜：「劉大人開恩，我家中那些東西都是我得的賞賜，小人在宮中當差多年，從不敢私取一絲一線。」

「哦？如此清廉？難得，難得！那就請你一件件說明來路。」劉敢拿起那張清單，扔到介寇面前。

介寇忙拾起來，展開一看，頓時變了色，伏地又拜，額頭敲得地面咚咚響：「劉大人開恩，劉大人開恩！」

劉敢緩緩道：「我倒是願意賣你個人情，但執金吾杜大人你是知道的。」

介寇繼續哀求：「劉大人，您一向最得杜大人親信，您只要開口，杜大人一定會容情。」

「我為什麼要開這個口？」

「只要大人饒了小人一家性命，小人一輩子都銘記大人活命之恩，從今往後，任憑大人差遣。」

「往後的日子誰說得準？眼下我正好在為一件小事煩心，這事你應該知情，只要你能如實說出來，我就替你在杜大人面前說情。」

「謝大人！大人儘管問，小人只要知道，絕不藏半個字！」

劉敢命書吏將那塊蒼錦遞給介寇，問道：「這錦你可見過？」

介寇一見那斷錦，一驚，略一遲疑，才道：「小人見過。」

劉敢點了點頭：「我知道這是蘇文從織室取走的，他拿到哪裏去了？」

介寇聞言，越發驚慌，低頭猶豫很久，才答道：「他交給了光祿勳呂步舒。」

第二十六章　袖仙送福

轉眼，炎夏消盡，天氣漸涼，已是秋天。

硃安世仍舊每夜去看那女子，每次去仍要帶一朵花。

第二天，花朵總會不見。他知道定是那女子取走，二人雖然從未對過一眼、道過半字，但藉由這花朵，竟像是日日在談心一般。

硃安世以往只知道飲酒能上癮，沒料到，送花竟比飲酒更加醉人難醒。

只是入了秋，花朵越來越少，菊桂芙蓉又尚未開。只有皇宮或王侯花苑溫室中，還有一些奇花異卉。他顧不得那許多，隔幾日就去侯府御苑中偷盜一株，養在自己屋裏。一朵一朵摘了，送到那女子窗前。

一夜，他又來到那女子窗外，剛要放花，卻一眼看見窗櫺上放著一塊白絹，疊成小小一塊。他嚇了一跳，忙輕手取過來，就著窗內微弱燈影，打開一看，是一方手帕，帕子上繡著一株枝葉，上結著青色果子，帕角還繡了一團碧綠。

這一陣，那女子繡的正是這張帕子！

硃安世又驚又喜，忙向裏望，但那女子仍安坐燈前，靜靜繡另一方帕子。

硃安世正不知該如何是好，忽然見那女子放下帕子，抬頭向窗外望過來，輕輕一笑，接著竟站起身，向窗邊走來！

硃安世驚得幾乎倒栽下樓去，心跳如鼓，強撐著，才沒逃開。
「你又來了，謝謝你的花！」那女子忽然輕聲道。
硃安世第一次聽到她的聲音，如清泉細流。她背對燈光，看不清她面貌，但身影鎮靜而親切。
硃安世大張著嘴，不知道她是不是在和自己說話，更不知道該不該答言。
「你為什麼不說話？不過你要小聲一點，不要讓我爹娘聽見。」那女子又道。
硃安世仍張口結舌，渾身打顫，但心中恐懼散去，狂喜急湧。
「我叫酈袖，你叫什麼？」
「硃——硃安世。」硃安世終於能開口了。
「你為什麼每晚都要來這裏偷看我？」
「我——我只是——只是想看你。」
酈袖笑起來，笑聲也泉水般清澈。
「你不怪我？」硃安世小心問道。
「為什麼要怪你？你又沒吵到我，也沒有做不好的事。」
「那我以後還可以來看你？」
「我也想見到你。」
「你能看見我？」
「現在看不見，外面黑，不過，四月十七那天，你來我家店裏買夏衫，我見過你。今天是七月十七，都已經整三個月了。」

硃安世無論如何也沒有料到，他第一眼看到酈袖時，酈袖也留意到他。

酈袖繼續輕聲言道：「你那天試的那件衣裳其實不大合體，可你胡亂一試，也不還價，隨手就買了，我猜你一定是個重義輕利的人。我還留意到你的靴子，已經很舊了，可你還穿著，我想你又是個重情念舊的人。」

硃安世一字一字聽著，越聽越驚心，不敢相信自己耳朵，但酈袖就在眼前，那清澈話語正出自她口中，絕非做夢！

有生以來，他從未如此大喜大樂過，只覺得世上所有福澤都賜給了他。

「這絹帕是給我的？」他緊緊攥著那方手帕。

「嗯，你懂上面繡的意思嗎？」

「這個——我是個莽夫，生來粗笨……」

「不要緊，我說給你聽，你就知道了。那枝子上結的果子是青木瓜，角上是一塊碧玉。這繡的是《詩經》裏一句詩：『投我以木瓜，報之以瓊琚，匪報也，永以為好也』。」

硃安世雖然不通詩書，但也立刻明白了這句詩的意思，尤其是「永以為好」四個字，美過重過世間所有話語，簡直如一輪紅日，頃刻間照亮天地。

他睜大眼睛，呆住，說不出話來。

「我們不能再說了，怕爹娘聽到。你回去時，小心一點。」

「好，好！」

酈袖轉身回到案邊，又回頭朝窗外輕輕一笑，隨後，湊近油燈，輕輕吹滅。

硃安世見燈光熄滅，呆立了一會兒，雖然不捨，卻不敢久留，便悄悄翻牆離開。

他手裏攥著那方絹帕，不斷摩挲，歡喜得不知該如何是好。大半夜，一個人大笑著，一路狂走，渾忘了夜禁。途中被巡夜士卒攔住，他拔腿就跑，那幾個士卒在後面追趕。他心裏暢快，便時快時慢，故意逗引那些士卒。奔了不知道有多久，那些士卒疲累之極，只得由他。他才揚長而去，直到天亮，才覺得倦乏了。

第二天午後，他才睡醒，起來出去買酒，途中遇見了一個舊識，名叫李掘，也是個慣盜，尤其精於盜墓。

兩人見面親熱，一起去喝酒。酒間閒談時，李掘指著手中一個包袱得意洋洋，說是盜了西楚霸王項羽墓，得了虞姬珠寶木櫝。硃安世心裏暗驚：就算當今衛皇后，見了這盒珍寶也要眼饞。

李掘問道：「你說這盒東西，現今世上，哪個女子配得上它？」

硃安世立即想到酈袖，卻故意道：「我想不出來，你說是誰？」

「韓嬉。」李掘眼中陡然放光。

「嗯。」硃安世笑起來，的確，除了酈袖，他能想到的也是韓嬉。

李掘又問：「你猜韓嬉見到這盒東西，會怎樣？」

「我不知道。」

「只要她能朝我笑笑，也足足值了。這是稀世珍寶，說不準，嘿嘿……」李掘瞇著眼睛，咂舌舔唇，迷醉不已。

硃安世見他這般癡樣，心裏暗笑：這盒珍寶雖然稀貴，但韓嬉是何等樣的女子？多少王侯豪富爭相與她交接，送她的禮物哪一樣不是奇珍異寶？硃安世就曾親眼見過，好友樊仲子從齊王墓中盜得佶緣⑧美玉，這玉光色如水，瑩潤如露，原是宋國鎮國之寶，與和氏璧齊名，恐怕是齊國滅宋後，為齊王所得。樊仲子將佶緣贈給韓嬉，韓嬉也不過笑一笑，把玩一兩日，就丟到了一邊。李掘身形猥瘦、舉止卑瑣，韓嬉哪裏會看得上眼？這盒珍寶送給她，不過是多一件玩物而已。

硃安世不由得伸手摸了摸懷中，酈袖贈他的那方絹帕貼身藏著，心想：恐怕只有這盒珍寶，才抵得上這方絹帕。

於是，他暗暗盤算：如何把它弄到手？至於李掘，日後花力氣另尋件寶物，再好好賠罪。他知道李掘量小，便趁機猛力勸李掘喝酒。幾盞之後，李掘果然醉倒在案邊。硃安世忙去街上買了個大小相似的木櫝，裝了一盒廉價珠玉，偷偷換掉了李掘包袱裏的木櫝。

溜出來後，到了個僻靜處，硃安世才拿出來細看，那木櫝初看普通之極，一個暗紅漆盒而

⑧ 佶緣：戰國著名的四寶之一，除和氏璧外，其他三件都在戰爭中失傳。《戰國策・秦策三》：「周有砥厄，宋有佶緣，梁有懸黎，楚有和璞」。

已，但仔細打量，面上細細雕著花紋，布滿盒身，是一幅鳳鳥流雲圖，每根細紋都描著金線，無一絲紊亂。揭開盒蓋一看，裏面滿滿一盒珍寶，晶瑩澄澈，璀璨奪目，都是從未見過的珠玉金寶，不由得心中大喜。

太陽才落山，硃安世便趕到酈袖家宅院後街，踅來踅去。好不容易天才黑下來，他立即翻牆進去，誰知酈袖父親正在後院忙活，若不是硃安世應變得快，急忙閃身，躲到一隻木桶後面，險些被察覺。酈袖父親進去後，硃安世才攀到二樓，溜到酈袖窗外，屋內漆黑，酈袖不在。

又等了良久，酈袖才端著油燈，上樓開門，走進屋裏。

看到酈袖，硃安世心又狂跳，趴在窗邊，輕聲學蟬叫。

酈袖輕步走過來，小聲笑道：「早入秋了，哪裏來的老蟬？」

硃安世忙將那個木櫝遞進窗口：「給你的。」

「什麼？」酈袖伸手接過木櫝。

昏昏燈影下，那雙手細白如玉。背著光，她的面目仍看不清楚，但硃安世還是緊緊盯著，等著她揭開盒蓋，發出驚呼。

然而，酈袖並沒有驚呼，反倒輕聲歎了口氣，只說了兩個字：「真美。」

硃安世略略有些失望，問道：「你不喜歡？」

「當然喜歡。」

「那就好！那就好！」硃安世大樂。

「這是你盜來的？」酈袖忽然問道。

「嗯——不過——」硃安世臉頓時紅了。

「你為我盜的？」

「嗯。」

「我不能收它。」

「為何？」

「我能看一看就夠了，我不喜歡藏東西。謝謝你！」

酈袖關上盒蓋，遞了回來。

硃安世沮喪無比，只得伸手接過木櫝，心裏不甘，又道：「這裏面任何一顆珠子，都值十間衣店。」

酈袖輕輕一笑：「我知道。不過我家有這一間衣店，已經足夠了，再多，就是負擔了。那天我讀《莊子》，很喜歡裏面一句話——『鼴鼠飲河，不過滿腹；鷦鷯巢林，不過一枝。』」

硃安世低下頭，頓覺自己蠢笨不堪。

「你生氣了？」酈袖察覺，語帶關切。

「沒有，哪裏會？嘿嘿——」硃安世勉強笑道。

「嗯，我知道你不會生我的氣，你是在生自己的氣。我已經說了，我很喜歡，你費心為我盜來，我也很感激。本來，我該收下它，不過我是真的不喜歡藏東西。這樣的寶物，在富貴人家，只是個擺設；在我這裏，則是累贅；貧寒之人，拿去賣了，卻能療饑禦寒，解燃眉之急……」

「我知道了！」砞安世心裏一亮，頓時振奮起來：「我去辦件事，三天後我再來看你！」

「好的，我等著。」

砞安世到一家繡坊，訂作了百十個錦袋，每個錦袋兩寸大小，袋子上都繡了四個字：袖仙送福。

他把木櫝中的金玉珠寶，一顆顆分裝在錦袋中，等天黑，來到城郊最破落的里巷，挨家挨戶，將錦袋一個個扔進院裏、窗內。第二天，茂陵街市上四處紛傳袖仙送福、救濟貧民的神蹟，砞安世聽在耳裏，喜在心中。

第三天夜晚，他採了兩朵芙蓉，連一個錦袋，一起放在木櫝中，回到酈袖窗前。見到酈袖，他忙將木櫝隔窗遞過去，笑嘻嘻道：「這次你不能再推辭了。」

酈袖接過木櫝，揭開盒蓋，一看，忽然定住，默不作聲。

「怎麼了？」砞安世慌道。

片刻，酈袖才抬頭望著砞安世，眼中竟隱隱閃著淚光，輕聲言道：「我聽說袖仙的事了，我一聽就知道是你，你為我做的……」

「嘿嘿……」砞安世這才如釋重負，心中暢快無比。

酈袖靜默半晌，抬起頭，忽然道：「我想嫁給你，你願意娶我嗎？」

　　硃安世猛聽到這話，驚得目瞪口呆。

　　酈袖繼續道：「我其實不用問，我知道你願意娶我。不過，今晚我就想跟你走，你能帶我走嗎？」

　　硃安世恍如驚夢，不敢相信。

　　酈袖又道：「我本來想讓你託個媒人，去向我爹娘提親。可是我爹娘已經把我許給長安未央宮織室的一個小吏，想藉他的勢，承攬些活計。明天那家就要來行聘禮了，我從來沒見過那人一面。所以，你要娶我，今晚就得帶我走。」

　　就這樣，硃安世帶著酈袖逃離，先是南經蜀道到成都，去遊司馬相如、卓文君的故地，而後乘船東去，四處漫遊……

*****

　　當年河間國封地數百里，現在卻只剩一座小城。

　　進了城，很容易便找到河間王府，遠遠便能看到日華宮，五層殿閣，巍然高矗。只是窗內黑寂，欄外蕭索，不復當年書聲朗朗、儒衫如雲之盛況。

　　走近時，看宅院甚是宏闊，但房宇門戶簡樸厚重，並無什麼華飾。門前也十分清冷，並沒有人進出。

劉德死後，河間王位至今已經傳了三代，現在河間王為劉德四世孫劉緩。

衛真先拿了名牒，到門前拜問，門吏接過名牒，進去通報，不久，一位文丞出來迎接，引著司馬遷進門過庭，來到前堂，脫履進去，堂中端坐著一位華冠冕服的中年男子，自然是河間王劉緩。見司馬遷進來，劉緩笑著起身相迎。

司馬遷忙跪伏叩拜，劉緩恭敬回禮，請司馬遷入座，和顏悅色道：「久聞天下文章，兩支筆、二司馬。司馬相如我一直未能得會，今日能親見司馬太史，實在快慰平生。」

司馬遷雖然一直以文史自許，但向來謙恭自守、沒沒無聞，沒料到劉緩遠在河間，素未謀面，竟能如此讚揚自己，心中感激，忙謝道：「承王謬讚，實不敢當。」

劉緩微笑道：「司馬相如以賦名世，《子虛》、《上林》二賦我都讀過，雖然辭采富麗、氣象浩闊，但總覺鋪排過繁、奢華過當。幾年前，我到京城，兒寬先生讓我讀了你兩篇文章，字句精當，文意深透，正合孔子『辭達』之意。尤令人敬重的是，先生文章情真意誠，無隱無偽，實乃古時君子之風。我當時就想面晤先生，誰知先生卻不在京城，抱憾至今，今天總算得償夙願。」

司馬遷從未聽誰如此誠懇面讚過自己，一時百感交集，竟說不出話來。

劉緩又道：「先生不遠千里來到河間，必是有什麼事？」

司馬遷忙答道：「在下冒然前來，的確有三件事向王求教。」

「請說。」

「三件事都與王之曾祖河間獻王有關。」

「哦？」

「第一件，當年河間獻王曾向宮中獻書，天祿閣卻不見當年獻書書目，不知河間王這裏可留有這些書目？」

劉緩神色微變，隨即答道：「我這裏也沒有。第二件呢？」

「河間獻王最後一次進京，曾面聖對策。在下查看檔案，卻語焉不詳，記錄有缺。王是否知道當時對策內容？」

劉緩神色越發緊張，問道：「我也不知，你問這個做什麼？」

「在下職在記史，見史錄有缺，心中疑惑……」

「那已是三十幾年前的舊事，當今世上，恐怕無人記得了。第三件呢？」

「在下要查閱古文《論語》，河間獻王當年曾遍蒐古文經書，不知是否藏得有古文《論語》，能否借閱幾日？」

劉緩笑了笑，道：「慚愧，我仍幫不到你。那些古經當年全都獻給宮中了。」

司馬遷見劉緩雖然在笑，笑中卻透出一絲苦意，而且目光躲閃，神色不安。

想到此前的懷疑，司馬遷隨即明白：這三十多年來，三代河間王定是受到監視、重壓，處境遠遠艱於其他諸候王。劉緩即便知道當年內情，也隻字不敢提。當年劉德所藏古經，就算留有副本，恐怕也早已毀掉。

他不敢再問，忙起身拜辭。

劉緩神色略緩，似有不捨，但隨即道：「好不容易得見先生，本該多聚幾日，暢敘一番。怎奈我近來身體不適，就不留先生了。」

*****

硃安世、韓嬉和驩兒乘船到了僰道⑨。

僰道是一座江城，蜀滇黔三地樞紐，岷江與金沙江交匯於此，始匯成萬里長江。十幾年前漢軍平定西南夷，自蜀經滇，遠達身毒國⑩，一路商道暢通無阻，南下北上商賈不絕，這裏漢夷雜居，律令寬鬆，正好藏身。

上岸前，硃安世因屢遭圍困，怕再出閃失，便和韓嬉商議，在城裏僻靜處賃一小院宅子，避居一陣子，等風頭過去，再帶驩兒北上長安。

韓嬉聽了，笑著問道：「你不去尋你妻兒？」

「等了了驩兒這樁事，我再去尋他們母子。」

「你妻子正在等著你去找呢，你不怕她傷心惱你？」

---

⑨僰（ㄅㄛˊ）道：今四川省宜賓市。

⑩身毒國：印度的古譯名之一。《史記‧大宛列傳》：「東南有身毒國。」司馬貞索隱引孟康曰：「即天竺也，所謂浮圖胡也。」

「她最愛助人，不會惱我。」

「她知不知道你和我在一起呢？」

「應該不知道。」

「她若知道了，也不惱你？」

「這個嘛—她知道我，也應該不會。」

韓嬉原本笑著，聞言臉色微變，但一閃即逝：「好，請你們進櫃吧。這次得多在裏面憋一陣子，等我賃到房子，才能出來。」

「實在是有勞你了。」

「我做的這些都記在帳上呢，到時候要你連本帶利一起還。」

「嘿嘿，一定要還，一定會還。」

硃安世和驪兒又裹著錦帛躲進櫃裏。

一路聽韓嬉打點關吏、雇牛車、請人搬箱、問路、尋房、談價、賃下房子、搬箱進院、打發力夫，關門，等揭開箱子，硃安世和驪兒爬起來時，已經是傍晚。

三人便在這裏住下，兩間睡房，韓嬉居左邊，硃安世和驪兒住右邊。

住了幾天，發覺這所宅子雖然院了窄小，房舍簡陋，但位置選得極好，地處里巷的最角落，一邊是一片低坡密林，另一邊緊挨的鄰舍只住了個聾啞老漢，十分清靜，數日不見有人來。就算事情緊急，穿後門出去，鑽進林子，也好逃脱。

幾個月來，硃安世和驩兒一直提心吊膽，哪怕藏在成都時，也始終不敢大聲説笑，又要日夜提防巡捕。住到這裏，才總算舒了一口氣。

不過，硃安世沒料到：在僰道一住，居然便是大半年。每隔一半個月，韓嬉都出去打探風聲，京中有驛報傳到各郡，不論水路還是陸路，始終都在嚴密搜查硃安世和驩兒。

硃安世掛念著妻兒，越等越煩躁。韓嬉卻每天裏外忙碌，絲毫不見厭怠，反倒整日神采奕奕、喜笑顏開。驩兒也越住越舒心，説起去長安，嘴上雖然不説什麼，卻看得出來他心裏捨不得離開。硃安世見他們這樣，不好流露，只得忍耐。

韓嬉將屋內院外清掃得十分整潔，換了乾淨輕暖被褥，置辦了一套精緻酒食器皿，每日悉心烹製各樣飯食菜肴，竟像是要在這裏長久安家一般。

硃安世看在眼裏，心中暗暗叫苦。他雖然一向粗疏，但也漸漸看出來：韓嬉之所以一路相隨、傾力相助，恐怕是對自己有意。

他不由得想起當年初見韓嬉的情景：那日在長安，硃安世去會老友樊仲子，樊仲子正在宴客，剛進門，硃安世一眼便看到韓嬉，席間盡是男人，唯有韓嬉一個女子，她身穿豔紅蟬衣，廣袖長裾，粉面烏鬢，在席間嬉笑嗔罵、隨意揮灑，滿座男子無不為之神魂顛倒。

硃安世當時尚年青，當然也不例外，雖然坐在一邊，只是遠遠看著，卻也目不轉睛，神為之迷。

此後，硃安世時常見到韓嬉，言談時，他始終不太敢和韓嬉直視。韓嬉對他，也像對其他男子一般，時熱時冷、時親時疏，花樣百出，變幻莫測。起初，硃安世還心存親近之意，後來見韓嬉與樊仲子分外親昵，便知難而退，斷了念想。

這之後不久，他便遇見了酈袖，自此也就全然忘了韓嬉。

想到天下多少男子熱慕韓嬉，欲求一席同飲而不得，韓嬉居然對自己生情？

硃安世無論如何也不敢相信，何況他心中已有酈袖，再沒有絲毫餘地做他想。

韓嬉似乎覺察了他的心思，不只一次提醒他：「你給我記住，我留下來，並不是為你，我是放心不下驩兒。」

硃安世見她如此，更不敢說破，只能事事小心，只盼是自己猜錯。

第二十七章　御史大夫

直到八月，官府緝捕才漸漸鬆懈。

韓嬉又乘船去江州查探，去了半個多月才回來，回來時面容蒼白、神色委頓，開了門，倚住門框，幾乎癱倒。

硃安世和驩兒慌忙迎上去，將她扶進屋，只見她肩上、臂上、腿上好幾處包紮著，滲出血跡。不等他們開口，韓嬉卻先忍痛笑道：

「不妨事，死不了。我已經自己敷了藥，養幾天就好了。」

硃安世忙問：「在哪裏受的傷？什麼人傷的你？」

「繡衣刺客，在江州。」

「他們又追來了？」

「我把他們引向荊州那邊，繞路回來的。他們應該不會往上游追。」

「你還沒吃東西吧，我馬上去弄。」

硃安世讓驩兒守著韓嬉，自己忙鑽進廚房。

他向來粗爽，極少自己煮飯，迫不得已要煮時，也只是燒一鍋水，肉菜米麥有什麼就都一股腦丟進去亂燉，稀里糊塗管飽就成。但韓嬉平日於吃食上本就極挑剔，現在受了傷，更得吃得好。硃安世又不能請人來幫忙，心裏念著韓嬉恩情，只得盡力回想酈袖烹飪時的情景，依樣模仿，切菜割肉，笨手笨腳忙了一個時辰，累了一身汗，才烹了幾樣菜、煮了半鍋羹。煮出來後，自己先嘗嘗，比胡亂燉的更加難吃。以韓嬉的脾性，她必定吃不下去。

再難吃，總比餓著好，他硬著頭皮端過去，韓嬉見他進來，顧不得傷痛，盯著他直笑。

「嘿嘿，我整不好，你將就著吃一點吧。」硃安世將食盒擺到韓嬉身邊。

「聞著很香嘛。」

韓嬉坐起來，拿起調羹，先嘗了一口肉羹，閉著眼睛，品了一會兒，而後向硃安世笑著眨了眨眼，一口接一口吃起來，竟吃得十分歡暢。

硃安世很是納悶，小心問：「你不覺得難吃？」

韓嬉重重點了點頭，做個苦臉：「極難吃。」

硃安世大是奇怪：「那你還能吃這麼多？」

韓嬉不答，反問：「酈袖有沒有吃過你煮的飯菜？」

「沒有。」

「這就對了。」

硃安世頓時愣住。

韓嬉停住調羹，正色道：「我給你煮了大半年的飯，你欠我，現在你給我煮，我收賬，當然得多吃點。」

硃安世只能笑笑，小心看著她吃罷，收拾了，才和驩兒一起吃，驩兒邊吃邊皺眉，硃安世自己也幾欲嘔吐。

自此，硃安世和驩兒悉心照料韓嬉。

硃安世每天勤勤懇懇煮飯，越煮越好，韓嬉每頓都吃得不少，硃安世心裏半是快慰、半是忐忑。

靜養了兩個月，韓嬉的傷全都復原。

她自己下廚房，整治了許多精緻菜肴，擺滿了一案。滿眼美味，硃安世和驩兒都饞得垂涎。

韓嬉皺起眉，做出苦臉道：「被你煮的飯活活折磨了兩個月，總算是熬出頭了。」

三人一起大笑，而後一起舉箸，風捲殘雲。

吃飽後，三人坐著休息，韓嬉忽然輕歎一聲：「在這僰州住了快一年，我們也該啟程了。」

*****

司馬遷拜別河間王劉綬，出門上了馬，悵悵離開。

離了河間城，取道向南，雖然野外滿眼春色，卻覺得如同到了寒秋一般。

行了不多時，身後忽然傳來一陣疾疾馬蹄聲，回頭一看，是剛才河間王府那位文丞。

那文丞一邊疾奔，一邊高聲叫道：「司馬先生，請稍留步！」

司馬遷忙停住馬，下來等候。

那文丞來到近前，下了馬，拱手一拜，言道：「河間王命我前來轉告先生，先生問的三件事，都與一個字有關，河間王心有苦衷，不便明說。先生若真想知道，回長安可走河東郡，到霍邑，見到河水，便可找到這個字。」

說罷，那文丞轉身告辭，司馬遷心中納悶，上馬繼續南行，一路思忖，始終不明就裏。

衛真道：「這個河間王實在古怪，什麼字這麼要緊，說不出口？」

司馬遷歎道：「推恩令頒布之後，諸侯王不斷被離析削弱，動輒滅國，倖存的個個如履薄冰，當然事事都得小心。」

行了幾日，到了邯鄲，司馬遷心想反正也順路，便轉向西路，離了冀州，進入河東郡。穿過太岳嶺霍山峽谷，駐馬向西眺望，遠處一條大河，河谷平原上，座落一片小城。除了那條大河，遠近山嶺間還流出三十幾道大小水流，全都聚向河谷低處。

衛真道：「那個文丞說見到河水，就能找到那個字。那條大河是汾水，其他這些小河誰知道叫什麼名字？難道是『汾』字？但『汾』字平常極難用到，好像沒有什麼意思……」

司馬遷望著那些河流和那座小城，默想了良久，也想不出什麼原委來，便驅馬出谷，向小城行去。

到了城下，他抬頭一看，城門上寫著城名：彘縣⑪。

司馬遷不由得驚呼一聲，隨即恍然大悟，喃喃道：「原來如此，原來如此！」

⑪彘縣：今山西省霍州市，位於山西中南部。

衛真也抬頭念道：「彘縣？不是叫霍邑嗎？」

司馬遷解釋道：「此地因東靠霍山，所以叫霍。西周時，周武王封其弟於此，因境內有條河名叫彘水，所以又名彘。春秋時，此地歸晉，復又稱為霍邑。漢高祖元年，又在此地設彘縣，所以現在就叫這個名字了。」

衛真道：「原來如此，顛來倒去幾次。不過，主公想起什麼了？難道猜出那個字了？」

司馬遷笑了笑，反問道：「那文丞為何不叫彘縣，而要稱呼舊名霍邑？其實他已說出了答案。」

「嗯？」衛真撓頭想了一陣：「我笨，猜不出來。」

司馬遷笑道：「此處說話不便，先進城，找地方歇息。」

*****

靳產騎馬出了朔方城門，立在路上。

望著荒莽平野，他茫然若失，頹喪無比。跋涉兩千多里路，居然只是驗證了那匈奴百騎長的一句話——姜老兒的確是在朔方被擄走。除此而外，一無所獲。

從朔方回湟水至少三千里路，想到路上艱辛，他氣悶之極，一鞭重重抽在馬臀上，那馬吃痛，發足狂奔。

向西奔了幾里，他忽然勒住馬，心想：豈能就這樣白跑一趟？

據那獄吏說，又是繡衣人在追殺姜老兒。這些繡衣人幾千里窮追不捨，不是追姜老兒，而是在追那孩童。從朔方到張掖，從張掖到金城，又從金城到扶風，接連幾個人為救護那小兒而送命，一個幾歲大的孩童有什麼重要？那姜老兒本來恐怕是要將小兒送到京畿，只是為逃避繡衣人追殺，才一路繞道，奔到朔方。他是從哪裏來的？

常山！

姜老兒原籍冀州常山⑫，去常山定能查到一些線索！

靳產心中重又振奮，忍不住笑起來，撥轉馬頭，取道東南，向常山趕去。

*****

硃安世三人輾轉回到了茂陵，這時已是天漢三年⑬春。

他們扮作一家三口，在僰州雇船，載著兩箱錦帛，沿江南下，經江州⑭，到江陵⑮，上岸後買了一輛馬車，仍裝作行商，由陸路北上。

⑫常山：秦始皇攻佔趙國後，設恆山郡，治所在東垣縣（今石家莊市東）。西漢時，為避漢文帝劉恆諱而改稱常山郡。漢武帝元鼎四年（前一一三年），常山郡郡治移到元氏縣（今河北石家莊元氏縣西北），隸屬冀州刺史部。

⑬天漢三年：西元前九十八年。

⑭江州：今重慶地區秦漢時期稱為江州。

⑮江陵：今湖北省荊州市。

沿途關口守備果然鬆了許多，他們進城出城，都無人盤查。那些繡衣刺客也未再出現。

硃安世卻絲毫不敢鬆懈，因為要時刻戒備，故而不太說話；韓嬉也不再嬉笑，整日神情淡淡，若有所思；驩兒本來就安靜，見他們兩個不言語，就更安靜了。硃安世覺著不對，便說些逗趣的話，韓嬉只是略略笑一笑，驩兒也最多咧咧嘴。幾次之後，也只得作罷。

就這樣，旅途遙遙，一路悶悶，到了京畿。

硃安世怕進長安會被人認出，不敢犯險，故而先趕往茂陵，黃昏時，來到好友郭公仲家。

郭公仲大吃一驚，又見韓嬉隨著，更是瞪大了眼睛：「你們？快進！」

他一把將三人拉進門，又忙轉身吩咐僮僕，快把馬車趕進院裏，將門鎖好。

郭公仲生來性直心急，自幼又有些口吃，故而說話一向極簡短。

進了廳堂，未等坐下，他便一連串問道：「你？妻兒呢？你們？這孩子？」

硃安世笑著坐下，從頭講起前因後果。

講到酈袖，郭公仲忽然大叫：「逃了？好！」接著又扭頭朝門外喊道，「進來！」

郭公仲的妻子鄂氏從門邊露出身子，半低著頭，臉含羞愧。

硃安世十分詫異：「郭大哥，嫂嫂？你們這是？」

郭公仲歎了口氣，扭頭望向妻子，恨恨道：「說！」

鄂氏侷促半晌，才小聲道：「硃兄弟，我對不住你！」

硃安世越發納悶：「嫂嫂，究竟怎麼一回事？」

鄂氏舉袖揩掉淚水，滿面委屈：「你逃出長安後，杜周手下劉敢查出你郭大哥和你是故交，就將我們一家五口全都捉到長安，把你大哥和我們母子分開來審。劉敢單獨審我，我本不肯說，他把我的孩兒們全都吊起來，先從大的開始鞭打，我知道我一旦說出來，你大哥一定不會輕饒我，我就閉起眼睛、捂住耳朵忍著。開始還能忍得住，後來，他們開始鞭打小兒，那劉敢又讓人扳開我的手，不讓我蒙耳朵、閉眼睛。小兒哭著喊娘，他才三歲啊！我受不住，只得說出了你在茂陵的舊宅……」鄂氏嗚嗚哭起來。

硃安世忙勸道：「郭大哥千萬不要這樣，是我連累了你們，這怎麼能責怪嫂嫂？她身為母親，當然疼惜孩子，何況她也知道我那妻子已經遠逃，說出舊宅地址也沒有什麼妨礙。再說，就算那杜周再狡猾，也休想捉住你弟媳……」

狠勸了一番，郭公仲才消了氣，回頭瞪了一眼妻子道：「煮飯！」

鄂氏抹著淚，轉身出去。

韓嬉笑罵道：「好個郭猴子，在女人面前耍什麼威風？」說著也起身去廚房幫忙。

硃安世轉回正題：「郭大哥，我來茂陵，是求你一件事。」

「說。」

「這孩子得送進長安，交給御史大夫。我身負重罪，那些繡衣刺客認得韓嬉，所以想託大哥送他去。」

「好。」

硃安世轉頭問坐在一邊的驩兒：「驩兒，你認得那御史大夫嗎？」

「我不認得。不過娘教會我四個字，讓我畫在竹簡上，交給御史大夫，說他看了就會明白。」

郭公仲聽了，忙去找了筆墨和一根空白竹簡。

驩兒執筆蘸墨，在竹簡上畫了四個字，曲曲彎彎，筆畫繁複。

硃安世和郭公仲都是粗人，均不認得。

硃安世忽然想起驩兒每次飯前念誦完，都要用手指在手心裏畫一番，便問：「你每次在手心裏畫的就是這幾個字？」

驩兒擱下筆，點點頭：「嗯。不過——我也不知道這是什麼字，我問過娘，她說我不用知道。」

*****

司馬遷和衛真進了彘縣城，找了家客店安歇。

吃過夜飯，回到客房，仔細關好門，司馬遷才對衛真解釋道：

「那文丞說的那個字是『彘』。」

「彘？不是豬嗎？這和主公問河間王的三件事有什麼關係？」

「你再想想，這個字其實是說一個人……」

「一個人？」衛真低頭想了半晌，忽然抬起頭、瞪大了眼睛，大叫道：「他？難道是他?!

噢……難怪河間王不敢直說出來！」

司馬遷點了點頭，他知道衛真猜對了：這個人是當今天子劉徹，劉徹乳名叫「彘」。

衛真問道：「但主公問的三件事和這個人有什麼關係？」

「我問的三件事其實可以歸為一件——古本《論語》。我猜河間獻王劉德定是有孔壁《論語》副本，不過，或是被查沒，或是自行毀掉，現在河間府中已經沒有了孔壁《論語》。劉德最後面見天子，對策時，也一定是引述了孔壁《論語》中的言論，才觸怒了天子。」

「但盜走宮中古本《論語》、刪改劉德檔案的是呂步舒啊。」

「你認出暴勝之時，我也認定主謀者定是呂步舒，但這一陣仔細一想，公孫弘恐怕才是始作俑者。正是他，奏請推行獻書之策，廣收民間書籍，全都藏入宮中，立五經博士，只重今文經學。公孫弘死後，呂步舒才繼任。不過公孫弘、呂步舒等人縱然不願看到古文經流傳世間，也絕沒有膽量敢私改史錄、盜毀古經。」

「主公是說……他們得到天子授意了？」

「或是授意，或是默許，不得而知。不過，天子雖然尊儒，卻不喜儒學中督責君王的言論。」

「所以古本《論語》必得毀掉。」

「嗯。另外，這個『彘』字不但指天子，更有其他含義。」

「還有什麼含義？」

「河間王說我問的三件事都與『彘』字有關。我猜想，孔壁《論語》中或許有孔子關於彘的論述。」

「孔子論豬?」

司馬遷笑起來，搖搖頭，解釋道:「不是豬，而是彘縣這個地方，這裏曾發生過一件大事。」

「這個荒僻的小地方能發生什麼大事?我怎麼從沒聽說過?」

「正因為這裏荒僻，才會發生那件事。西周時，這裏是國土邊境。西周第十位天子周厲王登基後，橫徵暴斂、專利獨斷，又連年興兵征伐，四境戰事不休。國人苦楚，怨言四起，周厲王不聽勸諫，反倒派人到處監控，捕殺口出怨言者。國人盡皆鉗口，路上無人敢言，只能以目對視。周厲王很是得意，自以為善於弭謗。民憤越積越深，不久，國人終於忍無可忍，起而暴動，驅逐周厲王，推選周公和召公兩位賢人共和執政。周厲王則倉皇逃離鎬京，渡過黃河，流亡到彘地，最終死於此處。」⑯

「原來這個『彘』字既指人、又指地，還暗含了這樣一樁古史。」

「國人暴動、天子流亡、周召共和，是西周大事，孔子不會不論及，古文《論語》中或許有相關記載。河間獻王最後一次進京時，天子正躊躇滿志，要興兵征伐、開疆拓土。劉德恐怕是預感到此後將征戰不休，擔心天下擾攘、民生困苦，才引用古文《論語》中的話來勸諫天子，天子聽了必然惱怒，因而才用言語逼死劉德——」

「天子當然也不願他人看到、聽到、説出這樣的言論，所以，古文《論語》不見了。」

⑯ 此段史實參見《國語・周語》、《竹書紀年》、《史記・周本紀》。

司馬遷長歎一聲：「孔子首先便是教人明辨是非，而齊《論語》中有一句『民可使由之，不可使知之』，說君王只該下達指令，民只能遵旨行事，而不能讓民知道令自何出、是否當行。此句是要萬民俯首聽命，不得自作主張、妄議是非。這是法家御民之術，孔子恐怕說不出。當然，也有儒生解釋說，這句應當斷句為『民可，使由之；民不可，使知之。』民若是對的，就該任由他們行事，民若不對，則該教導，使他們明白對錯。若是後者，倒也不錯，但這句話極易混淆——」

衛真點頭道：「君王當然喜歡前一種解釋，百姓則願意後一種解釋，但君王能壓服百姓，百姓卻管不得君王。所以，這話恐怕只能按前一種解釋。」

*****

清早，郭公仲帶著驩兒去長安。

臨出門前，驩兒回頭望著硃安世，眼神裏有些緊張，又有些不捨。

硃安世笑道：「驩兒不想去？不想去就不去，正好少了麻煩。」

驩兒搖搖頭：「娘說我必須去。」

硃安世走過去蹲下，攬住驩兒的小肩膀，笑著道：「你去了之後，就把那東西背給御史大夫聽。郭伯再去接你回來，咱們就一起離開這裏。」

驩兒點點頭，跟著郭公仲出門，兩人共騎一匹馬，趕往長安。

過午，郭公仲獨自騎馬回來。

硃安世忙迎上前，問道：「如何？」

「送到。」

「你見到御史大夫本人了？」

「對。」

「你是先把那支竹簡交給門吏，然後御史大夫召你帶驢兒進去的？」

「對。」

「他有沒有問什麼？」

「來歷。」

「你怎麼說的？」

「不知。」

「然後你就出來了？」

「對。」

「他沒說什麼時候去接驢兒？」

「三天。」

「有勞郭大哥了。」硃安世懸了一年多的心總算踏實下來。

韓嬉也甚為高興，和鄂氏一起去料理酒菜，擺好後，幾個人坐下飲酒閒聊。

席間，硃安世順口問道：「兒寬這人如何？」
「好人。死了。」
「誰死了?!」硃安世大驚。
「兒寬。」
「你今天見的是誰?!」
「王卿。」
「御史大夫不是兒寬嗎？怎麼變成王卿了？」
郭公仲忽然呆住，大張著嘴，手中酒盞「鐺」地一聲掉落在案上，半晌才結結巴巴道：
「錯……錯……錯了！」

第二十八章 孔壁論語

離開姺縣後，司馬遷和衛真沿著汾水，一路南下。

由於心裏記掛著妻子，又怕官事積壓，所以一路趕得很急。

到河津時，汾水匯入黃河，司馬遷在岸邊駐馬眺望，只見河水浩茫、波浪翻湧，不由得默默念起帛書上那兩句「九河枯，日華熄；九江湧，天地黯」，心中也空空茫茫，一片悲涼。

衛真在一旁察覺，便說些高興話來打岔，拉雜說了一陣，他忽而猜道：「既然『九河』指地名，又暗含河間獻王，那麼『九江』說的也應該是一個地名、一個人，會不會是九江郡？不過九江郡什麼人會和《論語》有關呢？」

司馬遷被他提醒，猛地想起一人：淮南王劉安！

劉安是漢高祖之孫，封國在九江，號淮南國，劉安為淮南王。他不愛遊獵享樂，只好彈琴讀書、著文立說⑰。

司馬遷想：「九江湧，天地黯」恐怕指的正是淮南王劉安，也唯有劉安才能和劉德相提並論。當年，河間王劉德和淮南王劉安，一北一南，雙星輝映。二人都禮賢下士、大興文學，門下

⑰參見《史記・淮南列傳》

文士薈萃、學者雲集。不過劉德崇仰儒學，劉安則信奉道家，主張無為而治、依從自然之道。不過，二十多年前，劉安卻因謀反，畏罪自殺。淮南國被除，恢復為九江郡。

衛真問道：「不知道劉德和劉安當年有沒有來往？」

司馬遷道：「兩人一個崇儒學，一個尊道家，志趣有所不同。」

衛真道：「尊儒未必就不讀道經，尊道也未必不讀儒經。兩個人都愛收藏古書，我猜應該會互通有無。就算他們不來往，兩家門客學者也應該會有相識相交的。」

司馬遷點點頭：「兩人年紀相仿，劉德比劉安早亡八年。比起其他諸王，這兩位迥然超逸，當會有相惜相映之意。」

衛真又問：「劉安當年謀反一案是誰審理的？」

司馬遷倒推一算，不由得一驚：「當時公孫弘為丞相，呂步舒是丞相長史，張湯為廷尉，此案正是由呂步舒和張湯兩人審理！」

衛真道：「這裏就有關聯了！」

司馬遷道：「現在還不能遽下結論，等回長安，去查閱一下當年史錄，看看能否查出線索。」

*****

郭公仲後院大門「砰」地打開。

硃安世牽了匹馬，幾步拽出大門，翻上馬背，揚鞭重重一抽，急急向長安狂奔。

他一邊不斷加鞭，一邊不停大罵：乃母！乃母！乃母！

他遠征西域四年，回來只在宮中馬廄服事，繼而又一路逃亡，哪裏會知道四年之間，御史大夫竟換了三任？加之他又從來不屑理會官府之事，即便聽過兒寬的死訊，也如風過耳邊，絕不會放在心上。倒是「御史大夫」這個官職與他身世淵源太深，所以牢牢記得。跟趙王孫、韓嬉、郭公仲說起時，也只提官職。想天下只有一位御史大夫，怎麼會搞錯？驩兒年紀小，更不清楚這些事情，又不愛說話。偏偏郭公仲口吃，向來話語極簡短，多說一個字都難，因此他也沒有詳問。

幾下裏湊到一起，竟釀成這等大錯！

但那老人為何也不知兒寬已死？

他思來想去，猛然記起那老人說話時語帶羌音，恐怕那老人常年居住在西域羌胡之地，和內地音信隔絕，所以並不知曉。至於驩兒母親和幾個中途轉託之人，都只顧逃亡藏匿，恐怕也沒有機會與人談起朝中官員之事。

硃安世重重「嗐」了一聲，不願再多想，繼續加鞭趕路，只盼驩兒此時無恙，哪怕換自己的命，也絕不顧惜。

一路飛奔，等趕到長安，暮色已深，遠遠看見城西北角的雍城門已經關閉。他雖然心中焦急，卻怕遇到巡夜衛卒，更加害事，因此沉了沉氣，放慢了馬速，繞過雍門，沿著西城牆，向南而行。正行著，忽聽腦後傳來馬蹄聲，他忙驅馬躲到路旁樹後。

那馬一路小跑，行到近前，昏暗中一看，是郭公仲，他忙迎了出去。

郭公仲低著頭，不敢與硃安世正視。方才在家中，發覺出錯後，他急愧之下，竟跳起身，抓過牆上掛的劍，抽劍就要自刎，硃安世已先覺察，忙撲過去，奪過了劍。又讓韓嬉和鄂氏勸住郭公仲，自己才奔了出來。

郭公仲憋了片刻，忽然道：「竹簡……字。」

硃安世一愣，隨即明白：是了，驩兒母親説先將那支竹簡交給兒寬，竹簡上的字必定是約好的交接暗語。此事十分隱秘，王卿應該不會知曉。既然如此，王卿身為堂堂御史大夫，憑區區一支竹簡，怎麼會平白召見一介平民？而且還留下了驩兒？看來王卿似乎知情？難道是兒寬死前告訴了王卿？

一轉念，硃安世忽又想起繡衣刺客所持符節，隨之大驚，那些刺客來路不尋常，幕後主使難道是現任御史大夫王卿?!

無論如何，當務之急，得趕緊把孩子救回來。

他隨即斷念，對郭公仲道：「郭大哥，眼下不是自怨自責的時候，我們先去把驩兒救回來。王卿既然跟你約定三天後去接驩兒，驩兒此時恐怕還在御史府裏。」

郭公仲點點頭，攥了攥手中的劍柄：「走！」

兩人沿著潏水，經過直城門，來到雙鳳闕下。

此處城牆內，是未央宮，河對岸，是建章宮。飛閣輦道，凌空數丈，雙鳳闕承接飛閣，跨城連接兩宮。

平日，如果城門關閉，硃安世等人便是從這裏溜進城去。

兩人將馬栓在樹叢中，硃安世居前，郭公仲隨後，悄悄爬上雙鳳闕。飛閣上有侍衛巡守，兩人在閣外潛伏，等侍衛走遠，攀著飛閣輦道底面的木樑，吊在半空，慢慢向東挪，越過城牆。下面城牆與宮牆之間是一條巡道，硃安世取出繩鉤，鉤死木樑，抓住繩索，蹬著城牆，溜了下去，郭公仲也隨後下來。

兩人貼著城牆，向北快奔，要到路口時，前面忽然走來一隊提燈巡衛。

巡道筆直，一覽無餘，兩邊高牆，絕無藏身之處。

兩人拔腿就向前跑，疾奔到路口城牆拐角。

長安城是因地而建，西城牆並非一條直線，而是從中間直城門分成南北兩段，南段比北段向外多進一丈，因而在路口形成一個拐角。以往，硃安世等人溜進城後，常常會碰到侍衛巡守。因此，設法在這個城牆拐角上偷偷鑿出些凹缺，以備急用。

兩人都是慣熟了的，硃安世手腳並用，抓蹬著凹缺，急向上爬到兩丈高處，郭公仲也隨後爬到硃安世腳底。兩人緊貼著牆角，一動不動。

巡衛走了過來，轉過拐角，繼續前行，毫無察覺。等巡衛走遠後，兩人才慢慢溜了下來，出了拐角，穿過直城門大街，折向東邊，沿著桂宮南牆，循著暗影，向前潛行，到了北闕甲第區。

郭公仲引路，尋到御史大夫府，從後院翻牆進去。

＊＊＊＊＊

司馬遷沒有料到：才回到長安，便突遭橫禍。

若是晚幾天回來，也許便能避過這場災禍？

那日，在未央宮前殿，他話還未講完，天子便勃然變色，怒喝黃門將他帶走下獄。

司馬遷遭電掣了一般，頓時懵住，木然趴伏在地，任由兩個黃門拽住自己雙臂，倒拖著扯出殿門，交給衛卒，押出宮門，解往牢獄。在宮門外，他聽到衛真在一旁大叫「主公」，他猶在震驚，扭過頭望著衛真，恍如夢中，竟像是不認得一般。直到走近牢獄圜牆⑱，看見黝黑大門敞開，他被推進去時，才意識到：自己闖了大禍，被下了獄。

他慌亂起來，想掙開，獄吏卻扭住他，拖扯到前廳，在他背上重重一摁，他沒有防備，一下跪倒在地。抬頭一看，正中案前端坐一人，面目森冷，看冠戴，是獄令。旁邊另有一人，展卷執筆，應是獄史。

獄史冷喝道：「報上姓名！」

司馬遷一愣，一時間竟想不起自己名字來。

「叫什麼名字！」獄史猛地提高聲音。

⑱圜牆：圜（ㄩㄢˊ）同「圓」。漢代拘押官員的牢獄圍牆為圓形環圍。《釋名・釋宮室》：「獄……又謂之圜土。土築表牆形，形圜也。」

司馬遷一驚，才忽然記起，低聲道：「司馬遷。」

獄史提筆記下，又問：「現居何職？」

「太史令。」

「犯了何罪？」

「不知。」

獄令一直漠然看著他，聽到這句，忽然咧嘴而笑，笑聲陰惻尖利，其他人也陪著笑起來。

司馬遷這時才忽然覺到冤屈憤怒，卻說不話，渾身顫抖。

獄令歇住笑，懶懶道：「押進去。」

獄吏揪起司馬遷，推搡著走進旁邊一扇門，剛進門，一股黴氣惡臭撲鼻而來，裏面幽暗陰濕。司馬遷頓時恐慌起來，略一遲疑，背上又被重重一推，一個踉蹌，幾乎跌倒。站穩一看，房間狹長，一條甬道，旁邊是一排木欄隔開的囚室，裏面隱隱擠滿囚犯。

一個獄吏迎上來，手裏抱著一套赭色囚衣，冷冷道：「把冠袍脱掉！」

司馬遷仍像身在夢中，猶疑了一下，慢慢伸手摘下冠帽，放到身邊一個木架上。而後去解綬帶，手抖個不停，半晌才解開。又脱掉衣袍，只剩下褻衣。

「脱光。」獄吏將囚衣扔到司馬遷腳邊。

司馬遷心中悲鬱，抬頭望向獄吏，獄吏也盯著他，目光寒鐵一般，冷森森不可逼視。

想到自身處境，司馬遷頓時黯然自失，不敢爭辯，只得轉過身，面對著牆壁，遲疑了一會兒，才慢慢解開褻衣，脱得赤條條。只覺得後背獄吏目光冷冰冰如刀一般，心中羞憤欲死，忙抓起地上囚衣套在身上。

獄吏從旁邊取過一副木枷鐵鎖，鎖住司馬遷手足，套上木枷，而後吩咐道：「跟我走。」說著轉身向甬道裏面走去。

司馬遷跟著獄吏慢慢挪步，腳上鐵鏈沉重，哐啷作響。他轉頭一看，身旁每間囚室，都擠滿囚犯。長安城中原本只有幾處牢獄，但這些年來，政苛令繁，囚犯猛增，牢獄也不斷增加，已增至二十多座⑲。那些囚犯有的躺著，有的坐著，有的扒著木欄瞪著他，全都蓬頭垢面、身形枯瘦。

走到甬道盡頭，獄吏取下腰間掛的鑰匙，打開旁邊一間囚室，轉頭道：「進去。」

司馬遷向裏一望，陰暗中，小小囚室竟堆了十幾個囚犯，呻吟、咳嗽聲此起彼伏。走到門邊，司馬遷心裏有些怕，才一猶豫，身後挨了重重一腳，被獄吏踹了進去。裏面囚犯忙往牆邊躲靠，空出一塊地。

司馬遷生平第一次被人踢，又驚又怒，不由得回頭瞪向那獄吏，想要罵，氣怒之下，竟張口結舌，一個字罵不出。

「瞪什麼？」那獄吏兩步衝進來，抬腿朝司馬遷狠狠踢過來。

司馬遷從沒和人動過手腳，哪裏知道避讓？被獄吏一腳踢中腹部，一陣劇痛，頓時跌倒在

⑲《續漢書・百官志二》：「孝武帝以下，置中都官獄二十六所。」

地，撞到身後一個囚犯，那囚犯慌忙躲開。那獄吏卻不停腳，一邊罵一邊狠踢。司馬遷頭上、背上、腰間，一處接一處被踢中，手足被銬，無法躲避，忍不住叫起來：「住手！我是朝中官員！」

獄吏停住腳，忽然笑起來：「你也算官員？這間囚室裏，光兩千石的官兒就有三四個，你問問他們，敢不敢在我面前自稱官員？」

另一個獄吏也走了進來，手裏拎著一根木錘，怪笑道：「他可是堂堂太史令，六百石的大大官兒！」

司馬遷又痛又怒又羞又怕，趴在地上，不知道該如何是好。

獄吏又笑道：「在這裏，這木錘是丞相，笞板是御史，今天就讓木錘丞相教導教導你，打出你的屎來，讓你做個太屎令！」

說著，木錘劈頭蓋臉、冰雹一般向司馬遷砸落……

＊＊＊＊＊

御史府，院落深闊，樓宇軒昂。

硃安世和郭公仲兩人在黑暗中，尋著燈光，透過窗戶，一間一間房子找。

到一間大房外時，郭公仲低聲道：「這裏！」

硃安世湊近一看，窗內燈燭明亮，有兩人踞席對坐，其中一個是孩童，低垂著頭，一動不動，是驪兒！

硃安世這才長舒一口氣，郭公仲也咧嘴笑起來：「活的！」

硃安世又看屋中另一個人，是個中年男子，身穿便服。

郭公仲低聲道：「王卿。」

王卿正在問話，驪兒則低著頭，一聲不吭。

硃安世見四下無人，疾奔幾步，躥進門去。

驪兒聽到聲音，一抬頭，見到硃安世，驚喜無比：「硃叔叔！」

王卿聞聲扭頭，猛然看到這條陌生大漢闖進來，雖然吃驚，卻並不變色，竟仍端坐著，仰頭厲聲問：「什麼人？」

硃安世並不理會，過去拉起驪兒，往外就走。王卿急忙站起身，攔在門口，挺身而立，瞪著硃安世，目光凜然。

「讓開！」硃安世喝道。

「你就是硃安世？」王卿挺毫無懼意。

「正是老子，若不想死，給我讓開！」

硃安世伸手就要推開王卿，屋外忽然傳來一聲驚呼，是個婢女，正端著筆墨要進來。見此情景，手一慌，筆墨掉落在地。那婢女見勢不妙，轉身就跑，郭公仲已從一旁跳出來，捉住那婢女，蒙住她的嘴，推進了屋中。

郭公仲緊抓那婢女，向硃安世喊道：「走！」

硃安世手正停在王卿胸前，又低聲喝道：「讓開！」

王卿卻鎮定道：「我只要一聲喊，侍衛立刻就到。」

硃安世一愣：對了，他為什麼沒有喊叫呼救？

王卿接著又道：「硃先生能捨命救這孩子，重義守信，一諾千金，實乃君子俠士，王卿能得一會，三生有幸。」

說著竟抬臂向硃安世拱手致禮，神情十分恭肅。

硃安世越發詫異，郭公仲也同樣瞪大了眼睛。

王卿見狀，忽而笑道：「這孩子本該交給兒寬大人，卻陰差陽錯，到了我這裏。是不是？」

硃安世盯著王卿，心中疑惑，並不答言。

王卿望了望驩兒，又道：「我先見到那支竹簡，便覺得吃驚，這孩子留下來後，說要背誦東西給我聽，才念了兩句，他忽然察覺，問我是不是兒寬。我說不是，他便不再念了。所以我猜想你們誤把我當作了兒寬。不過，幸而找到的是我，若落於旁人之手，這個錯就犯得太大了……」

硃安世見他神色泰然、言語誠摯，戒備之心鬆了一些，卻仍不敢輕信，便問道：「你想怎樣？」

王卿不答反問：「你知道這孩子念的是什麼嗎？」

「不知道。」

「那你為何要救他？」
「救一個孩子，要什麼理由？」
王卿點點頭，低頭沉吟片刻，又道：「我可以放你們走，但有一事相求。」
「什麼？」
「讓這孩子把他背的東西念給我聽。」
硃安世看看驩兒，驩兒望著他，眼中驚疑，似有不肯之意。
硃安世便道：「這孩子的母親囑咐他，只能念給兒寬一個人聽，連我都不成，何況是你？」
王卿道：「那支竹簡上寫的四個字是『孔壁論語』，這孩子雖然只念了幾句，但我斷定他念的正是孔壁《論語》。你們也許不知，孔壁《論語》是當今世上唯一留存的古本《論語》，萬萬不能失傳。」
硃安世道：「我管不了這許多，我只想保這孩子性命。」
王卿忽然怒道：「你以為我是在貪圖什麼？這古本《論語》難道是什麼修仙秘笈、藏寶地圖？只要這孩子心裏還裝著古本《論語》，他便永無寧日。你難道沒有見識那些刺客？你能保得了這孩子一世安全？」
硃安世忙問：「你知道那些刺客？他們是誰？」
王卿眼中浮起陰雲：「你還是不知道為好。」
看神情，他不但與那些刺客無關，而且深含憂懼，硃安世略略放心。想起這一路上的艱辛危難，知道王卿所言不虛，那些刺客斷不會放過驪兒，不由得低頭躊躇。

王卿也沉默片刻，忽而俯下身，溫聲問驪兒：「孩子，你母親是否對你說過，背誦的這東西比你的性命更重要？」

驪兒遲疑片刻，點了點頭。

王卿繼續問道：「你母親之所以讓你只念給兒寬一個人，是因為她信任兒寬，怕別人不可靠，但現在兒寬已經過世，若你母親在這裏，你想她會怎麼做？」

驪兒咬著嘴唇，搖搖頭，小聲說：「我不知道。」

王卿笑了一笑，又溫聲道：「如果有人和兒寬一樣可靠可信，你母親會不會讓你念給他聽呢？」

驪兒猶豫不決，咬著嘴唇，答不上話來。

正在這時，有人忽然急急奔進來，硃安世和郭公仲急忙拔出刀劍。

第二十九章　饑不擇食

奔進來的是個年青男子，看衣著是僮僕，他見到屋內情形，頓時呆住。

硃安世伸手就要去捉那人，王卿忙勸道：「兩位不必驚慌。」隨即問那僮僕，「什麼事？」

「直指使者暴勝之率人前來，正在府門外，說是來捉拿逃犯。」

「哦？」王卿大驚，「他有沒有說是什麼逃犯？」

「沒有，但我看見卞幸先生跟隨著暴勝之一起來的。」

「卞幸？他怎麼會和暴勝之在一起？難道是他洩密？」王卿忙轉頭對硃安世道，「你們得立即離開，那卞幸是我的門客，今日這孩子來時，他也在一旁，必是他暗中通報了暴勝之。唉——怪我不善識人，誤交小人。」

「好！我們就此告別！」硃安世牽著驢兒就要往外走。

王卿忙問：「你們是如何進來的？」

「從後院，翻牆。」

「好，我去前面設法拖延，你們還是從原路離開！」

「謝謝王大人！」硃安世拱手道別。

「且慢，我還有幾句要說——」王卿回頭吩咐僮僕，「你快快出去，設法拖住暴勝之，我隨後就到！」

僮僕答應一聲，忙轉身向外奔去。

王卿走到硃安世面前，忽然雙膝一彎，跪到地上。

硃安世大驚：「王大人，你這是？」

王卿恭恭敬敬向硃安世行了一個叩首禮，而後又移動膝蓋，又向驩兒、郭公仲也各行了一個。

硃安世三人一時不知所措。

王卿站起身，鄭重言道：「三位，我這一拜，是為仁心道義而拜。古本《論語》一旦失傳，後世將再難看到公道之語、大義之言。荊州刺史扶卿曾經得傳孔壁《論語》⑳，但可惜學的不全，王卿懇請你們，去荊州找到扶卿，將全本古《論語》傳給他。當然，此事我也不能強求，由三位定奪。古本《論語》若能得以流傳，自是萬世蒼生之幸，如果失傳，也恐怕是天意如此，唉……好，我的話已經說完，就此別過，請兩位速速帶這孩子離開！」

說罷，王卿拱手道別，轉身出門，大步走向前院。

硃安世和郭公仲帶著驩兒，奔到後院，卻見牆外有火光閃動。

硃安世爬上牆，探頭一看，外面一隊騎衛舉著火把，排成一列，守住了後街。

＊＊＊＊＊

⑳ 王充《論衡・正說篇》：「孔子孫孔安國以教魯人扶卿。」

麗日耀長安，一道斜光，自小窗洞射進幽暗牢獄。

等司馬遷醒來時，渾身火燒火燎，遍體刺痛無比。

他想睜開眼睛，但左眼被踢腫，右眼也只能睜開一道縫，眼前幽暗中幾張憔悴面孔，目光麻木冰冷，形同鬼魅。他知道這些人都是朝中官吏，其中幾個他認得的，官位都遠遠高過他，然而到了這裏，卻全都連乞丐不如。

他忽然一陣心酸，淚水頓時湧出來，流到臉側傷口，一陣蟄疼。

他雖非生於豪貴之族，卻也是史官世家，自幼便乖覺馴良，只喜讀書，極少與人口角爭執，更無粗蠻之舉。成年之後，繼任太史令一職，也始終謹守本份、謙恭自持，遠避是非、全心攻史，哪裏曾遭過這等粗暴？儘管他早知當今酷吏橫行、牢獄殘狠，但此刻才終於明白何為身陷囹圄，何謂身痛心辱。

我做了什麼？我說了什麼？

他在心裏連聲問自己，漸漸想起：他是因替李陵遊說而獲罪㉑。

李陵是名將李廣之孫，驍勇善射，敢赴死命。天子派貳師將軍李廣利率三萬騎兵攻打匈奴，命李陵監護糧草輜重，李陵卻請纓率部眾獨自出征，側翼輔助李廣利。天子應允，但因戰馬不足，只許李陵帶五千步卒。

李陵率兵北上大漠，行軍一月，遇見三萬匈奴騎兵。李陵命士卒以輜重為營，千弩齊發，射

㉑參見司馬遷《報任安書》及《漢書・司馬遷傳》、《漢書・李陵傳》。

死匈奴幾千人。喜報傳回長安，天子大喜，群臣齊賀。

匈奴大驚，急招八萬大軍圍攻李陵。李陵率士卒且戰且退，轉戰千里，甚至一日數十戰，又先後射殺敵軍數千人。最後矢盡糧絕，卻救兵不至，李陵始終身先士卒，奮力督戰，士卒也感於義氣，泣血鏖鬥。匈奴卻怕有伏兵，不敢緊逼。李陵軍中有一人叛逃，向匈奴通報軍情，匈奴才全力進攻。李陵見再無活路，欲自殺殉國，被部下勸阻。朝中名將趙破奴㉒曾逃亡匈奴，後又歸漢，天子並不介意，委以重任，趙破奴屢建軍功，被封浞野侯。此後又被匈奴俘虜，再次逃回，天子仍未懲處。

李陵聞言，才斷了自殺之念，令士卒全力突圍，各自逃亡。匈奴數千騎追擊，李陵被捕，投降匈奴。五千步卒只有四百餘人逃回漢地。

天子聞訊大怒。群臣為求避禍，紛紛揭露李陵之短。司馬遷與李陵平素並無私交，但自幼敬慕李廣名將之風，又素聞李陵侍親至孝、待友信義，與士卒同甘共苦，為國奮不顧身，能得部下忠心死力。這次雖然兵敗投降，但五千兵卒，殺敵過萬，震懾匈奴，功足以掩過。而且，以李陵為人，應該不是真降，心中定然存著逃回報國之念。

那日，天子召群臣商議此事，司馬遷仍如慣常，在角落默不作聲、執筆記錄，那些大臣或唯

㉒趙破奴：西漢名將。《史記》：「將軍趙破奴，故九原人。嘗亡入匈奴，已而歸漢，為驃騎將軍司馬。北地時有功，封為從驃侯。坐酎金失侯。後一歲，為匈河將軍，攻胡至匈河水，無功。後二歲，擊虜樓蘭王，復封為浞野侯。後六歲，為浚稽將軍，將二萬騎擊匈奴左賢王，左賢王與戰，兵八萬騎圍破奴，破奴生為虜所得，遂沒其軍。居匈奴中十歲，復與其太子安國亡入漢。後坐巫蠱，族。」

唯諾諾附和聖意、或義憤填膺痛責李陵，滿朝竟沒有一人替李陵說一句好話。他越聽越氣憤，不由得抬起頭怒視這群奴顏小人。正巧天子望向他這邊，發覺他目光異常，便問道：「司馬遷，你怎麼看？」

司馬遷繼任太史令已近十年，常在末座，記錄天子和群臣廷議朝政。天子極少看他一眼，更難得和他說話。這時突然問他，他心中正在氣悶，一時激憤，便忘了妻子叮囑，脫口而答，據實而言，替李陵辯說。這些話他在心裏已反覆默想過許多遍，所以不假思索、一氣說出，話未說完，忽然被天子一聲喝止，而後，便被投到這裏。

我說錯了嗎？沒有。

我不該說嗎？該。

我秉直而言，天子為何發怒？

天子惱怒，應該不僅是因為李陵，更是為了李廣利。李廣利是天子寵妃李夫人之兄，天子連番命他出征匈奴，是望李廣利能如衛青、霍去病，破軍殺敵、建功封侯。而此次出征，李廣利大軍雖殺敵一萬，自己卻損折二萬，功不及李陵，過卻大之。天子之憤，實為遷怒。

司馬遷想：就算我錯看了李陵，他是真降，我進言有過，但依照律令，也並非大罪，最多不過褫奪官職。這雖然讓家族蒙羞，但我並未說違心話，免了官職、做個庶人，倒也少了許多煩惱，正好回鄉耕讀，清清靜靜完成史記。更何況，李陵一旦真的逃奔回漢，我就更沒有過錯了。

司馬遷躺在地上，捫心自問，並無愧疚，於是釋懷，掙扎著坐起來，見牆邊有一點空地，便挪過去，靠牆坐好，閉目休息。

這時，甬道中傳來腳步聲，繼而是鎖鑰撞擊聲，囚室中忽然騷動起來。司馬遷忙睜開眼，見其他囚犯全都聚到門邊，彼此不斷爭擠。他正在詫異，見一個獄吏提著一隻木桶，打開牢門，走了進來，站住腳，掃視一眼，囚犯們一起略往後退了退。獄吏放下木桶，桶中飄出一些熱氣，一股麥香撲鼻而來，原來是飯。麥香飄在囚室潮腐之氣中，異常誘人，司馬遷不由得嚥了一口唾沫，才發覺自己餓了。

獄吏才轉身，那些囚犯便一擁而上，獄吏回頭瞪了一眼，囚犯們忙一齊停住。獄吏出去鎖好門，轉身離開，囚犯們立即圍緊木桶，紛紛伸手去抓搶，鐐銬咣啷啷一陣亂響。司馬遷只在幾年前河東遭災時，曾見過饑民這樣爭搶食物，沒想到這些常日裏錦衣玉食的官員們竟也如此。搶到飯的，忙不迭往嘴裏塞，沒搶到的，拼命擠進去伸手亂抓，喉嚨中發出野獸般低吼聲。

司馬遷目瞪口呆，又驚又憐，不忍再看，重又閉起了眼睛。

過不多久，囚室重又安靜下來，囚犯們各自縮回原地，只有兩個老病者，仍趴在桶邊，一個手伸在木桶裏摸尋剩下的飯粒，另一個在桶邊地下撿拾掉落的殘渣。司馬遷睜眼瞧見，心裏一陣酸辛。

＊＊＊＊＊

御史府後牆外，火光閃動，軍吏呼喝、馬蹄踢踏，前院也傳來叫嚷之聲。

硃安世左右看看，見左邊高牆外隱隱露出樹木樓閣，便牽著驢兒道：「去那邊！」

三人急奔到左牆，硃安世先一縱身攀上牆頭，向外一看，一座庭院，應是比鄰的官宅。他騎在牆上，郭公仲托起驢兒，硃安世伸手接住，拉了上來，郭公仲隨後攀上牆，跳進鄰院，硃安世先把驢兒送下去，而後自己也跳了下去。

他略一環望，小聲道：「前街後街都有把守，得到前面橫街才走得掉。」

「走！」郭公仲率先引路。

三人貼著牆，在黑影中潛行，穿過庭院，到了對面院牆，正要翻過去，後面忽然傳來一聲惡狗嘶吠，一個黑影猛地竄了過來，郭公仲急忙一刀甩出，那個黑影猛地倒地，一陣嗚咽，再無聲息。

「快！」郭公仲催道。

三人急忙翻牆過去，小心戒備，繼續向前疾奔，幸好再無驚險，一連翻過五座相鄰庭院，才終於來到橫街，左右一看，街上漆黑寂靜，果然沒有巡守。

硃安世道：「現在出城太危險，得先躲起來，等天明再想辦法混出城。」

郭公仲道：「老樊。」

「樊大哥？他回長安了？仍住在橫門大街？」

「對。」

「好，就去他那裏躲一躲。」

橫街向北，一條大道直通東、西兩市。

三人忙趁著夜黑急急向西市奔去，西市門早已關閉。他們繞到西市拐角，爬上牆邊一棵高柳，跳到裏面亂草叢中，進到西市，拐過一個街口便是樊仲子的春醴坊。

三人摸到後院，翻牆進去，居室窗口透出燈光，他們走到窗邊，硃安世按照規矩，三輕三重，間錯著扣了六下。

片刻，一個人開門出來，燈影下，身形魁梧，正是樊仲子。

樊仲子一見他們，低聲道：「是你們，快進來！」

進了屋，樊仲子妻子迎了上來。

硃安世忙拱手道：「大哥、大嫂，又來給你們添痲煩了！」

樊仲子哈哈一笑，聲音洪亮：「怪道這兩天耳朵發燙、腳底發癢，正猜誰要來，沒想到是你們！」

三人坐下，樊仲子忙催妻子去打酒切肉。

樊仲子望著驩兒問：「這就是那孩子？」

硃安世納悶道：「哦？樊大哥也知道這孩子的事？」

樊仲子笑道：「你在扶風事情鬧那麼大，連減宣都被你害死，聾子都聽說了，哈哈。早知這麼纏手，就不讓你去接這樁事了。」

當初硃安世接驩兒這樁買賣，正是樊仲子引薦。樊仲子父親與湟水申道曾是故交，申道從天水託人送信給他，求他相助，但並未言明是何事，只說是送貨，酬勞五斤黃金。樊仲子當時在忙另一樁事，脫不開手，正在為難，剛巧硃安世正需要回家之資，向樊仲子打問生意，樊仲子便轉薦給他，回信申道，約好在扶風交貨。

硃安世回想起來，不由得苦笑一聲，但也不願多想，隨即道：「因為我，拖累樊大哥幾乎受害，實在是——」

樊仲子大笑著打斷他：「你又不是不知道我的脾性，三天無事，就會發癢，十天沒事，準要生病。何況，我也只是出城避了避而已，你把汗血馬還了回來，我也就無礙了。又託人打點了杜周的左丞劉敢，更加沒事了。」

「汗血馬是韓嬉還回來的，那減宣也是中了韓嬉的計策。」

「嬉娘當時也在扶風？」樊仲子眼睛頓時睜大。

當年樊仲子認得韓嬉時，前妻已經病逝，他和韓嬉十分親近，眾人都以為兩人會結成婚姻，誰知後來竟無下文，過了兩年，樊仲子續弦，娶了現在的妻子。

硃安世當然知道這段舊事，但不好隱瞞，只得將這一年多和韓嬉同行的事大略說了一遍。

樊仲子不但毫不介意，反倒開懷大笑，連聲讚歎：「果然是嬉娘，不愧是嬉娘，也只有她才做得出！」

隨後說到趙王孫的死，屋內頓時沉默。

樊仲子眼圈一紅，大滴眼淚落下，他長歎口氣，抹掉眼淚，感歎道：「可惜老趙，我們這一夥都是粗人，只有他最有學問。今後再聽不到他大談古往英雄豪傑事蹟了……唉！不過，說起來，人都要死，老趙為救人仗義而死，也算死得值了。過些年，等我活厭煩了，也去救他百十個人，這樣死掉，才叫死得痛快。」

話音剛落，忽然「啪」地一聲，大家都驚了一跳。是郭公仲，他用力一拍木案，臉漲得通紅，張著嘴，半晌才吐出幾個字：「別……別……忘我……」

樊仲子一愣，隨即明白，哈哈笑道：「放心，我這人最怕孤單，到時候一定約你同去。咱們生前同飲酒，死後同路走！」

「好！」郭公仲重重點頭。

硃安世聽得熱血沸騰，驩兒也張大了眼睛，小臉漲得通紅。樊仲子的妻子則在一旁苦笑一下，輕歎了一聲。

飲了幾巡，硃安世想起王卿，便問道：「樊大哥知道御史大夫王卿這個人嗎？」

樊仲子道：「我只知他原是濟南太守，前年延廣自殺後，他遷升為御史大夫。你問他做什麼？」

硃安世將方才御史大夫府中的經過講了一遍。

樊仲子望望驩兒，想了想，道：「《論語》這些事我也不懂，只有老趙才懂。你現在怎麼打算？」

回想起王卿那番言行，硃安世暗暗敬佩，隱隱覺得此事可能真的事關重大。但看看驩兒，瘦小單弱，一雙黑眼睛始終藏著驚慌怯意，實在不忍讓他再涉險境，便道：「我也不知王卿所言是否屬實，驩兒這孩子為了這書吃盡了苦頭，我只想讓驩兒盡快脫離險境。但王卿有句話說得不錯，驩兒只要還記著這書，那些刺客恐怕就不會輕易罷手。對了，樊大哥，暴勝之是什麼人？」

「暴勝之原來是羽林郎㉓，後來升作光祿大夫。去年山東百姓聚眾為盜，攻城奪寨。暴勝之又被任命為直指使者，身穿繡衣、手執斧鉞，前往山東逐殺盜賊。朝廷還下了道『沉命法』㉔，盜賊興起，若當地官吏沒有發覺，或就算發覺，逮捕不及時、滅賊不夠數，二千石以下的官員都要處死。暴勝之到了山東，不但盜賊，連刺史、郡守、大小官吏，也被誅殺無數。暴勝之因此立了大功，那日他的車馬儀隊回長安，從我這門前經過時，我正好在樓上，看他坐在車中，鼻孔朝著日頭，好不得意，他左臉本來有大片青痣，那天都變成了醬紅色——」

「青痣？」硃安世大驚：「是不是左半邊臉，從左耳邊直到左臉頰中間？」

「你也見過？」

㉓ 羽林郎：漢代宮廷禁衛軍。《漢書》：「武帝太初元年，初置建章營騎，後更名羽林騎，屬光祿勳。又取從軍死事之子孫，養羽林官，教以五兵，號羽林孤兒。」

㉔ 沉命法：《漢書．酷吏傳》：「散卒失亡，復聚黨阻山川，往往而群，無可奈何；於是作沉命法，曰：『群盜起不發覺，發覺而弗捕滿品者，二千石以下至小吏主者皆死。』」

「一路追殺我們的刺客，都穿著繡衣，上面繡著蒼鷹，手執長斧。其中一個我曾捉到過，又被他逃了，左臉上就有一大片青痣。我還從刺客身上搜出半個符節。」

「哦？看來那人應該正是暴勝之，他的隨從那天穿的正是這種蒼青繡衣。但他隸屬光祿勳，掌管宮廷宿衛，怎麼會千里萬里去追殺？」

「光祿勳官長是誰？」

「呂步舒。」

「呂步舒是什麼來路？」

「我只知道他是董仲舒的弟子，曾做過當年丞相公孫弘的長史，後來進了光祿勳，便極少聽到他了。此事看來確實非同小可，我這裏也不安全，明天先將你們送出長安，我們再從長計議。」

第三十章　御史自殺

長安每面城牆三座門，共有十二座城門。橫門位於城西北端，從西市出城，此門最近，一條直路便到。

第二天一早，樊仲子和郭公仲騎著馬，兩個僮僕趕著一輛牛車，車上擺著兩個大木桶，散出陣陣酒香，慢悠悠來到城門下。

城門防衛果然比平日嚴密了很多，往日只有八個門吏把守，今天增加了兩倍，而且京輔都尉㉕田仁居然在親自督察。

到了門樓下，樊仲子跳下馬，笑著拜問田仁，田仁私下和他一向熟絡，今天當著吏卒卻只略略一笑，問道：「又出城送酒？」

「去拜望老友，田大人這裏看來又有緊要的差事，不敢打擾，改日再拜。」

田仁忽道：「稍等，今日上面有嚴令，所有出城之人都得搜檢。老樊見諒！」

樊仲子笑道：「哈哈，這有什麼？按章辦事。」

田仁點點頭，向身邊一名門吏擺擺手。那門吏走到牛車邊，揭開木桶蓋，向裏望望，又揭開另一個桶，也查看後，回頭稟告道：「兩只桶裏都裝的是酒。」

㉕京輔都尉：掌管京畿軍事的武官。《史記・田叔列傳》：「仁以壯勇為衛將軍舍人，數從擊匈奴，衛將軍進言仁為郎中，至二千石，丞相長史，失官。後使刺三河，還，奏事稱意，拜為京輔都尉。」

田仁道：「好，老樊可以走了。」

樊仲子一眼看見田仁身後一張木案上擺著盛水的罈子和兩只水碗，便對僮僕道：「去取那罈子過來，把酒裝滿。」

田仁忙道：「老樊多禮了，正在公務之中，不能飲酒。」

「這不是上等酒，不敢進獻大人，等忙罷了，犒勞一下軍卒。去，裝滿！」

一個僮僕跑過去，將罈子裏的水倒掉，抱回來，爬上牛車，揭開桶蓋，拿起木勺，從裏面舀出酒來，注入水罈中，那酒是金漿醪，在晨光下如金綢一般瀉下。

剛舀了兩勺，樊仲子叫道：「這桶不好，微有些酸了，舀另一桶。」

那僮僕依言揭開另一桶，舀出酒來，將水罈灌滿，抱回木案上。

樊仲子這才拜別田仁，驅馬趕車，出了城門，一路向東北，到了茂陵郭公仲家。

韓嬉迎了出來，一見樊仲子，伸手在樊仲子胸口戳了一下，笑道：「樊哥哥，不在家裏陪嫂嫂，又來這裏湊熱鬧。」

樊仲子也哈哈笑道：「韓嬉妹妹還是這麼俏皮不饒人。你來看，樊哥哥給你變個戲法！」

說話間，牛車已經趕進院中，關好大門，郭公仲喚自家兩個僮僕，和樊仲子的兩個僮僕，四人合力將一隻木桶搬了起來，底下露出一人，縮身蜷坐，是硃安世。僮僕又搬起另一隻桶，下面是驩兒。

韓嬉見了，又驚又笑，忙過去細看，原來：這兩只木桶是樊仲子精心特製，專門用來運人。

木桶底部凹進去一截，剛好能容一個人縮在裏面。將空桶罩住人，再選稠濁的醴醪，灌滿木桶，從上面便看不出桶裏高出一截。

驪兒坐在桶下倒沒覺得怎樣，硃安世這一個多時辰卻很是憋屈，手腳痲木，頭頸酸痛，半天才能活動。

＊＊＊＊＊

牢獄之中，漸漸昏暗。

捱到黃昏，司馬遷腹中饑火漸漸燒灼起來。

這時他才有些後悔，剛才多少該過去抓一點飯來充饑。看其他人，或躺或坐，各不理睬，若不是有呻吟聲、咳嗽聲，竟像是在一座墳墓之中。司馬遷原本最不喜與不相干的人說話，這時卻很想找人說兩句話，但看別人都漠不相關，只得閉目忍著。

他忽然格外想念妻子，妻子一定早已得知消息，不知道此刻她焦急成什麼樣子。他暗暗有些後悔，沒有聽妻子勸告，逞一時義氣，魯莽進言，未必幫得到李陵，卻讓自己身陷囹圄。

這牢獄，一旦進來，即便能走得出去，恐怕也得受許多磨折。僅此刻這番煎熬，已是他生平從未經歷過的。再看身邊這些人，不知道被囚了多久，各個只勉強尚有人形而已，其實已和殘犬病鼠無異。過不了多久，自己也將是這番模樣。

他越想越怕，口乾舌燥，虛火熾燃，想找口水喝，但遍看囚室，並不見哪裏有水。他忍了良久，終於忍不住，碰了碰躺在身邊一個囚犯，小心問道：「請問哪裏有水？」

那人背對著他，並不理睬，司馬遷又低聲求問兩遍，那人才有氣無力說了句：「明早。」

司馬遷頹然躺倒，身子篩糠一般，不住顫抖，越顫越凶，見身下鋪著些乾草，慌忙抓了一把，塞進嘴裏，雖然一股黴臭，但嚼起來略有濕氣，嚼爛後，竟隱隱有一絲甜。嚥下肚去，覺著甚是舒服。他大喜，又抓了一把狠力嚼起來。沒多久，竟將身下的乾草全都吃盡，這才稍稍緩解了饑渴。

不知道熬了多久，門外甬道又響起腳步聲和鑰匙撞擊聲，其他囚犯立即聞聲而動，紛紛搶向門邊。司馬遷也慌忙爬起來，顧不得遍體疼痛，掙著身子湊了過去。

果然是獄吏來送晚飯。

囚犯們等獄吏一走，照舊一擁而上，司馬遷在外圍擠不進去，便伸長了手臂，從兩個囚犯身子中間硬穿進去摸尋，還沒夠到木桶，身前的囚犯忽然一肘回過來，擊中司馬遷的眼角，頓時痛徹心扉，他卻顧不得痛，一手捂著眼睛，一手繼續伸手亂抓。

好不容易抓到一把飯，是溫熱的，他忙攥緊抽回手，急急塞進嘴中，是粗麥飯，麩皮多過麥粒，十分粗礪，但吃起來竟比世上任何美食都要香甜。他一邊急嚼急吞，一邊又伸手去抓。

頃刻間，桶裏的飯已被搶光，囚犯們也各自散開。

司馬遷前後一共只搶到三把，他攥著第三把飯，正要往嘴裏送，一眼看到一個老囚半跪在他身邊，白髮稀疏蓬亂，眼窩幽黑深陷，眼巴巴望著他手裏的飯，司馬遷心中不忍，遲疑了片刻，狠狠心，把飯遞給老囚，老囚忙伸雙手一把刨過，送進嘴裏，一陣急呑，倏忽吃完，才連聲道謝。

司馬遷歎著氣搖搖頭，回到牆邊重新坐下。只吃到那點麥飯，非但沒有療饑，反倒更加餓了。到了夜裏，別人都已睡著，他卻根本無法入眠。身上疼痛，無論怎麼躺，都會壓到傷處，疼狠了，就輾轉一下身子，腹中饑餓，又抓些身旁的乾草，放進嘴裏嚼。折騰大半夜，好不容易才昏昏睡去。

清晨，他被開鎖聲、鐐銬聲吵醒，睜眼一看，獄吏又提了一隻木桶進來。司馬遷以為是早飯，忙爬起來趕過去，隔著前面囚犯，探頭一看，桶裏不是飯，是水。這次囚犯們竟沒有爭搶，兩個身強體壯的囚犯先走過去，彎下腰，各自伸手，從桶裏捧起水喝。應該是怕搶灑了水，才依次來喝。等那兩人喝足之後，另兩個才走過去喝。囚室中一共十三個囚犯，按體格強弱輪次。

其他人全喝過後，司馬遷才和那個老囚一起過去，桶裏水雖不多，但幸好還剩得有一些。司馬遷早已渴得口焦喉灼，忙捧了一捧喝，只覺得那水流入喉嚨，甘美如蜜。兩人用手捧了兩捧後，水已經到底，再捧不起來，司馬遷便提起桶，托住桶底，讓老囚用嘴接著，他慢慢傾倒。老囚喝了一些，便接過桶幫司馬遷倒。司馬遷張嘴大飲，一氣喝盡，總算解了焦渴。

放下桶，兩人相視一笑，老囚口中只剩了三顆牙。兩人靠牆坐到一處，司馬遷低聲報了自己姓名，問老囚，老囚也小聲答道：「萬黯。」

司馬遷又問：「你是為何被拘在這裏？」

老囚卻不再答言，目光躲閃，神色十分緊張。司馬遷迷惑不解，但隨即明白：這些年太多人因言獲罪，稍一不慎，一旦傳到獄吏耳中，恐怕要罪上加罪。

難怪這裏死氣沉沉，無人說話。

他也不再開口，呆呆坐著，默想心事。

*****

樊仲子打探到，暴勝之在御史府撲空後，立即遣繡衣使者四處追蹤。

硃安世和驩兒便在郭公仲家躲藏。

正廳坐席下有個暗室，沒有外人時，眾人就坐在正廳飲酒閒談，若有人來，便揭開坐席，掀起地板，硃安世和驩兒鑽下暗室躲避。

一日，樊仲子急急趕回來，進門便道：「王卿自殺了！杜周升任御史大夫㉖。」

郭公仲驚道：「又？」

樊仲子道：「聽說廷尉率人到御史府緝拿王卿，進到府中一看，王卿已經服了毒酒，剛死不久。」

㉖《漢書・百官公卿表》：「（天漢）三年春二月，御史大夫王卿有罪，自殺。」「執金吾杜周為御史大夫。」

硃安世想起那夜王卿言語神情，心想王卿至少也是個正人君子，不免歉疚傷懷：「莫非是我們拖累了他？那夜暴勝之得到王卿門客的密報，才去捉拿驩兒，沒捉到驩兒，自然知道是王卿放了他。」

韓嬉奇道：「這點事也值得自殺？」

樊仲子歎道：「這些年接連自殺的丞相、御史大夫㉗哪個真的罪大惡極了？只要一言不慎，立遭殺身之禍。哪有常情常理可言？」

硃安世低頭想想，道：「據王卿所言，驩兒背誦的古本《論語》非同尋常。那夜王卿放我們走時，應該知道自己必死無疑，他自殺，恐怕是以死謝罪，防止連累家人。臨別前，王卿跪下來叩拜我們三個，求我們去荊州找刺史扶卿，把古本《論語》傳給他。但驩兒的母親曾叮囑只能傳給兒寬一個人……」

他望向驩兒，驩兒也正望著他，黑眼睛轉了轉，咬了咬嘴唇，小聲說：「我們可能應該聽王卿伯伯的。」

硃安世有些吃驚：「哦？」

驩兒繼續道：「王卿伯伯如果把我交出去，就不用死了。他連命都不要，肯定不會說謊騙我們。」

㉗漢武帝在位五十四年，共用十三位丞相，只有四人善終，三人被免、三人自殺、三人被斬。十八位御史大夫，五人自殺，一人被斬，另有延廣結局不明。（參見《漢書・百官公卿表》）

樊仲子讚歎道：「好孩子，說得很好！小小年紀，卻能明白人心事理。我也覺著是。」

韓嬉眉梢一揚，道：「既然這古本《論語》這麼重要，他們又一直追殺驩兒，咱們就把它抄寫下來，到處去送，等傳開了，他們就沒法子了，也就不用再追殺驩兒了。」

樊仲子猛拍大腿：「好！」

郭公仲卻搖頭道：「不好。」

樊仲子忙問：「怎麼不好？」

「嫁……嫁……」郭公仲一急，頓時口吃。

樊仲子和韓嬉一起問道：「駕什麼？駕車？嫁女？」

郭公仲越急越說不出來。

硃安世忙問：「郭大哥，你是不是要說『嫁禍』？」

「對！」郭公仲忙用力點頭。

硃安世道：「郭大哥說得對，他們既然會因這書追殺驩兒，你傳給別人，不是嫁禍給別人？」

韓嬉道：「傳幾部不成，咱們就花錢抄它幾千幾萬部，遍天下去傳，我不信他們能殺盡天下人。」

郭公仲又連連搖頭。

硃安世繼續道：「他們不需全殺，只要殺幾個，這消息一旦傳出去，誰還敢接這書？就算有不怕死的，暴勝之那些人也會像追殺驩兒一樣，一個不會放過。」

樊仲子點頭道：「說的也是。依你看，該怎麼才好？」

韓嬉接過來道：「那就只有找不怕死的儒生，傳給他，他再悄悄傳給可靠的弟子，這樣一代代暗中傳下去，等沒有危險了，再公諸於世。」

硃安世點頭道：「我猜驩兒的母親正是這樣想的。她能找到的可靠之人，只有兒寬，所以才叮囑只能傳給兒寬。其實傳給誰不重要，重要的是這個人，一要懂《論語》，二要不怕死。」

郭公仲也點頭贊同。

樊仲子道：「這樣的人，還真不好找。死，我倒不怕，可惜我根本不識幾個字，更不用說懂這些了。」

硃安世道：「王卿能舉薦荊州刺史扶卿，應該是信得過這個人。」

樊仲子道：「不過是一部書而已，送給我，只能當燒柴，居然鬧到要人命？」

韓嬉笑道：「你有酒有肉，有自已營生。這些儒生有什麼？不都是靠這些經書謀飯吃？我猜這《論語》應該有好幾種，一家不服一家，王卿說驩兒背的是《孔壁論語》，恐怕是比別家更貴重些，所以招來忌恨。」

樊仲子笑道：「也是，就像我們盜墓，你有你的法子，我有我的門道，但一座墓，你要是先探到了，就沒我的飯吃了。但我若先除掉你，寶物就歸我了。」

硃安世反駁道：「我們雖然為盜，也要義氣為重。這些儒生，眼裏只有權勢利祿，比所有人都要殘狠。這些人皮狼心的事我管不到，也懶得管。眼下我只管一件事——無論如何，都要保驢兒平安。至於這《論語》……」

說到這裏，硃安世遲疑起來。

他一向最憎儒生。除去身世之恨，僅平生所見儒生的作為，也足以讓他厭惡。想農夫種田、工匠做活、商人販貨，哪個不是辛勞謀生？就連自己為盜，也得冒牢獄之險、性命之災。只有這些儒生，讀幾篇破書爛文，就為官做吏、拿俸取祿。最可恨的是，這些儒生嘴上仁義，心藏蛇蠍。為了利祿，做豬做狗；見了百姓，卻又如狼似虎。

但想想扶風老人和王卿，兩人同樣也是儒生出身，但其坦然赴死之氣度，又讓他不能不肅然生敬。

於是他歎道：「若這書真如王卿所言，事關重大，那就跑一趟，去荊州傳給扶卿。我倒不是為了什麼狗屎儒家。只是聽驢兒說，好幾個人都為它送了命，我自己親眼見到的就有兩個，一個是扶風那老人家，一個是王卿。不為別的，只為兩人這份義氣，也該出點力，了卻他們的遺願。」

韓嬉道：「要保驢兒平安，只要多加小心，找個僻靜角落躲幾年，應該就不會有事了。倒是這書有些麻煩，我們都不懂，又不能去問人。」

樊仲子道：「我倒記起一個人，名叫庸生，是膠東人，據說學問極高，但為人性子太拗，來長安求學謀職，始終不得重用，住在長安城郊一個破巷子裏，替人抄文度日，窮寒得很。我聽說之後，想接濟他一些錢物，沒想到反被他稀奇古怪罵了一頓，哈哈！這人骨頭極硬，應該不會亂說話。乾脆我去請了他來，咱們轉彎抹角打聽一下。」

郭公仲一直在聽，這時忽然道：「快！去！」

＊＊＊＊＊

被囚幾日後，司馬遷身上的傷漸漸好轉。有了氣力，又餓怕了，搶飯的時候，他不再辭讓，搶到的飯越來越多，至少也能吃個半飽，還能幫那老囚萬黯搶一些。

每日，他只記著三件事：早上不要誤了喝水，中午和傍晚盡力多搶些飯。其他時候，便昏昏沉沉躺著。

有時，獄吏不高興，進來拿他們出氣。開始司馬遷不知情，莫名挨打，心中氣恨，神色便會流露出來，結果只會激怒獄吏，打得更重。於是，他漸漸學會，只要聽見獄吏來，就盡快縮到牆角，不動，不抬頭，不發出聲響。實在躲不開，被踢被打時，也盡量蹲伏在地下，護住頭臉，挨幾下便無事㉘。

起初他還盼著能早日離開，但獄中囚犯太多，他連審訊都等不來。牢獄苦悶，他日夜渴見妻子、女兒和衛真，但獄中為防串謀，不許親友探看。他只好以莊子那句「知其無可奈何而安之若

㉘參見司馬遷《報任安書》：「今交手足，受木索，暴肌膚，受榜箠，幽於圜牆之中，當此之時，見獄吏則頭搶地，視徒隸則心惕息。何者？積威約之勢也。及已至此，言不辱者，所謂強顏耳，曷足貴乎！」

命」來釋懷，又以孔子被拘於匡、困於陳蔡，卻安仁樂道、弦歌不輟來自勵。盡量不再自尋煩惱，安心等候，過了一陣，竟漸漸忘了時日，甚至忘了自己身在囹圄。

一日清晨，甬道牆上小窗洞外，霞光金亮，斜射進囚室。獄吏又送來水，司馬遷最後一個喝，桶裏水剩得不多，他便托起木桶，直接往嘴裏灌。他背對著小窗，霞光正巧照在木桶中，他猛然看到水中映出一張面孔：臉色慘白，眼窩深陷，顴骨高聳，鬚髮蓬散，沾著幾根乾草，尤其那眼神，像是窮巷中常被毆打的野狗的目光，呆滯中閃過驚怯。

司馬遷先是一驚，繼而慘然呆住，不敢相信這是自己，幽魂野鬼一般，與囚室中其他囚犯毫無二致。

他慢慢放下桶，木然站著，眼中不由自主流下淚來。

十歲起，他就開始誦習古文，遍讀諸子群經；二十歲，隨父進京，跟隨名儒孔安國、董仲舒學史；之後遍遊天下，南涉江淮沅湘，踏訪禹穴古蹟，北至淮泗齊魯，觀習孔子遺風；三十五歲，任郎中一職，奉使西征巴蜀昆明；三十八歲，繼任太史令，博覽宮中秘藏書卷。繼承父志、豪情滿懷，要撰寫數千年史記，究天人之際，通古今之變，成一家之言。現在卻身陷牢獄，形容枯槁、面無人色，每日只為一飯一飲而拼搶㉙。

㉙參見《史記・太史公自序》、《漢書・司馬遷傳》。

他不知道何時能出獄，妻子一介女流，連來獄中探視都不許。親族中，只有女婿楊敞任個小官職，而且素來膽小怕事，根本不能指望。至於朋友，只有任安能傾力相救，但他遠赴蜀地，恐怕還不知道自己遇難。田仁雖然已經回到長安，天子面前也說得上話，但至今不曾露面，想是怕惹禍上身。其他人本來就交接不多，更何況這次是當面觸怒天子，人人避之不及，怎麼會有人肯替他分辨？

司馬遷雖然一向疏於交遊，但從未如此孤立無援，像是被舉世遺棄了一般，心中一片荒寒悲冷。

眼下，他只能盼李陵能早日逃回來，這樣他便可脫罪。然而李陵會回來嗎？何時才能回來？若他十年不回，我便要在這牢獄中苦捱十年？而且，天子之怒並不純然為李陵，定然不會全然無罪，總要加些罪名。

他越想心越亂，在囚室裏走來走去，腳上鐐銬不停拖響。

「做什麼?!」獄吏聞聲趕過來，手裏握著木錘，隔著木欄向他搗過來。

司馬遷胸口被搗中，一陣痛楚，卻不閃不避，怒目問道：「何時審訊我？」

「想被審？好，我就來審審你！」獄吏取鑰匙開了鎖，一把推開門，兩步跨進來，揮起木錘就打。

司馬遷重重挨了幾下，怒氣頓時無影無蹤，忙蹲下來抱著頭，咬牙捱著。那獄吏狠狠敲打了十幾錘，又一腳把司馬遷踢翻，才罵著離開。

司馬遷躺在地上，遍體疼痛，心中氣悶，喉嚨中發出梗澀之聲，又像哭，又像笑。

良久，平靜下來後，他才告誡自己：以後再不可這樣，你得留著命，你的史記才寫了一半。你若這樣死掉，連條野狗都不如。

他漸漸振作起來，這囚室中沒人說話，很是安靜，又無事可做，雖然沒有筆墨，卻可以打腹稿。於是他便一篇篇在心裏細細醞釀，一遍遍默誦，死死記牢。

這樣，他又渾然忘記了時日和處境。

第三十一章　生如草芥

樊仲子果然請了庸生來。

硃安世和驩兒躲在暗室下面，聽上面樊仲子恭恭敬敬請庸生入座。郭公仲口不善言，只說了個「請」字。

「不知兩位請我來有何貴幹？」一個枯澀但剛勁的聲音，自然是庸生。

樊仲子賠笑道：「先請庸先生飲幾杯酒，我們再慢慢說話。」

庸生道：「飲酒有道，舉杯守禮，或敬賓客之尊，或序鄉人之德，我一不尊貴，二無宿德，這酒豈能胡亂喝得？」

硃安世聽了，不由得皺起眉，他最怕這些迂腐酸語，若在平日聽到，恐怕會一拳杵過去。

樊仲子卻依然和氣賠笑：「先生學問精深，在我們眼裏，先生比那些王侯公卿更加尊貴。我們都是粗人，不敢拜先生為師，但有些學問上的事，要向先生討教，理該先敬先生一杯。」

庸生卻道：「賓主行酒禮，豈有女子在座？孔子曰：教之鄉飲酒之禮，而孝悌之行立矣。你們果然粗莽不知禮儀。」

樊仲子忙道：「先生教訓的是，這是我家一個遠親表妹，向來缺少訓導，所以才要向先生請教——你還不快退下！」

硃安世頓時笑起來，正在想韓嬉會氣惱得怎樣，卻聽韓嬉笑道：「哎呀，先生吶，小女子生在窮鄉僻壤，投奔這裏之前，連件像樣的衣服都沒穿過，哪裏知道這些禮數？小女子這就退下，還望先生以後多多教導。」

隨後，一陣細碎腳步聲，韓嬉去了側室。

庸生氣呼呼道：「毫無禮法，粗陋不堪，這酒你拿開，我不能飲！」

樊仲子仍小心恭敬：「酒不喝，那先生請吃些菜？」

庸生道：「非禮之祿，如何能受？」

樊仲子道：「我聽一個故友說，當年人們向孔子拜師，至少要送上一束乾肉，我們要向先生求教，這菜肴就當敬獻的薄禮吧。」

庸生道：「如此說來，倒也不違禮儀，那我就不客氣了。」

隨即，一陣稀里呼嚕咀嚼、砸吧、呑嚥聲，想來那庸生許久沒有沾過葷腥，吃得忘了他的禮儀。

許久才聽庸生咂著嘴道：「好了，既收了你們的束修，有什麼問題請問吧。」

樊仲子問道：「請問先生《論語》是什麼書？」

庸生道：「《論語》乃聖人之言、群經之首，是孔子教授弟子、應對時人之語。後世弟子欲知夫子仁義之道，必要先讀《論語》。」

「天子設立五經博士，《論語》是五經之一嗎？」

「非也，五經者，《易經》、《書經》、《詩經》、《禮經》、《春秋》。」

「既然《論語》是孔夫子聖言，如此重要，為什麼不立博士？」

「天有五行，人學五經，此乃天人相應之義。」

「《論語》就不合於天了？」

「胡說！五行之外更有陰陽，五經之外，還有《論語》、《孝經》。」

「書還要分陰陽？」

「世間萬物莫不分陰陽，何況是聖賢之書？五行歸於陰陽，五經總於《論》《孝》。《論語》是尊聖之言，屬陽；《孝經》乃敬祖之行，屬陰。言行相承、陰陽相合，體天之道、察地之義。春以知仁、秋以見義。地承天，子孝父，星拱月，臣忠君……」

庸生滔滔不絕講起來，起初，硃安世還能勉強聽懂，後來便如陷進泥沼，聽得頭昏腦脹、煩懣不堪。樊仲子在上面也半晌不出聲，恐怕也是一樣。

幸而郭仲子性急，忽然打斷道：「孔壁！」

庸生終於停住嘴，問道：「什麼？」

樊仲子忙道：「先生講得太好了！只是我們蠢笨，怕一時領會不了這麼多。眼下，我們有一件事向先生請教——」

「何事？」

「古文《論語》是怎麼一回事？」

庸生聲音陡變，十分詫異：「此事你是從哪裏聽來的？」

樊仲子笑道：「有天在路上，我聽兩個儒生在爭論什麼古文《論語》、今天的《論語》，我也聽不懂，只是覺得納悶，一本《論語》還要分這麼多？」

「非『今天的《論語》』，乃『今文《論語》』。秦滅六國之前，各國文字不一，秦以後才統一為小篆，到我漢朝，隸書盛行，稱為『今文』，古文乃是秦以前文字。」

「這麼說古文《論語》是秦以前的？」

「正是，秦焚燒典籍，又禁民藏書。百年之間，古文書籍喪失殆盡。經典多是口耳相傳，用隸書抄寫，故而稱為『今文經』，由於年隔久遠，加之各家自傳，到了今世，一本經便有諸多版本。方才所言今文《論語》便有齊《論語》和魯《論語》之分，我所學的是齊《論語》㉚。」

「先生沒有讀過古文《論語》？」

「古文《論語》本已失傳，後來在孔子舊宅牆壁之中掘出一部，孔安國將之獻入宮中，秘藏至今，未能流傳。我來長安，本意正是想學古文《論語》，可惜未能得見。」

樊仲子道：「原來宮中也有一部？」

庸生驚問：「宮外也有一部？」

樊仲子忙掩飾道：「那日我聽那兩人談論古文《論語》，他們恐怕有一部吧。」

「絕無可能，現今世上只有一部。」

㉚ 據《論語注疏・解經序》（魏・何晏注，宋・邢昺疏）：膠東庸生傳齊《論語》，「安昌侯張禹受《魯論》於夏侯建，又從庸生、王吉受《齊論》，擇善而從，號曰《張侯論》，最後而行於漢世。」

「古文《論語》和今文《論語》有什麼不同嗎？」

「我也不知。不過，應當會有不同。」

「若這古文《論語》傳到世上，會怎麼樣？」

「齊、魯兩種《論語》恐怕便沒有容身之地了。」

兩人又問了些問題，但庸生沒有見過古文《論語》，也回答不出。

郭公仲便讓鄠氏添飯，勸庸生又吃了些，命僮僕駕車送他回去。

硃安世和驩兒忙爬了上去，韓嬉也從側室出來。

韓嬉笑道：「這天下要盡是這樣的儒生，我們可沒法活了。不過呢，這人雖然酸臭，卻是個耿直的人，又極想學古文《論語》，不如傳給他算了。」

樊仲子忙搖頭道：「不好，不好。他已經落魄到這個地步，如果再學了古文《論語》，連命都保不住。我們不能害他。」

郭公仲也道：「是。」

硃安世道：「我們果然猜對了，庸生說古文《論語》一旦傳到世上，齊魯兩種《論語》便都要斷了生路。那些人之所以追殺驩兒，就是要毀掉古文《論語》。」

韓嬉問道：「傳給荊州刺史扶卿，不也會害了他？」

硃安世想了想，道：「王卿舉薦扶卿，自然是知道扶卿有辦法自保，並且能保住這部書流傳下去。不過，庸生說這古文《論語》一直藏在宮中，驪兒的母親是從哪裏得來的？」

樊仲子道：「一定是某人在宮裏看了這部書，背下來，偷傳出來的。」

硃安世道：「嗯，應當如此。剛才那庸生越講越玄，我懶得聽，就在琢磨一件怪事——既然庸生說《論語》是聖人之言、群經之首。那劉老彘一邊極力推崇儒家，一邊卻又秘藏著這部古經。這就像賣貨的商人，一邊盼著生意興旺、賣得越多越好，一邊又把最好的貨藏起來，生怕人見到買去。這是什麼緣故？」

樊仲子也奇道：「的確古怪。」

韓嬉道：「這有什麼好奇怪？老樊，你是賣酒的，什麼酒你會藏著不敢賣？」

樊仲子笑道：「當然是最好的酒，留著自己喝嘛！」

郭公仲卻道：「壞酒。」

硃安世笑道：「郭大哥說的對。樊大哥你愛酒勝過愛錢，才會藏起好酒，捨不得賣。嬉娘說的則是不敢賣。酒商賣酒為贏利，好酒能賣好價。就算藏著不賣，也是為賣更高的價，絕不會把酒放酸。倒是壞酒，賣出去會壞了名聲，毀了自家生意。」

樊仲子笑著點頭道：「這倒是，賣酒賣的是個名號。我家酒坊裏，酒若沒釀好，寧願倒在溝裏，絕不敢賣給人。若不然，『春醴坊』哪裏能在長安立得住腳？」

韓嬉笑道：「這就對了。現今儒學也不過是謀利祿的生意，劉老彘就是個販賣儒家的書販子，他想儒家生意興旺，斷不敢賣劣貨。所以呢，我猜那《孔壁論語》必定是一本壞書。」

樊仲子迷惑道：「酒壞，容易明白，書壞，怎麼解釋？」

韓嬉問道：「你是經營酒坊，那劉老彘是經營什麼？」

樊仲子未及答言，郭公仲大聲道：「天下！」

韓嬉點頭笑道：「對。賣壞酒會毀了酒坊生意，壞書便會毀了天下這樁大買賣。」

樊仲子瞪大眼睛：「毀了天下？什麼書這麼厲害？」

硃安世卻迅即明白：「劉老彘最怕的，是臣民不忠、犯上作亂；最盼的，是全天下人都變成庸生這樣的呆子，整天只知道念什麼『星拱月，臣忠君』；最恨的，則是我們這些不聽命、不服管的人。我猜這孔壁《論語》必定有大逆不道的話，會危及他劉家的天下。」

樊仲子點頭道：「應該是這個理，否則也不至於千里萬里追殺驩兒。」

韓嬉道：「這樣一說，我倒好奇了。驩兒，你先給我們念一下，讓我們聽聽看，到底是什麼了不得的話？」

驩兒遲疑了一下，剛要開口念，郭公仲大聲喝道：「莫！」

眾人嚇了一跳。

韓嬉笑道：「怎麼了？郭猴子？又不是念催命的符咒，瞧你嚇得臉都變了。」

硃安世卻頓時明白，忙道：「為了這部書，葬送了好幾條性命，郭大哥的兒女就在隔壁屋裏，萬一聽了，出去不小心說漏了嘴，被別人聽到，禍就大了。」

樊仲子也道：「對，對，對！我常喝醉，醉後管不住自己的嘴，胡亂說出來，可就糟了。」

韓嬉笑著「呸」了一聲，便也作罷。

硃安世道：「我剛才話還沒說完。壞書和壞酒還不一樣，壞酒人人都會說壞，但書就未必。劉老堯覺著壞的，其實定是好的。於他劉家不利的，定會利於天下。所以，這書非但不是壞書，反倒該是——」

「好書！」其他三人異口同聲道。

驩兒本來一直默默聽著，有些驚怕，這時也小臉通紅，眼睛放亮。

硃安世點頭道：「既然劉老堯怕這書被人讀，那這事我偏偏得去做成！我就帶驩兒去一趟荊州，找到那扶卿，傳給他！」

*****

囚室中十一個囚犯被一起押出，再也沒有回來。

司馬遷才猛然察覺：冬天到了。

漢律規定，冬季行重刑，那十一個囚犯定是牽涉到同一樁案子，一起被斬。

現在只剩司馬遷和老囚萬黯，飯倒是沒有人搶了，兩人每頓都能吃飽。不過，甬道牆上那個窗洞毫無遮擋，天越來越冷，風逕直吹進來，獄吏卻只扔了條薄被給他們。兩人白天冷得坐不住，不停在囚室中轉圈。到了夜裏，合蓋一條被子，背抵背，互相驅寒。起初還能睡得著，到了深冬，時常被凍醒，只得起來跑兩圈，等血跑暖了再躺下。繼而手腳都生了凍瘡，連走路都生痛。其他囚室中人多，夜裏鐐銬聲更加響亮，此起彼伏。獄吏若被吵到，進來揮棒就打，囚犯們只得撕下衣襟拴住腳鐐，提著慢慢走動。

司馬遷凍得睡不著時，便不停默誦《詩經》裏那些暖熱句子，如「桃之夭夭，灼灼其華」、「七月流火、八月萑葦」等，但讀來讀去，才發覺《詩經》三百篇，真正喜樂之詩竟如此之少。人生於世，悲愁遠多過歡愉，生死操縱於人手，卻絲毫無力掙脫……越想越灰心，不但身子寒冷，心裏也漸漸結冰，一線求生之念隨之散去，索性一動不動，任由自己凍僵，慢慢失去知覺……

恍然間，他睜開眼，竟回到故里，而且滿眼春光明媚，遍野桃花灼灼。他在桃樹下讀書，一枝桃花輕輕伸到書簡上，擋住了文字。抬頭一看，是妻子，青春姣好，明眸流波，朝他嘻嘻笑著。他捲起書簡，牽著妻子，兩人在桃林中並肩漫步，細語言笑，直到黃昏，才攜手歸家。

進了門，卻聽見僕人在哭，他忙奔進去，見父親躺在病榻之上，氣息奄奄。聽到他的足音，父親猛地睜開眼，指著他厲聲罵道：「你生如草芥，死如螻蟻，白活一場，一無所值！怎麼還有顏面來見我？」他忙跪在床邊哭道：「兒也想生得慷慨、死得壯偉，只是無辜受罪、身陷絕境，無可奈何……」

正在痛哭，他忽然被搖醒，是萬黯，老人用被子緊緊裹住他，不住地替他揉搓手腳。他這才發覺寒冷徹骨，像沉在冰湖之中，身子顫抖，牙關咯咯敲擊。等稍稍緩過來一些，萬黯又盡力扶起他，攙著慢慢在囚室裏走動。良久，身子才漸漸回暖，算是揀回了一條性命。

他萬分感念，連聲道謝。

黑暗中，老人低聲笑道：「我這條老命虧得有你，才多活了這幾個月。」停了停，老人又道，「人得有個願念，再冷再苦，才能活得下去。你有沒有什麼願念？」

司馬遷打著冷顫道：「有。我想和妻兒重聚，不想死得如此不值！」

老人壓低聲音笑歎道：「我也是，我想再抱抱我的孫兒，還有主公的孫兒。公子就是我從小服侍大的，兩個小孫兒也是我看著生的。分別時，他們還在襁褓裏，現在恐怕都能跑了。對了，有件事一直不方便告訴你——我主公你認得，是兒寬。」

「兒寬?!」司馬遷大驚，「你就是最後留在兒寬舊宅那兩個老僕人中的一個？」

「對，我們兩兄弟留下來等主公的弟子，要等的沒等來，卻來了幾個繡衣人，砍死了我弟，將我捉到京城，關在這裏，已經三年多了。」

「你要等的是不是簡卿？」

「哦？你怎麼知道？」

「我只是猜測，去年我曾偶遇簡卿，他好像有什麼急事，匆匆說了幾句話就道別了。」

老人低頭默想，自言自語道：「不知道他等的人等到沒有？」

司馬遷猜想簡卿定是受了兒寬囑託，等待一個重要之人，但見老人不再言語，不好細問，便和老人繼續在囚室中一圈一圈慢走。

眼看要捱過寒冬，萬黯卻死了。

司馬遷凌晨被凍醒，覺得背後老人身體冰塊一樣，忙爬起來看，老人已經凍得僵硬，毫無鼻息。

看著獄吏將老人屍體抬走，久未有過的悲憤又寒泉一般噴湧而起，司馬遷渾身顫抖，卻不是因為天寒。他不停在囚室中轉圈疾走，心中反覆念著《春秋左傳》中的一個詞：困獸猶鬥。

獸瀕死尚且不失鬥志，何況人乎？

只是如今我困在這裏，即便要鬥，又和誰去鬥？

憤懣良久，他忽然想到：天子要你死，獄吏要你死，你卻不能讓自己死。盡力不死，便是鬥！只要不死，便是贏！

他頓覺豁然振奮，一股熱血充溢全身。自此，他不再讓自己消沉自傷，盡力吃飯，盡力在囚室中行走活動，心心念念，全在史記，一句一句，一段一段，細細斟酌，反覆默誦，全然忘記身外一切。

有一天，他無意中望向甬道窗洞外，遠處一叢樹竟隱隱現出綠意。雖然天氣猶寒，但畢竟春天已至，他不由得咧嘴一笑，身心隨之而舒。

不過才舒暢了十幾天，幾個囚犯先後被關到這間囚室，皆是朝中官員。

囚室中頓時擠鬧起來，這幾人因為新來乍到，歎的、罵的、哭的、叫的，各個不同，被獄吏痛打了幾頓後，才漸漸安靜下來。起初他們也不懂得爭水搶飯，到後來漸漸地一個比一個兇。不過由於司馬遷先到，整日又沉默不言，他們都有些忌憚，不約而同總是讓司馬遷佔先。司馬遷也不謙讓，吃過喝過，便坐到角落，繼續沉思默想他的史記。

直到春末，司馬遷才被審訊。

獄吏押著他到了前廳，在門前庭院中跪下。

他抬頭一看，中間案後坐著的竟是光祿勳呂步舒！

呂步舒濃密白眉下一雙鷹眼盯著司馬遷，猶如禿鷲俯視半死的田鼠。

司馬遷大驚：怎麼會是他來審訊？

還未及細想，左邊光祿丞問道：「是你上報石渠閣古本《論語》失竊？」

司馬遷一愣，我因李陵入獄，不問李陵之事，卻為何要問《論語》？但此刻不容多想，只得答道：「是。」

光祿丞又問：「你確曾在石渠閣中見過古本《論語》？」

「是。」

「為何石渠閣書目上沒有此書？」

「原本有，不知為何，後來卻不見了。」

「你是說有人刪改石渠閣書目？」

「是。」

「誰改的？」

「不知道。」

「前年，你妻子去已故長陵圓郎家做什麼？」

司馬遷一震，這事也被他們察覺？他慌忙抬起頭，呂步舒仍盯著他，目光冰冷，像一隻利爪，逼向他，要攫出他的心一般。

他忙定定神，答道：「他們兩家是故交，只是去探訪。」

光祿丞又問：「你去千乘和河間做什麼？」

司馬遷驚得說不出話，半晌，才回過神，道：「遊學訪友，請教學問。」

「可是請教古文《論語》？」

司馬遷遲疑片刻，才道：「是去請教古史。」

「你是不是說過呂大人竊走了古本《論語》？」

「沒有！」司馬遷看呂步舒目光更加陰冷。

光祿丞聲音陡高：「你是不是還說過，皇上也牽涉其中？」

司馬遷大驚，忙矢口否認：「沒有！」

「真的沒有？」

「沒有！」

「今之天子不如古之天子，皇上將天下當作私產，這話是誰說的？」

司馬遷徹骨冰冷，垂下頭，再說不出一個字。

這些私底下的言語行事，只有妻子和衛真知道，呂步舒是從何得知？

唯一可能是：妻子或衛真也已下獄，受不了嚴刑，招認了這些事。

靜默片刻，呂步舒才第一次開口說話，聲音冰冷陰澀：「可以了，押下去。」

第三十二章 南下荊州

直到年底，京畿一帶的搜尋戒備才漸漸放鬆。

砆安世告別郭公仲和樊仲子，帶著驩兒離開茂陵，啟程南下。兩人穿著半舊民服，駕了輛舊車，載了些雜貨，扮作販貨的小商販，慢慢前行。

一直躲在郭公仲家，兩人都憋悶至極，行在大路上，天高地闊，胸懷大暢。

近十個月來，砆安世無日無夜不在思念妻兒，心想只要到了荊州，了結了這件事，就能專心去尋找妻兒，找到後，一家人尋個僻靜地方，從此再不惹事生非，一心一意，安守度日。

他扭頭看看驩兒，驩兒正望著路邊一家竹籬農戶，院子裏一個農家漢子正在劈柴，一個少年在一邊撿拾砍好的柴棍，抱到牆根碼到柴垛上。一個農婦端了一盆水，從屋裏走出來，腳下一絆，摔倒在地上，盆子滾到一邊，水潑了一地。少年忙跑過去扶，不料也滑倒在地，跌到農婦懷裏。兩人倒在一處，居然一起笑起來，那農家漢子也停住斧頭，望著他們哈哈大笑。

驩兒看著，也跟著咯咯笑起來。

砆安世不由得也隨著笑了，但隨即，猛然想起酈袖當年所言：「安安穩穩過活」，看這一家農人如此和樂，心裏一陣羨慕悵悔。

再看驩兒，這麼久以來，驩兒始終靜靜的不言不語。即便說話，也小心翼翼，即便笑，也只微微笑笑。現在笑出了聲，才現出孩童該有的模樣。

自從知道驪兒背誦的是世上唯一的古本《論語》，硃安世心中越發疼惜，不知道他父母是什麼樣的人，天大的秘密竟讓這樣一個孩子承當！等這事一了，定要讓驪兒過孩童該過的日子。

酈袖若見了驪兒，也一定會疼愛這孩子。

續兒是個有豪氣的孩子，也自會喜歡驪兒。

驪兒又和善，兩個孩子在一處，定會玩得很好……

行了幾日，到了南陽冠軍縣㉛。

縣城不大，街市上行人也稀稀落落。

硃安世駕車緩緩前行，尋找客店，迎面走來一個貨郎，擔著一個貨架，大聲叫賣。硃安世本沒在意，但一扭頭，見驪兒盯著那貨架，眼裏透著羨慕。

他忙叫住貨郎，貨郎走過來，滿面堆笑，殷勤奉承。

硃安世一眼看見架上有一隻木雕漆虎，黑底黃紋，斑斕活跳。

他心裏猛地一刺：當年和兒子分別時，正是答應給兒子買一隻這樣的漆虎。幾年來，他一直記在心裏，在成都空宅中，他見到續兒床頭掛著一隻相似的，是酈袖替他補償了兒子。不知道續兒還記不記得這件事？

貨郎連聲詢問，他忙回過神，扭頭讓驪兒隨便選。驪兒搖頭說不要，眼角餘光卻仍停在貨架

㉛ 冠軍縣：漢武帝因霍去病功冠諸軍，封侯於此，始名冠軍。故城位於今河南省鄧州市張村鎮冠軍村。

上，硃安世順著他的目光一看，驢兒竟也盯著那隻漆虎。硃安世不再問，讓貨郎將那隻木雕漆虎拿過來，問過價，付了錢，將漆虎遞給驢兒。

驢兒仍不肯要，硃安世故意生氣道：「錢都付了，拿著！」

「謝謝硃叔叔。」驢兒小心接過，握在手裏，指尖輕輕撫摩著。

「喜歡嗎？」

「嗯！」驢兒點點頭，卻低垂著眼睛，似乎想起什麼心事。

「怎麼了？」

「我娘原來答應給我買一個，後來忙著趕路，再沒見到賣這個的……」

硃安世一聽，心裏更加不是滋味，卻不知能說些什麼，歎了口氣，吆喝一聲，振臂驅馬，繼續向前。

走了不遠，找到一家客店。

硃安世停好車，便帶著驢兒到前堂坐下，點了幾樣菜，又讓打一壺酒。

店家賠笑道：「客官，實在抱歉，剛頒布了『榷酒酤㉜』令，小店沒有酒了。」

硃安世問：「什麼缺酒孤？」

㉜榷酒酤（ㄑㄩㄝˋ ㄐㄧㄡˇ ㄍㄨ）：漢武帝為解決財政困難，而實行的酒類專賣制度。《廣雅・釋室》：「獨木之橋曰榷。」《漢書・武帝紀》：「（天漢）三年春二月……初榷酒酤。」顏師古注引韋昭曰：「謂禁民酤釀，獨官開置，如道路設木為榷，獨取利也。」

店家笑著解釋：「榷是路上設的木障欄那個『榷』，這『榷酒酤』令頒下來後，民間再不許私自釀酒、賣酒，只能由官家專賣，唉——先是算緡㉝和告緡㉞、鹽鐵官營，現在又來管到酒——真是吃完了肉，又來刮骨頭。我大清早就趕到縣裏新設的官家酒市去買酒，誰知那裏已經排滿了人，我排了好一陣子，又擔心店裏的生意，等不及，只得空手回來了。實在是抱歉。」

硃安世聽了心想：樊仲子的酒坊恐怕也已經被關閉了。張口要罵，但還是忍住，只道：「不關你的事，那就快上飯菜。」

店家連聲答應著，剛離開，驩兒忽然叫道：「韓嬸嬸！」

硃安世忙抬頭，只見一個女子笑吟吟走進門來，身形娟娜，容色嬌俏，是韓嬉。

幾個月前韓嬉就離開了茂陵，卻不想在這裏遇見。

「嬉娘？你怎麼也到了這裏？」硃安世忙站起身。

「真是巧，我剛才還在想會不會遇見你們呢。」韓嬉笑著過來坐下，伸手輕撫驩兒的頭頂，

㉝算緡（ㄇㄧㄣˊ）：漢武帝為解決國用不足，於元狩四年（前一一九）所施行的稅法。凡工商業者都要申報財產，每二緡（二千錢）徵一算（一百二十錢），稅率百分之六。隱瞞不報或呈報不實者，沒收全部財產，罰戍邊一年。

㉞告緡：為杜絕許商人隱匿「算緡」，元鼎三年（前一一四）武帝又下令「告緡」，有揭發者，獎勵所沒資產的一半。《漢書・食貨志》：「中產以上大抵皆遇告。杜周治之，獄少反者。乃分遣御史、廷尉、正監往往即治郡國緡錢。得民財物以億計，奴婢以千萬數，田大縣數百頃，小縣百餘頃，商賈中家以上，大抵破。」

「驢兒還好嗎？」

「嗯！」驢兒眼睛發亮，笑著用力點點頭。

硃安世忙又叫店家多加了幾個菜，才問道：「你這是要去哪裏？」

「長沙。」

「去長沙做什麼？」

「嫁人。」

「嫁人？」硃安世一愣，「嫁什麼人？」

「我嫁誰，你很關心？」韓嬉笑盯他。

「嘿嘿——只是有些好奇。」硃安世心裏卻想：哪裏有女子單身一人、千里迢迢，自己跑到男方家裏去嫁人的？

「光是好奇？不關心？」

「嘿嘿，當然也關心，畢竟——」

「畢竟什麼？」

硃安世一時語塞，想了想才道：「畢竟相識這麼久，你又幫了我那麼多忙。」

韓嬉微微一笑，略一沉吟，道：「是這樣啊，那我就不必要告訴你了。另外，我做那些事並不是幫你，是借債，一筆一筆你都得還給我。」

「嘿嘿，那是當然。你要什麼？儘管說！我拼了命也要給你找來。」

「其他的我還沒想到，首先，你得盡快把那匣子還給我。」

******

靳產一路急行，不到十天，便到了常山郡。

常山治所在元氏縣，他進了城，求見郡守，郡守見是執金吾杜周的急命，自然也不敢怠慢，忙吩咐長史盡力協助靳產查案。

長史陪同靳產出城，到姜志故里槐陽鄉，找到鄉長一查戶籍，姜志果然有個伯父，名叫姜德。姜德是個儒生，曾經為河間王劉德門客。劉德死後，歸鄉耕讀，在本地頗有名望。四年前，姜德犯事逃走，不知所蹤。因為時隔幾年，當時原委，鄉長已記不太清。

長史又帶靳產回城去查當年刑獄簿錄，果然有姜德一案檔案——

姜德當年罪名是藏匿逃犯。那逃犯是一個年輕婦人，捕吏得令，趁夜去槐陽鄉捉拿時，見夜色中一個婦人身影從前門溜出，急急向村外奔去。捕吏忙追上去，到了村外，見那婦人跑到一棵大樹影下，不再動彈。趕過去一看，那婦人竟用匕首插在胸口，人已經死了。舉火照看她臉面，不是本地之人，定是那犯婦。

捕吏又回到姜家，見闔家男女老幼都在，只少了姜德一人。問他家人，說是出門訪友去了。郡守因為犯婦已死，便結了案。

靳產見簿錄上只記了那犯婦姓朱，來自何處、所犯何罪則不見記錄。便問道：「那犯婦是什麼人？因何被追捕？」

長史又去找當年緝捕逃犯的文牒，卻沒有找到，於是道：「想是當時已結了案，文牒留之無用，便銷毀了。」

「那姜德家人現在還在嗎？」

「他的妻小當年都被黥了面㉟，充作了官奴，男子在磚窯，女子在織坊。」

「能否讓在下盤問一下姜德的家人？最好是女人。」

「好說。」

長史吩咐下去，不多時，小吏帶來了一個年輕婦人。那婦人身穿破舊粗布衣，身形枯瘦，面頰上深印著墨痕。

小吏稟告說：「這是姜德的兒媳馮氏。」

靳產盯著那婦人看了半晌，才開口問道：「你有沒有兒女？」

馮氏低頭小聲答道：「有。」

「幾個？」

「三個。」

「他們現在哪裏？」

㉟黥面：又稱黥（ㄑㄧㄥˊ）刑，在犯人的臉上或額頭上刺字，再染墨，作為受刑人的標志。《說文解字》：「黥，墨刑在面也。」

「兩個女孩兒在郡守府裏做奴婢，一個男孩兒隨他父親在磚窯做活。」

「你想讓他們活，還是死？」

「大人……」馮氏猛地抬起頭，滿眼驚恐，隨後「噗」地跪倒，不住的在地下磕頭：「求大人開恩！求大人開恩！」

「好，既然你不想他們死，就老老實實答我的話。」

「犯婦不敢隱瞞半個字！求大人開恩！」

「四年前有個婦人躲到了你家裏，她是誰？」

馮氏跪在地下，遲疑起來。

靳產冷吭了一聲，道：「不說？好，就先從你小女兒開始——」

「我說！我說！」馮氏忙喊道：「那婦人姓朱，是臨淮太守孔安國的兒媳。」

「哦？你還知道什麼？都說出來！」靳產頓時睜大眼睛，心都砰砰跳響。

「那朱氏是我公公夜裏偷偷接到家中來的，還帶著四、五歲大一個孩子。我公公沒說她的姓名、來歷，也不許我們問，只讓我們好好待客。出事那天傍晚，我丈夫急忙忙從城裏回來，他探聽到有人上報消息給府吏，說我家窩藏了一個異鄉婦人。剛好郡守得到緝捕公文，要捉拿一個女逃犯。郡守便命人來我們家捉拿逃犯，捕吏已經部署好，只等天一黑就來。我公公一聽，慌忙跑到朱氏屋裏，進去不多久，他們兩個竟爭吵起來。我心裏好奇，便湊到窗下偷聽，聽了半天才勉強聽懂一些，原來我公公讓朱氏帶著孩子快逃，朱氏卻跪下來懇求我公公帶那孩子去長安，送到御史大夫府，還說什麼『這部經書比孩子的命更要緊』……」

靳產忙問：「什麼經書？」

「那朱氏沒有說。不過，她提到臨淮太守，還說孔家只剩這孩子一支根苗，所以犯婦才猜到，她應該是臨淮太守孔安國的兒媳。她說她一個婦道人家，保不住孩子的命。我公公聽了才答應，就帶著那孩子從後門出去，騎了馬悄悄逃走了……」

*****

荊州、長沙正好一條路，硃安世、韓嬉、驩兒三人再次同行。

硃安世怕走急了惹人注目，便有意放慢行速，並不急著趕路，三人一路說說笑笑，甚是開心。

驩兒時刻都握著那隻木雕漆虎，喜歡得不得了。

三個多月後，才到了荊州府江陵，此時已經春風清暖、桃李初綻。

韓嬉先去打聽，刺史扶卿不在江陵，去了江夏等地巡查。

硃安世道：「江夏在東，長沙在南，我們就此告別。」

韓嬉略一遲疑，隨即道：「既然都到了這裏，我就先陪你們去了了這樁事。」

「你的親事怎麼能耽擱？」

韓嬉並不看他，輕撫驩兒的頭髮，隨口道：「你不必操那麼多心。」

「嘿嘿——」硃安世不好再說。

於是三人又向東趕去，到了江夏，扶卿卻又已離開，北上巡查去了，一直追到襄陽，才終於趕到。

韓嬉打問到扶卿在驛館中歇宿，便道：「這事得盡量避開眼目，我們還是夜裏偷偷去見他。」

硃安世點頭道：「我也這樣想，而且也得防備那人未必可信。」

兩人先找了間客店，住進去休息，仔細商議了一番。

韓嬉去找來根竹簡，問店家借了筆墨，又讓驪兒寫了「孔壁論語」那四個古字。

到了夜裏，硃安世背著驪兒，與韓嬉悄悄從後窗跳出去，避開巡夜的更卒，一路來到驛館。按照商議好的，韓嬉去前院，硃安世帶著驪兒去後院。

硃安世到了後院牆外，用腰帶束緊背上的驪兒，見左右無人，用繩鉤一搭，攀上牆頭，翻身跳下，躲在牆根黑影裏等著。

不多時，隱隱見前院冒起火光，隨後有人大叫：「馬廄著火啦！」

這是他們約定好，韓嬉到驛館前院，在馬廄放火，引開驛館中的其他人。

很快，後院幾個房間裏奔出十幾個人，全都向前院奔去，後院頓時悄無聲息。

硃安世繼續偷望，見一個小吏匆忙跑過來，到中間那間正房門前，朝裏恭聲道：「扶卿大人，前院著火了。」

裏面傳來一個聲音：「火勢如何？」

「不算太大，眾人正在撲滅。」

「好，你也趕緊去幫幫手。」

小吏答應一聲，又急急向前院奔去，隨即房門吱呀一聲打開，一個人走出來，站在簷下向前院張望。

硃安世見院中無人，便牽著驢兒走過去。走到近前，那人才發覺，嚇了一跳，厲聲問道：「什麼人？」

「你無須驚慌，在下是受王卿所託，有事前來相告。」

「哪個王卿？」

「御史大夫王卿。」

「哦？御史大夫王卿去年不是已經過世？」

「對。他臨死前託付，讓在下務必將一樣東西交給你。」

「什麼東西？」

硃安世將那支竹簡遞給扶卿，扶卿滿臉狐疑，接過去，就著屋內射出的燈光，仔細一看，頓時變色：「這東西現在哪裏？」

「這孩子記在心裏。王卿讓我帶這孩子來背誦給你。」

扶卿向驢兒望去，十分驚異，隨即望望左右，忙道：「先進去再說！」

剛進到屋中，扶卿立即關起門，硃安世四處掃視，屋內並無他人。

在燈光下，才看清扶卿的容貌，略弓著背，皮膚暗黃，鬍鬚稀疏，眉間簇著幾道皺紋。

扶卿又盯著驩兒仔細打量了片刻，問道：「你真的會背古文《論語》？」

驩兒點點頭。

「你名叫孔驩，是不是？」

驩兒眼現困惑，硃安世更是詫異：「你認得這孩子？」

扶卿搖頭道：「我沒有見過，但除了他，世上還有誰能得傳孔壁《論語》？」

硃安世震驚無比，但隨即恍然大悟：這古本《論語》出自孔子舊宅，孔安國將它獻入宮中之前，必定是讀過，甚而抄寫過副本。這是他祖上遺留，比任何珍寶都貴重，自然不願讓經書就此消亡。外人他不敢傳，但自家子孫必定是要傳的。驩兒如此年幼，就能背誦，又姓孔，當然該是孔子後裔！

想到此處，再看看驩兒，他仍不敢相信，這個與自己朝夕相處三年的可憐孩子竟是聲名顯赫、堂堂孔家的子孫！

一時間心亂如麻，他忙定定神，問道：「孔驩是孔安國什麼人？」

「孫子。」

「孔安國現在在哪裏？」

「早已過世。」

「什麼時候？」

「九年前。」

「孔驩的父親呢？」

「他父親名叫孔卬，也是同年死去。孔安國闔家遇難，同日亡故。」

「哦？什麼緣故？」

「中毒。」

「因為古文《論語》？」

扶卿蹙眉不答，神色憂懼。

驩兒則睜大了眼睛，望著扶卿，滿眼驚惶。

硃安世卻隨即大致明白：孔安國私藏古本《論語》一事定是被人洩露告密，遭到其他官吏讒言陷害。他全家同日而亡，或是被人投毒，也或是孔安國畏罪自殺，甚而是劉老彘親自下旨，將他全家毒殺。只有驩兒的母親帶著他僥倖逃脫，定是孔安國臨終遺命，驩兒母親才將古文《論語》傳給驩兒。

他記起此行的目的，便不再多想，問扶卿：「現在就讓驩兒把古本《論語》念給你聽？」

扶卿猶疑了片刻，嗽了一聲，才道：「王卿大人恐怕是看高了我，我不過是一個官秩六百石的小官，哪裏能擔負如此重任？」

硃安世見他目光躲閃，似有隱情，猛然想起王卿臨別時所言：扶卿曾得傳古本《論語》，只是不全。

傳他古本《論語》的自然是孔安國，孔安國遇害，扶卿卻未受牽連，反倒能升任刺史。前年在槐里閒談時，趙王孫曾說過，天子為增強監管天下之力，新設了刺史一職位，這一官職看似低微，卻是皇帝耳目，可以監察兩千石太守。孔安國遇害，即便與扶卿無關，他至少也是個怯懦偷生之徒。

硃安世心中不由得生出鄙憎，牽著驩兒道：「既然如此，打擾了。」

扶卿卻問道：「你要帶這孩子去哪裏？」

硃安世冷笑一聲：「你問這個做什麼？去告密？」

扶卿臉頓時漲紅，又嗽了一聲：「孔安國是我老師，於我有授業之恩，我豈能做這種事？」

「那你想怎樣？」

「我猜你是那個盜汗血馬的硃安世。」

「是我。怎樣？」

「你自己本就身負重罪，帶著他，更是罪上加罪。和這孩子相比，汗血馬不值一提。而且這孩子跟著你也不安全。」

硃安世忍不住笑起來：「我的事無須你管。這孩子跟著誰安全？你？」

「我也難保他安全，但是有個人很可靠。」

「誰？」

「這孩子的伯祖父。」

「孔家還有親族？」

「當然，孔家聲望貫天，怎麼可能盡都斷絕？孔子第十一代孫有兄弟兩人，長子延年，次子安國。孔安國這一支如今已絕，聖人之族現在只剩孔延年這一支嫡系，天子定不會輕易加罪。孔延年如今仍在魯縣故里。將這孩子送交孔延年，或可保住這孩子性命。」

「好，多謝提議。」

硃安世轉身就走，剛到門邊，門外傳來腳步聲，硃安世大驚，忙扭頭瞪住扶卿，準備動手將他脅持。扶卿卻朝他搖搖頭，指了指門後，示意硃安世躲起來。硃安世心中猶疑，但想能不鬧開最好，扶卿若有詐，再脅迫不遲，便牽著驢兒躲到門後。

這時，外面那人已走到門邊，站住腳，恭聲道：「稟告大人，火已撲滅。」

扶卿上前去開門，硃安世忙掣刀在手，扶卿又擺擺手，然後打開了門。硃安世緊盯著他，只要稍微不妥，便立即動手。

扶卿並未出去，只站在門內，問道：「可傷到人了？」

「沒有，只有一匹馬身上被燎傷。」

「好，你退下吧。我這就睡了，不需要侍候。」

「是。」那人轉身離去。

扶卿仍站在門邊，看四下無人，才道：「你們可以走了。」

「多謝！」硃安世牽著驢兒向外就走。

「我還有一句話。」

「請講。」

「請放心，今夜之事，我絕不會吐露半個字。你們也多保重，記住，知道這孩子身世的人，越少越好。」

「多謝。」

硃安世帶著驢兒，仍從後院翻牆出去，韓嬉正在牆根等候。

第三十三章 遊俠遺孤

司馬遷被定了死罪，罪名是「誣上㊱」。為李陵開脫，就算李陵真降，也只是庇護罪臣，至多受笞刑、去官職、謫往邊塞，誣蔑天子卻是罪無可赦。

到冬季行刑，還有半年。他不知道還能否見妻子一面，更無論兒女。至於史記，後半部則只能留在心底，與身俱滅。

司馬遷呆坐在囚室最角落，不吃不喝，如一堆糞土一般。去年，他雖然也曾數次想到自盡，但此刻才真切看到死亡，如黑冷無底之崖，就在前方，只要走過去，一步邁出，便將瞬間墜落，從此湮沒。

不能！不能如此！

想到平生之志就此灰滅，司馬遷猛地跳起來，奔向囚室外面，一連踩到兩個囚犯，幾乎被絆倒，卻無暇顧及，踉蹌幾步，掙跳著來到門邊，抓著木欄，向外高喊：「給我筆墨竹簡！我要筆墨竹簡！」

一連喊了數聲，獄吏氣沖沖趕來，厲聲喝道：「死賊囚！叫什麼？」

「我要筆墨竹簡，請給我筆墨竹簡！我不能平白死去！求求你！」司馬遷跪下身子，不住叩

㊱司馬遷《報任安書》：「因為誣上，卒從吏議。」

頭哀求。

「住嘴！」獄吏打開鎖衝進來，舉起手中的木錘劈頭就打。其他囚犯嚇得全都縮到囚室裏面，司馬遷卻不避不讓，仍舊跪伏在地，苦苦哀求：「請給我筆墨竹簡，求求你！」

獄吏越發惱怒，下手更狠，一陣亂打，司馬遷頓時昏了過去。

等他醒來，肩背劇痛，頭頂被敲破，血流了一臉，流進嘴裏，一股鹹澀。

他徹底灰心絕念，掙扎著爬到囚室角落，其他囚犯慌忙讓開。他躺下來，不再動彈。回想自年少起，便胸懷壯志、縱覽群書，自負舉世無匹，矢志要寫下古今第一史篇。而如今，卻躺在這裏哀哀等死。他忽然覺得自己竟如此愚傻，不由得笑起來，笑聲如同寒風泣鴉，驚得其他囚犯全都悚然側目。

笑過之後，心中無限悲涼，卻也隨之釋然，不再驚慌恐懼，事已如此，懼有何用？不甘有何用？

＊＊＊＊＊

回到客店，硃安世坐下便開始喝酒。

韓嬉在一旁連聲催問，他卻心中翻湧，一時間竟不知從何講起。

「到底怎麼一回事？快說啊！」韓嬉一把奪過硃安世手中酒盞。

「驢兒是孔家子孫……」

「哪個孔家？」

「孔子。」

「孔子？」韓嬉也大驚。

硃安世將前後經過大致講了一遍。言罷，不由得向驢兒望去，驢兒一直坐在一邊，低著頭，抱著那隻漆虎輕輕撫弄，案上燈光只照到他的肩頭，看不清神情。

想想孔家，再想想自己身世，硃安世不由得苦笑一聲。

他的父親名叫郭解，曾是名滿天下的豪俠。當年，王侯公卿、俊賢豪傑無不爭相與他結交。硃安世五歲時，有個儒生宴請賓客，座中有人讚譽郭解，那儒生反駁說郭解「專以奸犯公法，何謂賢？」不久，那儒生便被人殺死，舌頭被割掉。官府因此追究郭解，郭解卻毫不知情，司案的官吏便上奏郭解無罪。然而時任御史大夫的公孫弘卻言：「郭解雖不知情，但此罪甚於郭解親自殺之，罪當大逆無道。」於是下令族滅了郭家㊲。

硃安世雖然被家中一個僕人偷偷救走，卻從此孤苦伶仃，受盡艱辛。

父母親族行刑那天，他偷偷躲在人群裏。幾十位親人都穿著囚衣，被捆綁著跪成幾排。他的三個堂兄弟、兩個堂姐妹，年紀都和他相彷彿，也跪在親人中間。大人們都低著頭，一動不動，

㊲參見《史記・遊俠列傳・郭解》

但那幾個孩子看到劊子手手中明晃晃的刀，都哭喊起來。他爹郭解頓時大聲喝罵：「哭什麼？郭家子孫，不許墮了志氣！」那幾個孩子不敢再哭出聲，低著頭嗚咽抽泣。監斬官一聲令下，十幾個劊子手一起揮刀，他嚇得忙閉上眼睛，但至今忘不了刀砍過脖頸的「噗噗」聲、人頭落地的「咚咚」聲，還有圍觀者一陣接一陣混雜的驚叫聲、哀歎聲、哄笑聲……

從幼年起，他便恨極儒家、儒生，刻苦習武，要殺公孫弘報仇，然而沒等他長大，公孫弘已先病死。此事成為他一生大憾，因此立誓：只要見到儒生，離他一丈，他必罵之；離他五尺，他必唾之；離他三尺，他必踢之。

哪能料到，他竟會為了救儒家鼻祖孔子後裔，捨下妻兒，四處逃亡，數番遇險，幾度受傷。現在又為了一部儒家的破書，千里奔波，徒費心力！

想起這些，他頓時有些心灰。

韓嬉問道：「你怎麼打算？」

硃安世低頭尋思：若驩兒是個孤兒，我自然該帶他走，好好養大。但既然他親族仍在，又是天下聞名、舉世仰慕的赫赫孔家，而我只是個犯了重罪的盜賊，又何必再多事？至於古文《論語》，本出自他家祖宗，就只該屬於他家，還找誰去傳？

想通之後，他心下豁然，又抬起頭向驩兒望去，驩兒也正抬起頭望向他，黑亮的眼中目光遊移，像在猶豫不決。

硃安世有些納悶，卻見驩兒爬起身走過來，到案前，抓起酒壺，斟滿了兩杯酒，先端起一杯，恭恭敬敬遞給硃安世。硃安世一愣，忙伸手接過。驢兒又端起另一杯，送到韓嬉面前。

硃安世和韓嬉面面相覷，都覺得詫異。

驢兒卻微微一笑，忽然跪在硃安世面前：「硃叔叔，你為了救我，走了這麼遠的路，受了這麼多傷，吃了這麼多苦，還幾次差點送命，這些我全都牢牢記在心裏。我不能再拖累你，我想去伯祖父家。我現在年紀小，報答不了你。我一定努力學本事，長大後再報答硃叔叔。」

說完，驢兒伏下身子，連磕了幾個頭。

硃安世聽驢兒話語誠懇，看他神情認真，心中滾熱，幾乎落淚，見他跪地磕頭，忙跳起身，過去抓住驢兒，大聲道：「驢兒，你沒拖累我！」

「要沒有硃叔叔，我早就死了。為了我，你連嬸嬸和郭續都沒去找。」驢兒仍笑著，黑亮的眼中卻閃出淚光。

硃安世忙道：「我是見你乖，是個好孩子，才滿心願意這樣做。我也正要和你商議這事，你伯祖父家聲名顯赫，比我這盜賊要強過千萬倍。不過你說要實話，你是真想去伯祖父家，還是怕拖累我？」

「我真心想去。」

「在硃叔叔面前不許說謊！」

「我沒說謊，我真的想去。我是孔家子孫，就該回孔家去。」驢兒斬釘截鐵。

硃安世不知道再該說些什麼，攬住驢兒，長聲歎氣。

韓嬉在一旁道：「驩兒是孔家後裔，回孔家自然是正理，的確要比跟著你好。」

「照理來說，雖是如此，但——」硃安世心頭有些亂，看著驩兒，更是拿不定主意。

韓嬉笑道：「你捨不得驩兒？」

硃安世嘿嘿笑了笑，伸手撫摩著驩兒的小肩膀，心中諸般滋味翻湧。

驩兒用手背抹掉眼淚，眨了眨眼，也微微笑著。

韓嬉又道：「你先別忙著捨不得，我想那孔家還未必願意收留驩兒呢。」

硃安世點頭道：「說的是。我先帶驩兒去探一探，他們若有半點不情願，我立刻就帶驩兒走！」

*****

靳產迫不及待，急急趕往長安。

不枉他幾千里跋涉，終於查明事情原委，而且算得上是一個天大的隱情——那小兒居然是孔子後裔！

他讀了這些年的儒經，沒想到有朝一日居然能和孔子後人牽涉到一起，既覺詫異，又感榮耀，更是禁不住滿心得意。雖然此事還有些疑團：那些繡衣人是什麼來頭？為什麼要追殺孔家後人？那朱氏所說的經書又是什麼？不過他也僅僅是好奇，並不如何掛念，能查出那小兒的身分，就已足矣。

遠遠望見長安，巍然屹立於晴天白雲之下。

他大張著嘴，不由得呵呵笑起來。一路笑著，來到城牆下，抬頭仰望，見城門宏闊，城牆巍然，他瞪大了眼，驚歎半晌，才小心邁步，走進城門。這是他生平第一次到帝都，進了城，只見城樓如山、街道如川，往來的行人個個衣錦著繡、神色悠然，他目眩神迷，氣不敢出。

一路小心打問，輾轉來到執金吾府寺門前，看到那軒昂門戶，他頓時有些心虛氣促。大門外立著幾個門吏，衣著鮮亮，神情倨傲。他停住腳，撣了撣身上的灰，鼓了鼓氣，才小心走過去，向其中一個門吏賠笑道：「麻煩這位小哥——」

那門吏目光一掃，冷喝道：「誰是你的小哥？」

靳產知機，忙賠笑道歉，同時從懷中取出一小串銅錢，遞過去道：「勞煩老兄，替在下通報一下，在下是湟水督郵靳產，有要事稟告執金吾大人。」

門吏斜睞了一眼，撇嘴道：「果然是湟水來的，黃金比河水還多，一出手就這麼一大串錢，要砸死我們這些小縣城裏的村人！」

靳產忍住氣，繼續陪著笑，又取出收到的急報，展開給那門吏看：「這是執金吾發往湟水的急報，在下就是來稟報這件事的。」

門吏扯過去一看，才不再奚落，一把抓過那串銅錢，揣在懷裏，說聲「等著！」轉身進了大門。

靳產候在門外，惴惴不安，半晌，那門吏才回轉來，身後跟著一個年輕文吏，那文吏出來問道：「你就是湟水督郵？隨我來。」

靳產忙跟了進去，沿著側道，穿長廊，過庭院，來到一間側室，脱履進去，裏面坐著一位文丞。

那文吏道：「這是執金吾左丞劉敢大人。」

靳產忙伏地跪拜，劉敢只微微點頭，隨即問道：「你是從湟水趕來？」

「卑職是從冀州常山來的。」

「哦？」

「收到執金吾大人發來的急報後，卑職火急查辦，為追查線索，從湟水趕到金城，金城奔赴張掖，又從張掖轉到朔方，最後在常山，終於查明了真相。」

「哦？很好！你查到了些什麼？」

靳產忙取出一卷錦書，這是他在常山寫就，詳細記述了自己一路追查詳情。

那文吏接過錦書交給劉敢，劉敢展開細讀，良久讀罷，面露喜色，點頭道：「很好！很好！實在是辛苦你啦。」

靳產聽了，心中大喜，竟一時語塞，弓背垂首，只知不住地點頭。

劉敢又微微笑道：「你這功勞不小，我會如實稟報執金吾大人，你先去歇息歇息——」接著，他又轉頭吩咐那文吏：「你帶靳督郵去客房，好生款待！」

靳產俯身叩首，連聲拜謝，而後才爬起來，隨那文吏出去，曲曲折折，穿過迴廊，來到一座僻靜小院，僮僕打開一間房舍，畢恭畢敬請靳產進去安歇，文吏又吩咐那僮僕留下，小心侍候，這才拜辭而去。

靳產見這院落清靜、陳設雅潔，隨眼一看，處處都透出富貴之氣，不由得連連感歎。僮僕打了水來，請他盥洗，靳產看那銅盆澄黃錚亮，盆壁上刻鏤著蘭花草蟲細緻紋樣，雖然內盛的只是清水，也似比常日的水清亮精貴許多。他知道哪怕這僮僕，也是見慣了達官顯貴，因此舉手投足格外小心，生怕露怯，遭他恥笑。

洗過臉，他剛坐下，方才那文吏又轉了回來，身後跟著兩個婢女，一個端食盤，一個捧酒具。「這是劉敢大人吩咐的，給靳督郵洗塵。些許酒食，不成敬意，晚間劉敢大人要親自宴請靳督郵，請靳督郵先潤潤喉。」

靳產忙站起身，連連道謝。

兩個婢女將酒食擺放到案上，小心退下，文吏說了聲「請慢用。」隨即轉身離開，那個僮僕也跟了出去，輕手帶好了門。

屋內無人，靳產這才長出一口氣，鬆了鬆肩背，坐下來，笑著打量案上酒食。雖說只是幾樣小菜，卻鮮亮精巧、香味馥郁。便是那套匙箸杯盤，也都精緻無比，從未見過。

他輕手抓起那只形如朱雀的銅酒壺，把玩一番，才斟了些酒在同樣形如朱雀的酒爵裏。酒水從雀嘴流下，澄澈晶亮，濃香撲鼻。他端起酒爵，先閉眼深嗅，一陣眩醉，迷離半晌，才張口飲下，嗯……果然是執金吾家的酒，如此醇香，好酒，好酒！一爵飲盡，他又斟一爵，連飲了三爵，這才拿起兩根玉箸，夾了一塊胭脂一般紅豔的肉放進嘴裏，細細咀嚼，有些酸甜，又有些辛辣，不知是什麼醬料製成，從未嘗過這等滋味，竟是好吃之極！

正在細品，腹中忽然一陣絞痛，隨即心頭煩惡，全身抽搐！

他猛地倒在地下，胸口如同刀子亂戳，又似烈火在燒，先是忍不住呻吟，繼而痛叫起來。毒？酒裏有毒！

他心中一陣翻江倒海，隨即一道閃亮：孔家！朱氏被緝捕，官府無簿錄！那部經書！孔壁古文？劉敢下毒，獨攬功勞？怕事情洩露？

他忽然明白：自己一腳踩進了一座鬼沼，有來無回。

也忽然記起當年老父勸告的一句話：貧寒苦人心，富貴奪人命。

然而，為時已晚，他已如死狗一般趴在地下，眼珠暴突，嘴角流沫，只剩幾口殘喘……

*****

到魯縣時，已是盛夏。

這一路，驩兒像是變了個人，笑得多了，話也多了。

硃安世心裏納悶，想是即將分別，這孩子珍惜聚時。他也便一起盡量說笑。

韓嬉見他們兩個開心，興致更高，途中只要見到有吃食賣，便買一大堆來，三個人在車上一路吃得不停嘴，都胖了不少。

驢兒斷斷續續講起自己的娘、這幾年的經歷、到過的地方：

他娘帶著他從臨淮逃出來，那時驢兒才三歲多。他們沿著海岸曲曲折折一路向北，途中搭海船到琅邪，又過泰山、濟南，進入冀州，前後近兩年，才繞到常山。這一路，官府一直在追捕，繡衣刺客也不斷襲擊，好幾個人為救助他們母子而喪命。常山之前的地名，驢兒都不太記得，是硃安世按地理大致猜測出來的。

在常山，他娘找到一個叫姜德的人。在姜德家才住了幾天，捕吏就追了來，他娘從前門引開捕吏，姜德帶著他從後門逃走，一路向北。驢兒從此再沒見過他的娘。逃到北地，一老一少被關進牢獄，又被匈奴擄走，押到營中為奴，隨軍餵馬，不時要受匈奴斥罵鞭打。

兩年後，漢軍和匈奴交戰，匈奴大敗，姜德和驢兒被漢軍救回。軍中有個屯長恰巧是姜德的侄子，名叫姜志，他認出姜德，便將他們收留在身邊。姜德本已年邁，又受了風寒，不久病故。臨終前，他囑咐姜志送驢兒到金城，交給故友楚致賀。

繡衣刺客不知道從哪裏聽到消息，趕到張掖。姜志帶著驢兒避開刺客，逃往金城，找到楚致賀。繡衣刺客也尾隨而至，姜志攔住繡衣刺客，楚致賀帶著驢兒逃走。不久，繡衣刺客就追了來，楚致賀把驢兒藏到一個驛亭朋友家，自己引開了繡衣刺客。

過了幾天，申道從湟水趕來，接走了驢兒，帶著他一路躲開追殺，繞路趕往長安，直到扶風見到硃安世……

硃安世駕著車，將驢兒這些斷續經歷串起來，細細尋思。

他自己雖然自幼也嘗盡艱辛，但比起驢兒，則尚算是很平順了。正在感慨，忽然發覺其中有一事奇怪，忙扭頭問驢兒：「你娘當年都到了泰山，離魯縣很近，沒去你伯祖父家嗎？」

驢兒坐在車沿上，低著頭，將那木雕漆虎放在膝蓋上，讓它奔爬翻滾，玩得正高興。天氣炎熱，汗滴從他額頭一顆一顆滾落，他都渾然不覺，也沒有聽見問話。

硃安世又問了一遍，他才抬頭應了句：「沒有。」

硃安世納悶道：「你娘為何不去孔家，反倒去投奔他人？」

驢兒仍玩耍著漆虎：「我也不知道。」

韓嬉聽見，在一旁道：「驢兒他娘當時正在被緝捕，或許是怕連累到孔家，所以沒去找。」

硃安世覺得在理，點點頭，繼續駕車趕路。

行到一個小集鎮，硃安世想起一件事，便停車去買了幾個雞蛋、一把乾艾草、一塊蠟。回到車上，用刀尖在雞蛋頂上，輕輕戳開一個小孔，用嘴吸盡蛋汁，然後將蛋殼放在太陽下烘烤。

韓嬉和驢兒都很好奇，他卻笑而不答。

離了集鎮，又行了一段路，赤日炎炎，熱得受不了，他們便將車停到路邊，坐在一棵大樹下乘涼歇息。

硃安世笑著對驢兒說：「看硃叔叔給你變個小戲法。」

說著拿過一個蛋殼，取出水囊，對著蛋殼小孔，注入了少許水，又點燃艾草，塞進蛋殼，將蠟烤軟，封住小孔，然後放到太陽地裏。

硃安世坐下來，笑道：「好，仔細瞧著！」

三個人都盯著那蛋殼，過了半晌，那蛋殼忽然微微晃動起來，接著，竟慢慢飄了起來，一直升到一尺多高，才落了下來，摔到地上，磕破了。

驩兒驚喜無比，韓嬉也連聲怪叫，硃安世見戲法奏效，哈哈大笑。

這是他當年被捕前學到的，那日他去長安，在街上遇到一個舊識的術士，這術士曾是淮南王劉安的門客。硃安世請他喝酒，那術士喝得痛快了，便教了他這個小戲法㊳。硃安世當即就想：回家照樣子做給兒子郭續看，兒子看了一定歡喜。

誰知喝完酒，回家路上，他醉得迷迷糊糊，被捕吏捉住，關進牢獄，不久就隨軍西征，這戲法也就一直沒有機會演給兒子看。

現在看到驩兒高興，他很是欣慰，便教驩兒自己做，驩兒玩得無比開心，一個接一個，把十幾個雞蛋玩罷，還意猶未盡。

＊＊＊＊＊

㊳《淮南萬畢術》（淮南王劉安）記載了一項「艾火令雞子飛」的遊戲。注釋中說：「取雞子去其汁，燃艾火內空卵中，疾風高舉自飛去。」這是世界上最早的「熱氣球」原理記錄。

杜周終於升任御史大夫。

這一天，他已經望了十幾年。

當年，在御史大夫張湯門下為丞時，他便暗暗立下志願，此生定要掙到這個官位。

於是，他處處效仿張湯，並處處要勝過張湯：張湯執法嚴苛，他就執法酷烈；張湯依照儒家古義斷案，他則深知那些儒經不過是責下之詞、御民之術，皇帝喜怒才是生殺之柄，於是他便盡力揣測天子之意斷案；張湯得罪同僚，被陷害枉死，他便盡量謹慎少語，不給人留任何把柄；張湯當年因嚴審陳皇后巫蠱一案㊴，得天子器重，他便時刻留意當今衛皇后，查出皇后侄兒違紀便毫不留情㊵……

十幾年來，他鐵了心，誅殺了十數萬人，流的血幾可匯成一片湖，才一步步升到廷尉，卻稍一不慎，便被罷官，跌回塵埃。所幸又被重新啟用，任了執金吾。從此，他行事越發小心，一絲一毫不敢懈怠。哪知卻偏偏遇到盜馬賊硃安世，讓他又一次險些栽倒。幸而硃安世送回了汗血馬，否則，他早已成了溝中一具腐屍。硃安世至今雖未捉到，但案子卻牽連出兩大玄機：

硃安世身邊那孩童竟是孔安國之孫，而追殺這孩童的繡衣刺客，竟是光祿勳呂步舒派遣。

㊴巫蠱：漢代盛行的一種巫術。當時人認為請巫師將桐木偶人埋於地下，施以詛咒，被詛咒者即有災難。漢武帝時期曾發生兩次重大巫蠱之禍，第一次為皇后陳阿嬌，因為失寵，找巫師詛咒受寵嬪妃，被察覺後被廢，牽連被誅者三百餘人，參見《漢書・外戚傳》。

㊵《史記・酷吏列傳・杜周》：「捕治桑弘羊、衛皇后昆弟子刻深，天子以為盡力無私，遷為御史大夫。」

當年孔安國全家暴斃，杜周正任御史中丞，臨淮郡將案情呈報上來，他也曾上奏御史和天子。但天子毫不介意，他便也就不願經心，因此隨手批回，不再去管。沒想到孔安國竟還有一個孫子存活，更沒想到呂步舒會暗中派刺客追殺這孩童。

這小兒究竟有什麼玄奧？

他想來想去，只找到一條頭緒：當年孔安國全家被毒死恐怕另有隱情，而這隱情與呂步舒定然有極大關聯。

呂步舒向來深藏不露，當年因審訊淮南王劉安謀反一案，大得天子讚賞，被選入光祿寺為大夫。光祿寺原名郎中令，本來只是宮廷宿衛官署。當今天子繼位後，見丞相總管百僚、獨攬官吏任免權，心中不樂，便改郎中令為光祿寺，擴充職任，徵選能臣，聚集在自己身邊，作為內朝近臣，直接受皇帝詔命行事，光祿寺因此權勢日盛。

杜周一向對光祿寺深為忌憚，因此不敢深查呂步舒，心想暫且留下個線頭，暗中留意即可，以備後用。

誰知呂步舒反倒跳出來幫了他的忙。王卿意外自殺，杜周忙命劉敢去探問內情，劉敢從御史府一個僕人口中得知：王卿藏匿了一個孩童，呂步舒命光祿大夫暴勝之前去捉拿，王卿放走孩童，自己畏罪自殺。

巧的是，劉敢還查探出，那孩童正是硃安世在扶風救走的那小兒。

想到硃安世，杜周竟已不知是該恨、還是該謝。硃安世讓他束手無策，更當眾羞辱他，但若不是硃安世，王卿便不會死，御史大夫這個官位便不會騰出來。

無論如何，他終於升為御史大夫，位列三公，監察百官。

他命左右人都退下，等門關好，取過新賜的冠服，換上朝服，繫好青色綬帶，從綬囊中取出銀印，賞玩了一番，才裝回去掛在腰間，又端起三梁進賢冠㊶，走到銅鏡前，仔細戴端正。而後對著鏡子，抬頷，扭頭，振臂，轉身，走動，雖稍有些不自在，而且身臉太瘦，稍顯孱弱，不過畢竟是三公冠冕，氣度自然威嚴。

他站定身子，朝著鏡子咧開嘴，想笑一笑，雖然心底十分歡欣，卻發現，這麼多年來，自己已經不會笑了。

㊶《漢書・百官公卿表》：「御史大夫……位上卿，銀印青綬」。《後漢書・輿服志》：「進賢冠，古緇布冠也，文儒者之服也。前高七寸，後高三寸，長八寸。公侯三梁。」

第三十四章　孔府淚別

一路慢行，到了魯縣。

硃安世先找了間客店，和驩兒躲在客房裏，韓嬉去孔府探口風。

驩兒握著那隻木雕漆虎，坐在案邊，一直低著頭，不言不語。

硃安世知道驩兒是捨不得離開自己，朝夕相處、同經患難三年多，他又何嘗捨得驩兒？他和自己兒子郭續在一起也不過三年多。

在途中，他又反覆思量，驩兒的娘不來投奔孔家，其中必有原因。除了韓嬉所言怕牽連遺禍給孔家，也可能是孔延年膽小怕事，又或者他們兄弟一向不合。如果真是這樣，孔延年未必肯收留驩兒。他不收留，我正好多個乖兒子。

想到這裏，硃安世不由得笑起來，過去坐到驩兒身邊，攬著他的小肩膀，溫聲道：「你們孔家是天下最有名望的世家大族，你回到孔家，才能出人頭地……」

驩兒一動不動，默默聽著。

「你先去他家住住看，過一陣子，硃叔叔回來看你，你若過得不好，硃叔叔就帶你離開。」

「嗯。」驩兒輕聲答應。

「其實，你伯祖父未必肯收留你，這樣就更好辦了，我們——」

硃安世話未說完，吱呀一聲，門忽然被推開。

韓嬉回來了，身後跟著一位中年男子，儒冠儒袍，形貌俊逸，一派儒雅。

韓嬉道：「這位是驪兒的伯父，他是來接驪兒的。」

硃安世和驪兒一起站起來。

那男子注視了驪兒一眼，走到硃安世近前，拱手而拜，彬彬有禮，言道：「這位可是硃先生？在下孔霸㊷。硃先生跋涉千里、冒險護送驪兒，此恩此德，粉身難報，孔家世代銘記先生大義。」

硃安世不懂也不耐這些禮儀，直接問道：「你願意接驪兒回去？」

孔霸道：「驪兒是我孔家血脈，當然該由孔家撫養教導。」

硃安世本盼著孔霸能推拒，沒想到他竟一口應承，頓覺有些失落，低頭看驪兒，驪兒黯然垂頭，似乎也是一樣。但話已出口，不好再說什麼，便道：「這孩子吃了不少苦，望你們能善待他。」

孔霸微微一笑：「感謝硃先生如此愛惜鄙侄，請硃先生放心，驪兒是我侄兒，怎會不愛？」

硃安世見他言語誠摯，才放了心，扭頭對驪兒道：「驪兒，來拜見你伯父。」

驪兒怯生生走到孔霸面前，低低叫了聲「伯父」。

孔霸微笑點頭，又對硃安世道：「硃先生能否移貴步到寒宅一敘，家父也盼望能當面向硃先

㊷孔霸：孔延年之子，孔子十二代孫。孔霸少有奇才，西漢昭帝時徵為博士，宣帝時為太中大夫，授皇太子經。元帝時賜爵關內侯，封褒成君，欲升為丞相，孔霸再三辭讓而罷。謚號「烈君」。參見《漢書・孔光傳》。（注：《史記》記孔霸為孔子十二代孫，《漢書》中則記為十三代孫）

生致謝。」

硃安世道：「這就免了吧，我是朝廷通緝要犯，不好到你府上。」

孔霸略一沉吟，道：「在下備了一份薄禮，原想等硃先生到寒宅時再敬奉，如此說來，請先生稍待片刻，在下這就回去取來。」

硃安世微有些惱：「這就更不必了，我豈是為了貪你的錢財而來？」

孔霸忙賠禮道：「在下絕非此意，只是感戴先生大恩，聊表寸心而已。」

硃安世道：「你能好好看顧這個孩子，比送我黃金萬兩更好。這縣城小，你不能在這裏久留，讓人看到你和我會面不好。」

孔霸面現難色，隨即又微笑著拱手致禮，道：「在下這便告辭，先生大恩，只能待來日再報。」隨後又對驩兒道，「孩兒，跟我走吧。」

驩兒點點頭，先走到韓嬉面前，跪下磕了三個頭，又走到硃安世面前，恭恭敬敬跪下來，重重磕了三個頭，道：「硃叔叔，我走了。你要多保重，早點找到嬸嬸和郭續。」說著，眼中淚花閃動，他忙用手背抹掉淚水，站起來，走到案邊，抓起那隻木雕漆虎，抱在懷裏，道：「硃叔叔，我把它拿走了。」

「拿去，拿去！」礙於孔霸，硃安世不好多說什麼，只能盡力笑著點頭。

孔霸第三次拱手致禮，說了聲「後會有期」，轉身出門。

驩兒跟著走出去，腳剛踏出門，又回過頭，圓圓的黑眼睛，望著硃安世澀澀一笑，這才轉身離開，小鞋子踏地的聲響漸漸消失於廊上。

******

御史府書房內，杜周在暗影中獨坐，一動不動。

心中湧起一個念頭，讓他嘴角不由自主微微抽搐：除掉呂步舒。

自從他升任御史大夫以來，呂步舒幾次當眾嘲諷折辱他，他處處容讓，從未還擊，這點小忿還不足以激怒他。他真正擔心的是：丞相一職。

現任丞相公孫賀是衛皇后姊夫，衛氏親族中，前有衛青、後有霍去病、現有公孫賀，都曾屢立戰功，是天下第一顯赫之族。然而，當今天子在繼位之初，竇太后把持朝政，讓他抑鬱數年，因此他深恨皇后外戚權勢過重。天子眼下雖然器重衛氏親族，日後必定會藉機翦除。對此，衛皇后、公孫賀也都心知肚明、憂懼不安。幾年前，天子封公孫賀為丞相時，公孫賀不但不喜，反倒大懼，當即叩頭大哭，哀告請辭，天子不許，只得無奈任職㊸。

杜周料定，公孫賀遲早將被天子問罪，自己距離丞相，只有一步之遙。然而看呂步舒之勢，似乎也志在必得。

呂步舒身為宿儒，又是內臣，占盡天時地利。眼下呂步舒唯一留下的把柄是孔安國之孫。

㊸ 參見《漢書・公孫賀傳》。

但王卿死後，那小兒下落不明，至今追查不到，杜周也始終猜不透其中真正隱情。再加上劉敢升任執金吾，已經離他而去，杜周頓時少了臂膀，行事只能越發小心。如無必勝之策，絕不能冒然妄動。

＊＊＊＊＊

四月，天子大赦天下。

死罪贖錢五十萬，就可罪減一等。

司馬遷初聞消息，驚喜萬分，但隨即便頹然喪氣：他年俸只有六百石，為官十年，俸祿總共也不足百萬錢㊹。兩年前遣送兩個兒子時，已經將家中所有積蓄蕩盡，哪裏有財力自贖？

獄令見他沮喪，臉上露出古怪笑容，道：「沒錢？還有一個法子可免死罪，只是不知道你願不願意——」

司馬遷瞿然一驚，他知道獄令說什麼：腐刑㊺。

死罪者，受腐刑可以免死。

司馬遷跪在庭中，心中翻江倒海，堂堂男兒，一旦接受腐刑，將從此身負屈辱、永無超脫之日。他怎能以一副刑後殘軀，苟活於人世？

㊹ 據《漢書・貢禹傳》「秩八百石，俸錢月九千二百」換算，司馬遷年俸六百石約為八萬錢。

㊺ 腐刑：即宮刑。閹割生殖器的酷刑。

於是，他抬起頭，要斷然拒絕，話未出口，耳邊忽然響起夢中父親的話：「生如草芥，死如螻蟻。白活一場，一無所值。」

他緩緩低下頭，心裏反覆告訴自己：若能保得這條殘命，便可了卻平生之志，完成史記、無憾此生。

他滿頭大汗，牙關咬得咯咯響，雙手緊攥，手掌幾乎掐出血來，拼盡力氣，才終於低聲道：「我願受——」

後面「腐刑」二字他至死也說不出口。

*****

深夜，魯縣客店。

店客大多都已安睡，韓嬉仍點著燈，在房中等候。

硃安世推門進去，見案上已斟好了酒，他感激一笑，走過去坐下。

韓嬉一邊遞過酒盞，一邊問：「還是那樣？」

硃安世又笑一笑，點點頭，心中卻不是滋味，接過酒盞，一飲而盡。

他不放心驩兒，並未立即離開，又在魯縣住了三天，每天夜裏，都偷偷潛入孔家查探。

每次去，都見驩兒穿著小儒袍，戴著小儒冠，和孔家其他幾個子弟按大小，在院子裏排好隊。僮僕婢女們也都齊齊排在後面，孔霸和妻子領頭，一行人輕步走進正屋。屋子正中坐著一位儒服老者，清瘦端嚴，旁邊一位深衣老婦，慈和安詳，當是孔延年和妻子。

孔霸夫婦在老夫婦面前跪下，少年及僕役們跟著齊刷刷跪倒，眾人一起叩頭。孔霸恭聲道：「請父親、母親安寢。」兩個老者一起起身，孔霸妻子忙上前攙扶婆婆，護侍公婆進入內間。半晌，孔霸夫妻才退出來，這時，子弟及僕役才一起站起身。仍是孔霸夫妻領頭，眾人又排著隊，跟隨兩夫妻走到西邊側屋。孔霸和妻子坐下，子弟們又依次給孔霸夫婦磕頭。

孔霸挨個訓一句話，訓驩兒的是「不學禮，不成人。」

驩兒小聲答一句：「侄兒謹記。」

拜完之後，少年們才小心退下，各自回房。

自始至終，人人恭肅，除腳步聲外，再無其他聲響。

硃安世只聽說過儒家這「晨昏定省㊻」的禮法，初次親眼目睹，而且夜夜如此，看得心煩氣悶，暗暗皺眉。再看驩兒，夾在孔家子弟中間，拘謹茫然，手足無措，像野林中一隻雛鳥忽被關進了雞圈。

硃安世怕拘困壞了驩兒，第一夜就想帶他走。但又一想，自己野生野長，雖然痛快，卻總非正道。驩兒性子安靜，又是孔家嫡孫，這才是他該有的尊貴，過些日子，恐怕便會習慣了。

㊻晨昏定省：《禮記．曲禮上》：「凡為人子之禮，冬溫而夏清，昏定而晨省。」，為人子女的禮節，冬天讓父母暖和，夏天讓父母涼快；晚上（昏時：二十二點左右）服侍就寢，早上（晨時：五點左右）省視問安。

孔延年父子倒也沒有薄待驢兒，驢兒的宿處與孔家其他子弟一樣，都在後院一排房舍，一人一間。驢兒隨著其他子弟一起走到後院，硃安世躲在暗影裏悄悄跟行。幾個少年各自進房，硃安世躲到驢兒屋後窗外偷望，見驢兒敲打火鐮，點亮油燈。孔家雖是望族，但房舍器具並不奢華。屋子不大，只有一張床，一領席，一架書案，一個藤箱。床頭擺著那隻漆虎，案上只有燈臺、筆墨和習字石版。

驢兒站在席子上，不斷抬臂、低頭、跪下、叩首，嘴裏念著「祖父晨安」、「孫兒謹記」之類的話，看來是在練習孔霸教他的各種禮儀。練到深夜，才停下來，從床頭拿過那隻漆虎，坐在燈下，讓漆虎在案上奔跑翻跳。

前兩夜，硃安世都沒讓驢兒知道，明早他就要動身離開，於是輕輕叩了叩窗戶。

驢兒聽到，猛地抬眼，目光閃亮，小聲道：「硃叔叔?!」隨即便爬起身，飛快跑到窗邊。這時正是暑夏，窗戶洞開，硃安世輕身翻跳進屋，驢兒一把將他抱住：「我就知道！」

「小聲點，隔壁有人。」硃安世笑著輕輕噓了一聲，牽著驢兒，也沒有脫鞋，一起坐到席子上。

驢兒一直睜大眼睛望著硃安世，目光閃動，興奮異常。

硃安世笑著問：「你這兩天過得如何？」

驢兒略一遲疑，隨即道：「伯祖父、伯父待我都很好。」

「你那些堂兄弟們有沒有欺負你？」

「他們也都很好。」

「你願意一直住在這裏？」

驪兒又遲疑一下，隨即點點頭：「嗯。」

「實話？」

「實話。」

「嗯，這樣我也就放心了。我明天就走了——」

驪兒黑亮的圓眼睛忽地黯下來。

硃安世笑著拍拍他的小肩膀：「我去尋續兒和他娘。找到之後，一定會來看你。你先在這裏住著，如果不好，我就接你走。」

驪兒點點頭，神情仍舊鬱鬱。

「我不能久留，被你伯父看到就不好了。」

「嗯。」驪兒咬著下唇，眼中泛出淚來。

硃安世也心中難捨，卻只能笑著道：「你比我還懂事，我就不教你什麼了。你要好好的，等我來看你。」

說著他站起身，驪兒也忙站起來，硃安世又笑著拍了拍驪兒的小肩膀：「我走了。」

驪兒點點頭，勉強笑著，眼中淚珠卻大滴滾落。

硃安世忙用手替他擦掉眼淚，盡力笑著：「好孩子，莫哭，我們又不是見不到了。硃叔叔走了，你要看顧好自己，平日多笑一笑——」

說著，硃安世也眼睛發熱，不敢再留，轉身翻出後窗，左右看看，漆黑無人，便輕步走到牆邊，一縱身，翻上牆頭。再回頭，見驩兒瘦小身影立在窗前，正望著自己，背對燈影，看不清神情，卻感得出孩子仍在流淚。

硃安世一陣難過，眼眶頓濕，他歎了口氣，黑暗中，笑著朝驩兒擺擺手，拇指在唇髭上一劃，隨即轉身跳下牆。

*****

司馬遷一步步登上臺階，慢慢走出蠶室㊼。

蠶室在地下，新受腐刑之人，要靜養百日，稍受風寒，必將致命。因此蠶室密不透風，常年煨著火，晝夜溫熱。出了蠶室門，一陣寒意撲面襲來，司馬遷不禁打了個冷顫。

小黃門引他出去，他一轉頭，見宮刑室的門半開著，行刑木臺上，已經換了一張新布，四邊用來固縛手腳的木樁上，鐵環繩索空懸，旁邊櫃中擺滿刀具盆盞。當日給他施刑的刑人正背對著門，在洗手，水聲嘩嘩作響。

聽到這聲音，司馬遷心頓時抽搐、身子簌簌發抖，猛然想起那對乾瘦的手，那張陰沉的臉，

㊼蠶室：本指養蠶的處所，後引用為受宮刑的牢獄。《漢書》顏師古注：「凡養蠶者欲其溫早成，故為蠶室，畜火以置之。而新腐刑亦有中風之患，須入密室，乃得以全，因呼為蠶室耳。」

那雙漠然的眼，以及行刑那日，自己如同豬羊一般，被剝得赤條條，捆死在刑臺之上，撕心裂肺、痛不欲生……

他的心中揪痛，不敢也不能再想，狠咬了一下舌尖，讓自己痛醒，隨即忙低頭兩步撞出門去。匆匆離了蠶室，走出大門。

眼前豁然敞開，只見大街之上，行人往來，個個坦然自若，即便面帶愁容，也絕無羞愧之色。只有他，身殘形穢，就算有衣衫蔽體，也依舊無地自容。更何況，這三個月來，頷下鬍鬚逐漸掉落，如今已經淨光，這樣一張溜光的臉，如同一個散著光芒的「恥」字，罩在臉上，引人注目恥笑。

他低頭疾走，不敢看身邊行人，一路上如賊一般，好不容易，才走到自家門前。他停住腳，怯怯抬眼，見家宅門庭依然，只是有些蕭索，心中陡然湧起一陣淒愴。門扇虛掩著，他猶疑良久，始終不敢伸手推門。正在忐忑，門忽然打開，是衛真。

「主公？主公！主母！主公回來了！」

衛真瞪大了眼，驚呼起來，隨即噗通跪倒在地，連連磕頭，淚水奔湧：「主公終於回來了，終於回來了！主母這一年多日夜焦心，眼淚就沒乾過。我隔幾天就去一次牢獄，可他們不讓我探看主公，使盡錢財，說盡好話，也不讓我進去見主公一面。主公要回來，他們竟也不說一聲，好讓我去接……」

司馬遷呆立在門口，見衛真如此，心頭暖熱，淚水頓時滾落。

衛真忙擦掉眼淚，拖著哭腔，笑著自責：「該死，主公回來，天下的喜事，我怎麼哭起來了？」說著忙站起來，緊緊扶住司馬遷，攙護著往裏走，邊走邊連聲念叨，「太好了！太好了！真是太好了……」

剛走進院中，迎面柳夫人趕出門來。司馬遷頓時站住腳，見妻子容色憔悴，鬢邊遍泛白霜，也是滿眼淚水，驚愕莫名。

夫妻二人對視片刻，竟像是隔世重逢，悲欣恍惑。柳夫人忙用衣袖拭淚，抬腳趕過來，伸出了手，司馬遷也伸出手，要去握，但隨即心中羞慚，又遽然收了回去，垂下了頭。柳夫人過來一把抓住他手，哭道：「你總算回來了！」

司馬遷雖然心中感激，卻不敢直視妻子。

柳夫人仍緊緊抓著他的雙手，流著淚道：「無論你怎麼樣，我都是你妻，你連我也要見外嗎？何況，這事從頭到尾你沒有一絲一毫的錯！你無辜入獄，吃了那麼多苦，如今總算保住性命，回到了家，就該開開心心，不要再去想那些事。衛真在一旁，我也要直說，你我已經是老夫老妻，而且也早已有了子嗣。你受了刑，雖然是一場大難，但畢竟保住了一條性命。我原以為這輩子再也見不到你，如今你我夫妻能得團聚，我已經千恩萬謝，你也千萬不要再多慮……」

司馬遷一直低著頭，默默聽著，雖仍不敢直視妻子，手指卻不由得微微伸開，小心握住妻子的手。

*****

杜周苦思數日，卻始終想不出良策。

正當他焦躁不已，各地刺史回京述職，一個名字讓他心中一動：扶卿。

扶卿是孔安國的弟子，據劉敢從常山郡得到的信報說，孔安國兒媳朱氏死前曾提及一部經書，要送到長安，交給兒寬。孔家的經書，自然應當是儒經，其中最貴重的，無疑是當年孔壁所現的古文經書。這些古文經書早已獻入宮中，杜周一直有些好奇，升任御史大夫後，還特意找來石渠、天祿閣書目，查找過這些古經，但遍尋不到。他有些納悶，但此事與己無關，便也沒去細想深究。

現在看來，此事十分古怪：什麼人敢從宮中盜走古書？而且連御史蘭臺書目都敢刪改？御史大夫掌管國家圖冊典籍，幾年間，兒寬、延廣、王卿三任御史接連死去，難道與此事有關？

他細細思忖，天子以儒學選官取士，天下各派儒家，齊派最盛。齊學擅長隨俗應變、創制新說，但遇到古文經書，不免氣短。因此，齊學恨懼古文經書，是自然之理。

呂步舒師出董仲舒、又追隨公孫弘，是當今齊學砥柱。他身任光祿勳，掌管內朝，恐怕也只有他能盜毀宮中古文經書。

但古文經書和孔家那遺孤又有什麼關聯？

呂步舒為何一定要殺死那小兒？

杜周猛然想起：在扶風時，那小兒吃飯前，嘴裏念念有辭，念完之後才肯吃東西。

難道他念的是孔壁古文經書？

定然如此，也只能如此！

孔安國弟子中，現在只有司馬遷和扶卿兩人。司馬遷人雖在長安，但這一兩年一直關押獄中，又剛受了宮刑，定然不會藏匿那小兒。扶卿為人膽小怕事，應該也不敢庇護那小兒，但或許會知道些音訊。

於是，杜周命書吏單獨將扶卿叫進來。

扶卿進來剛剛叩拜罷，杜周劈頭便問：「孔安國有個孫子還活著，你可知道？」

扶卿聞言，猛地一顫，杜周見狀，知道自己猜對，便冷眼直直逼視扶卿。

扶卿忙低下頭，囁嚅半晌，才道：「……知道。」

「這小兒現在哪裏？」

扶卿滿頭滲汗，掙扎良久，低聲道：「魯縣孔府。」

*****

清晨，霞光照進魯縣客店的窗戶。

硃安世才起身，就聽見叩門聲，開門一看，是韓嬉。

「我先走了——」韓嬉立在霞光中，渾身上下罩著紅暈。

硃安世笑著問：「去長沙成親？」

韓嬉笑而不答，仍注視著他，目光也如霞光一般迷離。半晌，她才開口道：「你不欠我的債了。」

硃安世一愣。

韓嬉淺淺一笑：「你欠我那些債，我折成了一年的時日，要你陪我一年。到今天，前前後後，你陪了我一年多了，算起來我還賺了。」

硃安世不知道該說什麼，只能勉強賠笑。

韓嬉倚著門框，轉開目光，斜望著屋角，出了一會兒神，而後自言自語般悠悠道：「有些東西，你如果心裏真想要，就立刻去要，直截去要，不要繞一點彎——」

硃安世不知道她在說什麼，見韓嬉望著半空，像是走了魂一樣。

韓嬉繼續輕聲說著：「我一直以為自己比其他女子都敢說敢要，可是碰到最好的東西，我卻變成最蠢的一個。那年第一次見到你，你從門外走進來，第一眼就望向我，當時我並沒有在意，所有男人走進那間屋子，第一眼望見的都一定是我。你坐下來後，我才開始留意你。其他男人都想方設法要和我多說一句話、多飲一杯酒，你卻沒有，你坐在最角落，一直沒有走過來。剛開始，我只是納悶，以為你並不喜歡我，可是我隨即就發現，你其實一直在偷眼望我。我立刻明白：別人都只貪一時的歡樂，能得多少算多少。你卻不一樣，你要麼不要，要麼就全要，而且一要就要一輩子。我一直在找的就是這樣一個人。可是，我傻就傻在這裏，我沒有直接要，而是繞著彎，想試試你，我故意和樊大哥親熱，和其他人說笑，想看看你會如何。誰知道，你竟走了。等我發覺自己錯了時，你已經有了酈袖——唉……」

韓嬉轉過頭，望向硃安世，澀然一笑，神情寂寞，如絕壁上一棵孤零零的草。

硃安世驚愕萬分，絕沒料到，竟是這樣！更不知道能說什麼、能做什麼。

韓嬉又微微一笑，道：「我只是想說一說，你聽過就忘掉它。你我的帳已經清了。我唯一後悔倒是，當時在僰道，沒料到後來還有這一大段時日，早知道，我就不那麼心急了。」

硃安世不知道她在說什麼，越發納悶。

韓嬉仍笑著，目光流波：「你知道那次我是怎麼受的傷嗎？」

「你不是說是繡衣刺客？」

韓嬉含笑搖頭：「在江州，我確實遇到了他們，他們也確實想捉我。不過，輕輕巧巧，就被我甩開了，他們根本沒傷到我。」

「那是什麼人傷的你？」

「沒有誰，是我自己。」

硃安世瞪大了眼睛。

韓嬉仍淡淡笑著：「當時我以為離開僰道，把驩兒送到長安，你就要走了，再就休想讓你陪我。而且，我也想看看，如果我受了傷，你會怎麼樣？所以我找了個閒漢，花錢讓他砍我。他以為我瘋了，我又加了一倍的錢，給了他二兩金子，他才下了手。不過，說起來也算值得，那兩個多月，你服侍我服侍得很好，比我預料的要好得多。」

硃安世大張著嘴呆住，看著韓嬉若無其事的樣子，只能以為她在說胡話。

「時候不早了，我該走了。你自己當心，路上少喝酒，早日找到妻兒——」

韓嬉笑著抿了抿嘴，最後望了硃安世一眼，隨即轉身出門而去，細碎的腳步聲很快消失。

硃安世仍呆在原地，做夢一般。

忽然，門外韓嬉又露出半張臉，望著他笑道：「對了，有件事忘了說了，那匣子我也不要了，你讓酈袖留著吧。」

＊＊＊＊＊

妻子百般惜護，衛真誠心誠意。

司馬遷心中羞恥憤懵才漸漸散去一些。

然而，更大的真相又重重將他擊倒。

過了兩天，柳夫人才小心道：「今年年初，伍德夫婦一起悄悄走了，不知道去了哪裏。」

「難怪我們私底下說的話，還有《論語》一事，呂步舒都知道得清清楚楚。竟是伍德洩的密！」司馬遷既怒又悲，要罵卻罵不出口，氣悶良久，只能付之於一聲長歎。

柳夫人又吞吞吐吐道：「還有……還有一件事。」

「什麼？」

柳夫人面露難色，不敢啟齒。

「究竟什麼事？」

「你寫的史書……」

「怎麼了?!」

「那些書簡全都……被抄撿走了。」

「什麼?!那些書簡都埋在棗樹下，又從沒人知道……伍德?!」

柳夫人淒然點頭：「伍德走後第二天，光祿寺的人忽然衝進門來，直奔到後院，到棗樹下，把那些書簡挖了出來，全都搬走了……」

司馬遷頓時呆住，眼睛直瞪著，天地頓時漆黑。

日夜辛勞、殫精竭慮，十年心血就這樣毀於一旦。

他忍辱含垢、屈身受刑，也全是為了這部史記。

然而，然而……

半晌，他胸口猛地一痛，噴出一口鮮血，隨即一頭栽倒，昏死過去。

第三十五章　淮南疑案

半個多月，司馬遷才漸漸平復。

他方始明白：自己所獲誣上之罪，並非僅僅由於李陵，更肇禍於古本《論語》及自己所寫史記。

不幸中萬幸，漢家天子中，他只寫了高祖、惠帝與文帝，景帝及當今天子這兩父子本紀尚未敢落筆。否則，罪可誅九族，受十遭腐刑也活不得命。

事已至此，已無可奈何。書簡雖然被抄沒，文章卻都大略記得，只得再度辛勞，將那半部重新寫一遍，獄中打的腹稿，也得盡快抄錄出來。

只是，一旦再被發覺，就再也休想活命。

他正在憂心不已，宮中黃門忽然前來宣詔：「賜封司馬遷為中書令，即刻進宮晉見！」

司馬遷大驚：他從未聽說過「中書令」這一官職，而且，自己乃刑餘苟活之人，天子為何不褫奪舊職，反倒要封賜新職？

不容細想，他忙更衣冠戴，衛真駕車，急急進宮。

下了車，步入未央宮宮門時，司馬遷感慨萬千，他沒有想到今生還能再次走進這宮門。一路上，門尉、官吏、宮人見到他，目光都似有些異樣，司馬遷一直低著頭，加快腳步，不敢看任何人。尤其是見到黃門，心中立即刺痛。他不斷默念「未央」二字，「未央」是尚未過半之意，源自《詩經．庭燎》：「夜其何如？夜未央，庭燎之光」。當年蕭何營建長樂、未央二宮，命名是寄寓「長久安樂、永無終止」。

而對司馬遷來說，此後生途卻真如漆黑之夜，遠未過半，漫漫無止，不知何時才能終了。

進了前殿，他一眼看見天子斜靠在玉案後，近旁只有幾個黃門躬身侍立，不見其他朝臣。天子在讀一卷書簡，殿中空蕩寂靜，只聽得見竹簡翻動的聲響。

司馬遷伏身叩拜。

天子抬起眼，慢悠悠道：「你來了？身體可復原了？」聲調溫和，像是在問詢小小風寒之症。

司馬遷一聽，如同一隻獸爪在心間刮弄，一股怒火頓時騰起，幾乎要站起身衝過去，奪一把劍刺死面前這人，這隨意殺人、傷人、辱人、殘人之人。

但是，他不能。

他只能強忍憤辱，低首垂目，小聲答道：「罪臣殘軀，不敢勞聖上掛懷。」

「很好。你知道我在讀什麼？」

「罪臣不知。」

「你著的史記。」

司馬遷大驚，忙抬起眼，望向天子手中那卷竹簡，但隔得遠，看不清。

「大膽，你竟敢將高祖寫得如此不堪！」

天子聲音陡高，殿堂之內迴聲甕響。

司馬遷俯伏於地，不敢動，更不敢回言。

「不過，這篇《呂后本紀》很好，嗯，很好！」天子聲氣忽然緩和，放下竹簡，臉上竟露出笑意，「想不到司馬相如之後，又有個姓司馬的能寫出這等文章，而且比司馬相如更敢言、更有見識。」

司馬遷雖然吃驚，但並不意外：天子喜怒任意，且向來極愛文辭，也善褒獎才士能臣。

天子又道：「我尤愛這篇《呂后本紀》，你不寫惠帝本紀，卻寫呂后本紀㊽，用意很深。惠帝在位只有七年，雖為天子，卻徒有其名，權力盡由呂后把持，呂氏外戚權侵朝野，幾乎奪取我劉家天下。這教訓後世斷不能忘。」

司馬遷沒想到天子竟能看透自己寫史用意，不由得歎服，但也越發驚駭。

「我想了個新官職，叫中書令㊾，專門替我草擬傳宣詔命、上奏封事。你既有這文筆見地，就由你來做吧。」

司馬遷忙叩拜辭讓：「罪臣刑餘之人，不敢有玷朝廷。」

「不用多說，已經定了。還有，這半部史記你可以拿回去，繼續寫。景帝和我的《本紀》寫

㊽《史記》中的「本紀」是帝王傳記，西漢第二代皇帝是漢惠帝，但《史記》中並沒有《惠帝本紀》，代之以《呂后本紀》。

㊾《初學記．職官部》：「中書令，漢武所置。出納帝命，掌尚書奏事。」司馬遷是歷史上第一位中書令。《漢書．司馬遷傳》：「遷既刑之後，為中書令，尊寵任職。」

好之後，我還要看。」

******

從東到西，從南到北，硃安世走了幾千里路。

他尋遍了所有能想到的地方，卻始終不見酈袖母子蹤跡。

轉眼間，過了一年多，他又找回到魯地，心裏記掛著驢兒，便奔去魯縣。

到了孔府，只見門戶軒昂，院宇深闊，比前次在夜裏看的更加莊重氣派。心想：果然是孔家，驢兒跟著我，哪裏能住這等地方、享過這等尊貴？

他向門吏報了自己姓名，門吏進去通報，過了半晌，出來道：「抱歉，我家主公出門訪友去了。」

硃安世看門吏神色不對，疑道：「你整天看門，主人在不在家，還要進去通報了才知道？」

那門吏頓時沉下臉道：「我知不知道干你何事？告訴你了，主公不在家中，你走吧！」

硃安世又道：「我不是來見你主公，是來看望你主公的侄兒孔驩。」

那門吏鼻子一哼，道：「這是孔府，豈是你想見誰就見誰？」

硃安世怒道：「就是皇宮，我也想進就進！」

「你這盜馬賊，我家主公施恩，才沒叫官府來捉拿你，你竟敢這樣撒野?!」

那門吏回頭大聲叫喚，幾個僕役從院中奔出，各個手執棍棒。

硃安世一見大怒，料定其中必有古怪，心中焦躁起來，便不再客氣，一把拽住那門吏衣領，順手一甩，將他摔到臺階下，隨後抬步跨進門檻。那幾個僕役見狀，一起湧過來，揮棒就打。硃安世抬腿踢翻一個，揮拳打倒一個，又奪過一根木棒，連舞幾棍，將餘下的幾個全都打翻在地。

他扔掉木棍，大步走進院中，一邊走一邊高聲叫道：「驩兒！驩兒！」

又有幾個男女僕役奔出來，硃安世毫不理睬，繼續走向正廳。那幾人見他這般氣勢，都不敢靠近。剛到正廳，只見兩個奴婢扶著一位老者迎了出來，那老者年過六旬，身穿儒服，鬚髮皆白。

硃安世前次夜探時見過，便停住腳問道：「你是孔延年？」

老者微微頷首：「正是老朽。」

「我是來看驩兒的。」

「驩兒不在這裏。」

「哦？他去了哪裏?!」

「長安。」

「他去長安做什麼？」

孔延年神色微變，臉現愧色，猶豫片刻，才答道：「御史大夫杜周傳令，命我將驩兒送到長安——」

******

司馬遷將史記書簡搬回了家。

現在這些史簡不必再掩藏，衛真樂呵呵將它們一卷卷整齊排放在書架上，司馬遷坐在一邊，呆望著，心緒如潮。

命運如此翻覆，讓他有些不知所措。升任中書令，於他非但不是喜事，倒像是嘲弄，就如打殘一條狗，而後丟給它一塊肉。狗或許會忘記舊痛，安享那塊肉，但人呢？何況天子連丟給他兩塊肉，官位高升是一塊，續寫史記是另一塊。縱使他不屑第一塊，那第二塊呢？

他覺得自己真如那條殘狗，嗅望著地上的肉，怕鞭子棍棒，不敢去碰那肉，但腹中饑餓，又捨不得棄之離去。

柳夫人輕步走過來，司馬遷忙假意展開一卷書看。柳夫人略停一停，注視了片刻，隨後轉身走到書架邊，伸手輕撫那些史簡，輕聲感歎道：「十年心血總算沒有白費，終於又都回來了。誰能想到這半架書簡，竟裝著幾千年古史。多少聖王暴君、賢良奸佞，全都成了白骨，化作了土，魂卻全都聚在這些書簡裏。還有一半世事風雲、豪傑英雄等著被收藏到這裏。當今世上，讀書寫文的人無數，卻唯有你能完成得了這樁偉業，我能為你之妻，替你碾墨洗筆，在萬千女子中，也算無上之福了。」

司馬遷知道妻子看破了自己的心事，在寬慰自己，暖意如春水般融化他心底堅冰。而且妻子這番言語，絕不是泛泛空言，能完成史記，就算被殘受辱，又算得了什麼？

他長舒一口氣，一年多來第一次露出點笑容，向妻子誠懇道：「我知道了，我不會再自尋煩惱，定會完成史記！」

司馬遷展開一卷空白竹簡，挽袖執筆，蘸飽了墨，開始書寫。

柳夫人走到案邊，跪坐下來道：「墨不夠了，我來碾！」說著從墨水匣中抓了一撮墨粒放到硯臺中。

「主母，讓我來！」衛真趕過來，拿起研石碾起墨粒，邊碾邊和柳夫人相視偷笑。

在獄中時，司馬遷腹稿已經熟擬了不少，文句流水般湧瀉而出。

他已經很久沒有這般暢快，凝神聚精，下筆如飛，全然忘記了周遭一切。

然而當他寫到淮南王劉安時，忽然停住筆。

柳夫人正提著壺輕手給他斟水，衛真也正忙著調墨，見他抬起頭，兩人都停住了手，一起望向他，卻都不敢出聲。

司馬遷轉頭問衛真：「你還記不記得淮南王劉安一事？」

衛真忙道：「記得，那次回京的路上咱們提到過他。」

司馬遷低頭沉思片刻，淮南王檔案在宮中，不過父親或許會留下些評述，於是便起身到父親藏書書櫃前，找到元狩年間的記錄，抽出一卷正要查看，衛真湊過來道：「主公是找劉安的記錄嗎？去年我沒事時，已經找過了，在這裏——」他抽出另一卷，展開竹簡，指著道：「我都查過了，只有這一句。」

司馬遷一看，上面那句寫著：

淮南王謀反，惟見雷被、武被、劉建三人狀辭，事可疑，惜無從查證。

衛真問道：「這三個人是什麼人？」

司馬遷答道：「雷被、伍被二人均是淮南王門客，當年劉安門客數千，其中有八位最具才華，號稱『八公』，雷、伍二人都位列其中。後來，雷被觸怒劉安太子劉遷，便赴京狀告劉遷，天子下旨削奪了劉安兩縣封地。劉安心中不平，與伍被等人謀劃反叛，誰知伍被又背棄劉安，告發反情。」

「劉建呢？」

「劉建是劉安之孫，其父是劉安長子，卻不得寵，未能立得太子。劉建心中忌恨，便也赴京狀告伯父劉遷。天子命呂步舒執斧鉞，赴淮南查辦，劉安畏罪自殺，王后、太子及數千人牽連被斬，淮南國從此滅除。」

「當年給劉安定的什麼罪？」

「我記得是『陰結賓客，拊循百姓，為叛逆事』㊿。」

柳夫人納悶道：「劉安是否叛逆我不知道，但『陰結賓客』怎麼也成了罪？不但這些諸侯王、滿朝官員，就連民間豪族，只要稍有財力，都在召聚門客。像當今太子，天子還專門為他建博望苑，讓他廣結賓客。」

㊿參見《史記・淮南王列傳》。

衛真問道：「『拊循百姓』指什麼？」

司馬遷道：「『拊循』是安撫惜護之意。」

柳夫人奇道：「這就更沒道理了，劉安既然在一方為王，就該安撫惜護國中百姓，這居然也成了罪？記得小時候，經常聽我父親盛讚劉安，說他德才兼善、禮賢下士，為政又清儉仁慈，當時淮南國政和民安、百姓殷富，劉安也因此清譽遠播。」

司馬遷道：「他恐怕正是被這盛名所累。當時天子正在行『推恩令』，就是要分割削弱諸侯實力。河間王劉德死後，諸侯王中，劉安聲望最高，淮南國是天下學術中心，而且天子獨尊儒術，劉安卻奉行道家自然之法。他就算無罪，也不可能長存。我父親說此事可疑，恐怕也是出於此。兒寬所留帛書上那句『九江湧，天地黯』，指的定是淮南王劉安。」

柳夫人道：「哦？劉安也和古文《論語》有關聯？」

司馬遷道：「我在獄中時曾細想這事，劉安雖然尊奉道家，但並未否棄儒家，相反，他門下也有當時名儒。劉安和門客所著《淮南鴻烈》，雖言天道，但本於仁義，更言道『民者，國之本也，國者，君之本也』，以民為本，而君為末，這等語句我只在《孟子》中讀到過，孟子曾言『民為貴，社稷次之，君為輕』。我想孟子、劉安這些語句恐怕正是源自古本《論語》。」

柳夫人歎道：「這種話，也正是當今天子最不願聽到的。」

司馬遷道：「河間王劉德知道天子不願他傳習古經，但他愛書如命，知道自己子孫保不住這些古經，死前恐怕將古文《論語》等古書轉託給了劉安。而當年到淮南查辦此案的是張湯和呂步舒，劉安家中盡被抄沒，這些古經也不知下落。」

柳夫人道：「這麼說來，古文《論語》恐怕真的絕跡了。」

司馬遷道：「兒寬帛書上還有兩句秘語，前一句『鼎淮間，師道亡』，不知道該如何解釋，但看來也是悲歎亡失之意，倒是最後一句『啼嬰處，文脈懸』，似乎還有一線生機。」

*****

孔霸親自將孔驩帶到長安，獻給杜周[51]。

杜周看那小兒站在孔霸身側兩步遠，顯然是有意隔開，手裏緊握著一隻木雕漆虎。小兒略高了一些，但極瘦，一雙眼睛倒仍又黑又圓，只是神情變得孤冷，碰到杜周的目光，不但不避，反倒回逼過來，冷劍一般。

杜周微覺不快，轉頭問孔霸：「什麼人送他去的魯縣？」

「硃安世。」

「他背誦的是什麼經書？」

「他不肯說，卑職也不知道。」

「孩子留下，你回去吧。」

---

[51] 孔安國獻書一般認為是漢景帝末年，《漢書・藝文志》卻記為「武帝末……安國獻之。遭巫蠱事，未列於學官。」荀悦《漢紀》認為「武帝時孔安國家獻之」，清代漢學家閻若璩懷疑「天漢後安國死已久，或其家子孫獻之」。

杜周命人將孔驩押到後院看牢，自己獨坐在書房，思忖下一步計策：他又重新查看當年案卷，孔安國滿門亡故，被疑是兒媳朱氏施毒。當時廷尉下了通牒，緝捕朱氏。呂步舒卻又暗中派遣刺客追殺朱氏母子。看來朱氏定是被誣陷，幕後主使應該正是呂步舒。不過，當年孔門一案天子便不介意，如今舊事重提，天子更不會掛懷。

天子最恨什麼？

天子最不喜臣子有異議，他獨尊儒術，呂步舒卻不但盜毀宮中儒經，更毒殺孔子後裔，是公然違逆聖意，與儒為敵。

對，只有這一條才致命！

杜周盤算已定，仔細斟酌，寫了一篇奏文，又反覆默讀，沒有一字不妥，這才將奏文連同那片斷錦封好，命人押了孔驩，進宮面聖。

*****

司馬遷升任中書令，時常陪侍在天子左右。

他打定主意，只遵命行事，不多說一句話。雖然日日如履薄冰，但處處小心，倒也安然無事。

抽空，他去了天祿閣，查到淮南王檔案，發現天子在此事中迥異常態：

雷被狀告劉安，公卿大臣奏請緝捕淮南王治罪，天子不許；

公卿大臣上奏劉安阻撓雷被從軍擊匈奴，應判棄市死罪，天子不許；

公卿大臣奏請廢劉安王位，天子不許；

公卿大臣奏請削奪其五縣封地，天子只詔令削奪二縣；

劉建狀告淮南王太子劉遷謀反，天子才命呂步舒與張湯赴淮南查案；

呂步舒拘捕劉遷，上奏天子，天子卻令公孫弘與諸侯王商議；

諸侯王、列侯等四十三人認定劉安父子大逆無道，應誅殺不赦，天子卻不許；

伍被又狀告劉安謀反，天子派宗正赴淮南查驗，劉安聞訊自刎。

司馬遷無比詫異：天子登基四十餘年來，多少王侯公卿只因一點小錯，便被棄市滅族。劉安謀反，天大之罪，天子卻居然容讓至此！自始至終，寬大仁慈、處處施恩。

他又從頭細讀，著意看呂步舒查辦此案經過，呂步舒持斧鉞到淮南之後，依照「春秋大義」審問，獨斷專行，處斬數千人，遇事從不奏請，結案之後，才上奏天子，天子無不稱是。

司馬遷恍然大悟：當時天子正在逐步削奪各諸侯王權勢，因怕諸侯抗拒，便假借「推恩」之令，允許諸王將封地分給子弟，如同令人分餅而食、碎石成沙。淮南王劉安威望素著，此時如果下詔誅殺劉安，諸侯必定人人自危、聚議興亂。因此，他才以退為進，處處寬待劉安，將生殺之權盡交予大臣諸侯。實則借大臣王侯之力，步步緊逼，直至劉安被迫自殺。

這與當年河間王劉德之死，其實並無二致。

至於叛亂，即便劉安本無謀反之意，到後來為求自保，恐怕也會逼而欲反。只是反心才起，性命已喪。

天祿閣中本就寂靜陰冷，想到此，司馬遷更是寒從背起，不敢久留，匆忙離開。

*****

黃門介寇趁夜偷偷來到杜周府中。

杜周正坐在案前寫字，見到介寇，心底一顫。

今早，他將孔驩帶入宮中，等群臣散去，他獨自留下，秘奏天子，說查到有人盜竊宮中經籍，追殺孔子後人。

天子聽了，並不如何在意，只問是誰。

他小心答說：「呂步舒。」

「哦？」天子抬起眼，這才有些詫異，靜默了片刻，隨即沉聲道：「奏本和那小兒留下，我要親自查問。」

杜周只能躬身退下。

回來後，他心中一直忐忑，始終猜不透天子心意，忙使人傳信給介寇，讓他在宮中隨時打探動靜。

介寇進門跪下磕頭，杜周停住筆，卻不放下，雖然心中急切難耐，仍舊冷沉著臉問：「如何？」

「大人走後，皇上立即召見了呂步舒。」

「哦？」

「皇上跟呂步舒說了什麼，小人不知，不過皇上把那小兒交給了呂步舒，讓他帶走了。」

杜周聞言，頓時呆住。

嘴角中風了一般，不停抽搐。手裏那支筆像著了魔，在竹簡上一圈一圈用力塗抹。

介寇小聲問：「大人？」

杜周略回過神，咬著牙道：「下去。」

介寇忙退出書房，杜周仍呆在那裏，手抖個不停，攥著筆，不住亂畫。

「啀」地一聲，筆桿竟被杵斷，竹刺扎進手掌，一陣刺痛，他才醒過來——

呂步舒是受天子指使！

孔安國將孔壁古經獻入宮中，天子卻不立博士，也未教傳習。相反，齊派儒學大行其道。為何？

孔孟古儒，不慕權勢富貴，不避天子諸侯，只講道義，不通世故。孔壁古經，必定有許多言語不合天子之意。而齊派今文儒學，為謀私利，盡以天子喜好為旨歸，阿附聖意，滿嘴忠順。雖同是儒經，天子當然厭古愛今，斷不容古文儒經傳播於世。

呂步舒盜毀宮中古經，是天子指使；呂步舒偷改蘭臺書目，是天子指使；呂步舒毒殺孔安國一家，是天子指使；呂步舒逼死延廣、王卿，是天子指使；呂步舒追殺孔驩，是天子指使……若沒有天子指使，呂步舒哪裏有這膽量？哪敢如此肆無忌憚？

接下來，呂步舒要逼死我杜周，也將是天子指使。

杜周啊杜周，你名叫杜周，杜絕疏漏，事事周密，卻居然沒有察覺，這擺在眼前，天大的禍端！

他取過帕子，慢慢擦掉手掌上的血，又緩緩捲起那卷被塗抹得一片烏黑的竹簡，嘴角一咧，竟笑了起來。

這絲毫怨不得別人，他口中喃喃念起《論語》中那句「天作孽，猶可違；自作孽，不可活。」當年，你家中只有一匹病馬，湊不齊一吊銅錢。到如今，你位列三公，子孫尊顯，家產巨萬。算起來，此生並未虛過。眼下，闖了這滅頂之禍，絕無生理。事已至此，只能替兒孫著想，將罪一人擔起，不要遺禍親族。

想到此，他起身到書櫃邊，從最內側取出一個錦盒，打開鎖，揭開蓋，裏面是一個小瓷瓶，七根鬍鬚。

七根鬍鬚是他這一生所犯的七樁錯，他一根根拈起那七根鬍鬚，一樁樁回想當年情景，不由得又笑起來。回味罷，才歎著氣，用汗巾將它們包好，揣在懷中。而後，他展開一方白錦，另取了一支筆，飽蘸了墨，在上面寫下一句話：

對外只說病死。

寫完，擱下筆，他拿起那個瓷瓶，裏面是鴆酒，已經存了多年。他拔開瓶塞，一股刺鼻之氣衝出，幸好未乾。

這時，書房外傳來妻子和僕婦説笑的聲音，杜周嘴角一扯，最後又笑了笑，一仰脖，飲下了鴆酒㊾。

＊＊＊＊＊

未央宮，御書房。

司馬遷支開小黃門，又抽取那些舊年錦書簡冊，一卷卷打開細看。

身任中書令，有一處便宜，可以查看歷年大臣秘奏。

許多秘奏是大臣背著史官呈報給天子，因此司馬遷原來無從知曉。現在所有奏書都由他掌管，其中有些便是秘奏。這些秘奏都收藏在御書房中，不曾銷毀。

司馬遷無事時便來御書房查看陳年秘奏，越看越驚心，往昔諸多疑團豁然開朗，更有不少事情他從未料及。其中陰狠詭詐，讓他寒毛倒豎，不敢再看，卻又忍不住不看。

㊾《漢書・武帝紀》：（太始）二年，御史大夫杜周卒。

今天，他又展開一封錦書密函，見落款是呂步舒，隨即一眼掃到「孔壁論語」四字！司馬遷大驚，忙細讀奏文：扶卿在臨淮跟從孔安國學習孔壁《論語》，其中有諸多違逆之語，扶卿心中懼怕，上報給呂步舒。

看到密奏上有「臨淮」二字，司馬遷猛然醒悟：兒寬帛書中的「鼎淮間，師道亡」之「淮」正是臨淮，而「鼎」字則是元鼎年⑤³！

元鼎年間，孔安國正在臨淮任太守⑤⁴！

在任上時，孔安國全家男女老幼同日而亡。據當時刑獄勘查，孔安國全家是中毒而死。在點檢屍首時，獨少了孔安國的兒媳朱氏。因此懷疑朱氏施毒，當年官府曾下了通牒，四處緝捕朱氏，後來卻不了了之，再無下文。

司馬遷當年聽聞這噩耗，曾痛惜不已。此刻卻不免心中起疑，再一看扶卿那封秘奏落款日期，與孔安國過世竟是同一年！

他心中一寒：這定然不是巧合！

兒寬是孔安國弟子，經書中所寫「鼎淮間，師道亡」正是在説這一隱情。看來孔安國闔家猝死絕非由於一個不貞婦人，恐怕另有原因，而幕後指使可能正是呂步舒！呂步舒這樣做，定是因

⑤³ 元鼎：漢武帝的第五個年號，西元前一一六年——西元前一一一年。

⑤⁴ 孔安國生卒年至今不詳，眾說紛紜。《史記》載其官至臨淮太守，據《漢書•地理志》，臨淮郡初置於漢武帝元狩六年（西元前一一七），因此有一種觀點認為孔安國卒於元鼎年間，本文從此說。

為得了扶卿密報，殺人毀書，斷絕孔安國家人繼續傳授孔壁《論語》！

＊＊＊＊＊

硃安世馬不停蹄趕往長安。

起先，他還唾罵孔延年父子，罵累之後，猛地想起一件事：去年，在趕往魯縣的路上，驩兒講起自己經歷，硃安世曾問他是否到過魯縣伯父家，連問了兩遍，驩兒才說沒有。

驩兒當時在說謊！他到過魯縣、見過伯祖伯父！

硃安世猛地勒住馬，張著嘴，瞪著眼，眼珠幾乎鼓出眼眶，手裏緊攥的皮韁繩吱吱絞響。

我當時猜測是對的！孔延年是驩兒親伯祖父，驩兒母親當年逃亡，要投奔的第一個地方便該是魯縣孔府。他母親逃離臨淮後一路北上，從琅邪過泰山，不正是想去魯縣？驩兒母親一定是到了孔府，孔延年父子因為懼禍，不願接納，驩兒母親不得已，才又逃往常山。

這孩子！他一定是聽扶卿說跟著我會讓我罪上加罪，不願意拖累我，所以才說謊！

硃安世悔恨欲死，現在驩兒生死未知，就算活著，也免不了苦楚磨折。他再顧不上疼惜馬兒，狠狠揮鞭，拼命疾趕。

到了長安，他繞到西北面的橫門。橫門距西市最近，進出城的人最多。硃安世下了馬，挨著幾個客商，低下頭，避開門吏，混進城，趕往樊仲子家。

第三十六章　孔氏遺孤

司馬遷將孔安國滅門一事告訴柳夫人和衛真，二人都驚駭不已。

三人正在感慨，忽聽到有人敲門，衛真忙出去看。

門外一個蒼老的聲音問：「小哥，我來求見司馬遷大人，能不能請他到我家裏去一趟？」

「你是什麼人？要我主公去你家做什麼？」

司馬遷和柳夫人聽到，一起站到屋門邊去看，暮色中，門外站著一位老者，衣著簡樸，神色倔促。

「我家有個人快死了，他想見司馬遷大人。」

「什麼人？」

「他名叫簡卿，是我的侄兒。」

司馬遷忙趿鞋出去，走到院門前：「是兒寬的弟子簡卿？」

「是。」

「他快死了？」

「是，他得了重病，恐怕捱不過今晚。他說有件事一定要託付司馬遷大人。」

「好！我們馬上去。」

司馬遷忙命衛真駕車，載著老人，讓他指路，一起趕到城北民宅區，穿過幾條巷子，來到一座小院落前。

這時天已昏黑，老人引著司馬遷推門進去，走入堂屋，點了盞油燈，擎燈照路，帶司馬遷進到旁邊內房。房裏除了一床一櫃外，別無他物。老人舉燈照向床頭，舊被子下，露出一張臉，面色蠟黃，雙眼緊閉，喘息急促。若不仔細辨認，根本認不出是簡卿。

老人湊近喚道：「卿兒，司馬遷大人來了。」

連喚了幾聲，簡卿才睜開眼。

司馬遷忙走到床邊，輕聲道：「簡卿，是我，司馬遷。」

「司馬先生，謝謝你能來」，簡卿盡力露出一絲笑容，氣喘吁吁，斷斷續續道：「除了你，我再想不到可以信誰……老師留給我的遺命，我已無力完成，只好向司馬先生求助，還望……」

司馬遷忙道：「是不是關於孔壁《論語》？」

「是……你怎麼知道？」

「兒寬留給延廣一封帛書，延廣臨死前，又傳給了我。」

「這樣就再好不過……老師臨終時接到一封信，是他的故友……說救了孔安國的孫子，要送到長安……讓老師庇護……」

「孔安國的孫子？」司馬遷立即想到帛書上最後一句「啼嬰處，文脈懸」。

「那孩子名叫孔驩，會背誦孔壁《論語》……我在長安等了幾年，卻沒等到……」

「你要我做什麼？」

「設法找到那孩子，否則……」

「好！我定會盡力而為！」

「從道不從君，從義不從父……」

「什麼？」

「這是孔壁《論語》中的一句……一定找到那孩……」

簡卿呼吸陡然急促，身子拼力一掙，喉嚨中發出一聲怪響，隨即大張著嘴，不再動彈。

「卿兒！」老人大叫著去搖動，簡卿卻紋絲不應。

司馬遷伸手探了探簡卿的鼻息，黯然道：「他已經去了。」

******

硃安世混入長安，避開眼目，來到樊仲子後院小巷，輕輕敲門。

正巧樊仲子親自來開門，見到他，忙一把扯進去，關好門，才哈哈笑道：「嬉娘說你過一陣子一定會來，沒想到你今天就到了。」

「韓嬉也來了？」

「她到了有幾天了。」

「樊大哥，我是為驩兒來的。」

「我知道，嬉娘也是為那孩子來的。十幾天前，她去魯縣探望那孩子，卻發現孩子已經不在孔府，她暗地裏打聽，才知道孩子已被送往長安，她急忙追了過來。」

「是杜周。」

「嗯。杜周兩天前剛死了。」

「死了？怎麼死的？」

「據他家人說是得了暴病。但我覺得此事可疑。」

「樊哥哥也會貪功啦？」門邊忽然清亮亮響起一個女子的聲音，是韓嬉。

硃安世忙站起身，見韓嬉衣衫翠綠，嫩柳枝一般走了進來。

樊仲子笑道：「哈哈，想偷搶一次功勞，偏偏被你逮到。杜周死因，是嬉娘先起疑的。」

韓嬉一眼看見硃安世，頓時收起嬉笑之容，只淺淺含笑，輕聲道：「你來了。」

想起前次臨別時她所說那些話，硃安世有些手足無措，但又感念她先於自己為驩兒奔走，便點點頭，誠懇一笑。

三人落座，韓嬉和樊仲子又說笑了幾句，但目光不時投向硃安世，硃安世陪著笑，始終不太敢與她對視。心裏又掛念著驩兒，有些坐立不安。

「說正題吧——」韓嬉似乎體察到他的心意，收起笑，坐正了身子，「杜周是飲鴆自殺，我從他家一個老僕婦那裏探到，杜周屍身衣服抓得稀爛，全身烏青，腦殼裂開，腦漿迸了一地。」

樊仲子咋舌道：「他升了御史大夫才三年，正風光，為什麼要自殺？」

韓嬉道：「我懷疑與驪兒有關，他才將驪兒送入宮中——」

「驪兒被送入宮中?!」硃安世失聲叫道。

韓嬉點點頭，望著硃安世，滿眼歉疚、疼惜。

樊仲子忙道：「剛才正要告訴你這件事，嬉娘正是為這事四處打探。」

硃安世低下頭，心中越發焦躁擔憂。

驪兒如果在杜周府宅中，要救還不算太難，囚在宮中，事情就極難辦了。

他靜默半晌，心中浮起一串疑問，於是抬頭問道：「追殺驪兒的是光祿寺的人，杜周似乎並未染指，而且他曾在扶風盤問過驪兒，看來並不知情，他為何要捉拿驪兒？又為何要送入宮中？是送到光祿寺？還是直接交給劉老彘？難道劉老彘也知道驪兒的事？如果知道，劉老彘該獎賞杜周才對，杜周為何要自殺？」

韓嬉輕歎一聲，道：「這些事情我還沒打問清楚。不過剛剛探聽到一件事，杜周臨死那夜，宮裏有個黃門去過他府上，那黃門才走，杜周就死了。」

硃安世問道：「難道是劉老彘派那黃門賜的毒酒？」

韓嬉搖搖頭：「不是，那黃門名叫介寇，是天子近侍蘇文手下。原先犯了事，曾落到杜周手裏，杜周饒了他。他去見杜周是私會，並沒有賜酒宣詔。」

樊仲子道：「這麼說來，他是杜周埋在宮中的暗線，他見杜周，應當是去通風報信，不知道他說了什麼，杜周正是為此自殺。」

硃安世恨道：「這些臭狗無論做什麼事，無非為了兩點，或者邀功求榮，或者鏟除政敵。」

韓嬉點頭道：「看來杜周查出了驩兒的隱情，藉這樁事，既可以打壓呂步舒，又能立功，所以才從孔府逼要驩兒，當作罪證，用來彈劾呂步舒。呂步舒卻反戈一擊，倒把杜周逼到死路。」

硃安世愁道：「這樣一來，事情就棘手了。」

樊仲子問道：「哦？為什麼？」

硃安世擔憂道：「不管劉老彘之前知不知道驩兒的事，現在一定是知道了。去年我們曾議論過，驩兒所背那部古書對劉老彘不利，他一旦知道，一定會毀掉——」

樊仲子叫道：「那不是書，是個活生生的孩子！」

硃安世心亂無比，但盡力沉住氣道：「驩兒命在旦夕，當務之急，必須得盡快查出驩兒被囚在哪裏。」

韓嬉歉然道：「我這兩天就是在四處打聽驩兒的下落，杜周把驩兒送進宮中，沒有帶出來，現在應該是被囚在宮裏，但到底在何處，我還沒打探到。不過，我懷疑有一個人應該知道——」

硃安世沉聲道：「呂步舒。」

*****

司馬遷原以為古本《論語》已經絕跡於世，如今，兒寬帛書秘語全都解開，孔安國尚有後嗣僥倖存活，而孔壁《論語》竟藏於一個小小孩童心中，讓人既喜且憂。

柳夫人聽了，歎息良久：「不知道這孩子現在哪裏？」

司馬遷歎道：「兒寬得信到現在，已經五、六年，那孩子是否還活著，都未可知。」

正說著，衛真回來了。

司馬遷忙問：「事情料理得如何？」

衛真答道：「買了副中等棺槨，簡卿屍身也幫著那老丈裝殮好了，我又照主公吩咐，雇了個可靠的人，送簡卿靈柩回鄉安葬。那人已經啟程出城了。」

司馬遷點點頭，歎惋道：「簡卿不負師命，這幾年一直在長安守候，最終客死長安，實在令人生敬。」

衛真道：「他臨死說的那句話是什麼意思？」

司馬遷道：「從道不從君，從義不從父——據簡卿說，這是孔壁《論語》中的一句話。我記得似曾見過這句話，特意去天祿閣翻檢了一番，果然在荀子的一篇殘卷中找到了，荀子就曾引述過這句話，的確是出自先秦《論語》㊿。」

衛真喜道：「荀子是戰國大儒，他引用的《論語》必定不假。」

㊿《荀子・子道篇》：「《傳》曰：『從道不從君，從義不從父』。」《傳》在戰國秦漢一般指《論語》，司馬遷在《史記》多處引文中就將《論語》稱為「傳」。

司馬遷點頭道：「這話我們以前也曾談及，只是沒說得如此透徹。道義如同大路，人遵之而行，才是正途。如今卻倒轉過來，只看人，不看路。不管君父走的是正途、還是歧路，臣子都惟命是從，全然不敢分辨是非對錯。卻不知，道義為重，君父為輕。董仲舒當年曾對我言：孔子知言之不用，道之不行，才憤而著《春秋》，『貶天子，退諸侯，討大夫，以達王事』㊻。孔子既然能在《春秋》中『貶天子』，《論語》中便也應該有這等語句。」

衛真吐了吐舌頭：「若我是天子，聽了這些話，怕也會毀掉古文《論語》。」

司馬遷歎道：「在獄中，我才想起一件事，想當初，文帝崇尚黃老之學，卻還設有《論語》、《孟子》博士㊼，到了本朝，天子獨興儒學，卻廢去這兩經博士。」

衛真問道：「為什麼連孟子也要廢去呢？」

司馬遷道：「孟子剛正敢言，曾言『民為貴，社稷次之，君為輕』，更說湯武以臣的身分誅殺桀紂，並非篡逆弒君，而是依仁據義，誅殺暴虐獨夫。孟子此論正合於『從道不從君』之理。」

衛真歎道：「荀子更難得聽人提及。」

㊻《史記・太史公自序》：「孔子知言之不用，道之不行也，是非二百四十二年之中，以為天下儀表，貶天子，退諸侯，討大夫，以達王事而已矣。」東漢班固在《漢書》中轉引此段，但刪除了「貶天子」。

㊼東漢趙岐《孟子題辭》：「孝文皇帝欲廣遊學之路，《論語》、《孝經》、《孟子》、《爾雅》皆置博士，後罷傳記博士，獨立五經而已。」

柳夫人道：「若把儒學比作一間屋子，孔子、孟子、荀子便是這屋子的正主，有他們在，客隨主便，誰敢胡說？只有把他們趕走了，當今的儒生才好放開手腳、胡作非為。」

司馬遷道：「我擔心的正是這一點，就算天子不毀古文《論語》，朝中得勢官吏也都除之才能後快。如今，唯一留存孔壁《論語》的又是一個孩童……」

衛真道：「那夜在石渠閣秘道中，我偷聽到暴勝之和呂步舒對話，說要除掉扶風城裏的一個孩子，難道那孩子就是孔安國的孫子孔驩？」

司馬遷道：「當時那孩子在扶風鬧得滿城風雨，到處傳說他是個妖童，後來不知所蹤，據說是被盜汗血馬的硃安世救走。任安赴蜀地之前，曾說硃安世也許會去成都。至今再沒有聽到消息，但願硃安世能帶那孩子安然脫險。我這就寫封信給任安打問一下。」

衛真道：「不如我再去那秘道探聽一次，說不準能知道那孩子的下落。」

柳夫人忙道：「再不許去！你們偷入秘道後，多次說起，伍德恐怕也聽到了，說不準已經密報給呂步舒了。」

衛真想了想道：「我們好像沒在伍德面前談起過這事。」

柳夫人急道：「不管伍德知不知道，那秘道都不許再去！」

*****

硃安世悄悄溜到一帶高牆下，見左右無人，縱身翻過牆去。

這裏是呂步舒府邸後院，時過午夜，院裏漆黑寂靜。之前，韓嬉已經打探清楚呂步舒宅中格局，硃安世輕步潛行，穿過花徑，繞過一排僕役房舍，來到府邸中間的院落，呂步舒的寢處就在正房。

硃安世來到窗下，輕輕撬開窗戶，翻身跳進房中。伏在牆角，就著微弱月光，張眼細看，見左側有張床，床上傳來女子呼吸聲，輕細綿長，睡得很熟，應該是婢女。對面牆上一扇門，緊閉著，這房間分內外兩室，呂步舒應該是在內室安歇。

硃安世躡足走過去，伸手輕推，門沒有栓，應手開啟，發出一聲吱呀。他忙停手屏息，房內依然寂靜，沒人察覺，他這才又輕輕推開一道縫，伸手扳緊門扇邊緣，慢慢打開，門樞雖仍有聲響，但極輕。

走進去後，硃安世輕手將門關好。內室更加漆黑，他稍待片刻，眼睛漸漸能夠辨物，依稀看見床在正對面，便伸手拔出匕首，輕步走到床邊，隔著帳子側耳細聽。裏面有兩個人的氣息，一粗一細，細的應是女子，睡在床外側。粗的自然是呂步舒。

硃安世伸手掀開帳子，倒轉匕首，循著聲音，對準那女子的脖頸，迅力一擊，那女子應手昏死過去。硃安世爬上床，湊近一看，呂步舒微張著嘴，睡得正沉。硃安世一騰身，坐壓住呂步舒胸口，同時伸出左手，一把捂住他的嘴，右手匕首逼住他的喉部。

呂步舒猛地驚醒，扭動身子，手足亂掙。

「別亂動，不許喊！」

呂步舒頓時停住。

「孔驩現在哪裏？」硃安世右手匕首抵緊呂步舒咽喉，同時鬆開左手。

呂步舒聞言，身子忽然鬆弛，低聲問道：「你是硃安世？」

硃安世一驚，但無暇多想，繼續問道：「快說，孔驩在哪裏？」

「我料定你要來。那小兒在建章宮，囚在太液池漸臺之上。」

呂步舒聲音陰沉、傲慢，硃安世聽得心裏發瘮，幾乎一刀割斷他的喉嚨，但隨即想到救驩兒要緊，不能再惹麻煩，便一肘將呂步舒擊暈。

*****

辦完宮中差事，司馬遷又來到石渠閣。

衛真早上就得了吩咐，已經在閣外等候，兩人一起走進閣中。

司馬遷現在身分不同，書監段建忙出來侍候，無比殷勤小心。司馬遷素來不喜這等逢迎，便要過他手中燈盞，命他將書櫃鑰匙交給衛真，讓他先退下。段建再三躬身致禮後，才輕步離去。

司馬遷是來查尋孟子、荀子檔案，看看能否再多找出些古文《論語》的遺文。走過星曆書櫃時，他不由得望向那個藏有秘道的銅櫃，轉頭一看，衛真也正覷看著那裏。想起妻子的告誡，司馬遷咳嗽一聲，繼續前行，走到儒學一列，衛真也忙跟了過來。找到所需書簡後，衛真將它們抱到案上，安放好燈盞。

司馬遷坐下來，展卷細讀。

良久，讀得肩頸酸痛，便抬起頭舒展腰身，卻忽然發覺衛真不在身邊。左右一望，均不見人影。連喚幾聲，也不見答應。

倒是段建從外面顛顛趕進來，小心問道：「中書大人，有何吩咐？」

司馬遷忙道：「哦，不是喚你，我是在喚衛真，他拿錯了書，剛去換了。你還是下去吧，有事我會讓衛真去喚你。」

段建忙躬身答應著，斜眼向書櫃那邊望了望，似乎起疑，但隨即轉身離開。

等段建出了書庫後，司馬遷才起身走向星曆書櫃，幽暗中，果然見秦宮星曆書櫃門環上，鎖頭斜掛，顯然已被打開。他忙走過去，拉開門一看，裏面是空的，只有一串鑰匙落在書櫃角落。

衛真偷偷下了秘道！

司馬遷又氣又急，卻無可奈何，在櫃邊守了一會兒，又怕段建回來，便取出那串鑰匙，到書案邊，另點了一盞燈，走過去放到儒學書櫃上，而後才回坐在案邊，裝作讀書，但哪裏能讀得進一個字？

半個時辰，一個時辰，始終聽不見聲響。

這時，已過酉時，司馬遷腹中饑餓，虛汗直冒，卻只能繼續等。

過了半晌，段建和一個小黃門一起走進來，小黃門手裏端著一個食盒。

段建躬身道：「已經過了晚飯時辰，卑職怕大人饑餓，就自作主張，備了些酒飯。」

司馬遷沉住氣道：「有勞你了，放下吧，我這裏有衛真，不用你們侍候，你也該去用飯了。」

小黃門放下食盒，段建往儒學書櫃處的燈光望了一眼，躬身行禮，便帶著小黃門一起出去了。

又過了一個多時辰，仍不見衛真回來。

四下漆黑，書庫中只有遠近兩盞燈光遙遙相映。

司馬遷憂急如焚，不停跑到那個書櫃邊，探頭進去傾聽，卻始終毫無聲息，只聽得到自己的呼吸聲和腸胃陣陣蠕動聲。

實在忍無可忍，他躡足走到書庫門邊，偷眼窺探外面，見段建寢室窗上映著燈光，但看不到影動，也聽不到人聲，想來是睡著了。於是他壯著膽子走到那個銅櫃前，在黑暗中摸索著，拉開底面的銅板，小心爬進去，踩著梯子，一步步摸下去，到了洞底，越發漆黑，如同跌進一口墨井。

司馬遷伸手慢慢探著，尋找洞口，然而，一圈摸過來，周邊都是硬壁，哪裏有什麼通道？

他頓時驚出一身冷汗，心咚咚狂跳。

挨次又上下探摸了一圈，這洞裏的確沒有通道口！

只是，洞中其他地方都是土壁，只有一面，觸手之處，像是木板。

漆黑中，難知究竟，他忙爬上梯子，鑽出銅櫃，剛站起身要走，腳下一絆，撲到在地。他顧不得痛，慌忙爬起來，奔到案邊取了燈盞，側耳一聽，書庫外仍無動靜，這時也管不得許多，擎著燈，趕回書櫃，又鑽進去爬下梯子。

擎燈一照，洞裏真的沒有通道，只是有一面洞壁上，是一塊木板，六尺多高，二尺多寬。仔細一照，木板四周有縫，邊緣是個木框，原來是一扇門！他忙用力推，門從裏面栓住了，只略略有些翕動，根本推不開。

難道是衛真栓的門？

衛真為什麼要栓門？

如果不是衛真，是誰栓的門？

司馬遷越想越怕，渾身陡生寒慄。

他呆了半晌，無計可施，又怕段建察覺，只得重新爬上去，掩起櫃門，回到書案邊，繼續等候。

然而，直到天亮，衛真也沒有回來。

天子早朝要議事，司馬遷只得鎖住那個銅櫃，先去前殿應卯。直到中午，他才得空，又急急趕回石渠閣，支走段建，打開櫃門，掀起銅板，衛真不在下面。他忙又爬下去探看，那扇木門仍緊緊關閉，推不開。敲擊，裏面也沒有應答。

接連幾天，司馬遷不斷回到石渠閣，卻始終不見衛真。

他憂急如焚，整日坐臥不寧，卻又無計可施。

衛真啊衛真，你究竟去了哪裏？到底發生了什麼？

第三十七章　太液銅蓮

郭公仲大聲嚷道：「不……不……成！」

他剛從茂陵趕過來，聽硃安世說要去建章宮救驩兒，頓時直起身子，顧不得結巴，連聲勸阻。

樊仲子也道：「呂步舒那老梟肯告訴你驩兒的下落，是張開網子，就等你自己去投！」

硃安世卻已定下主意，沉聲道：「他當時若不說，就得死。」

韓嬉也滿眼憂色，輕聲道：「按理說，呂步舒今天該滿長安搜捕你，可現在街上一點動靜都看不到。」

樊仲子勸道：「的確太冒險，那建章宮，千門萬戶，騎著馬疾馳，一天才能遊遍。太液池名雖為池，其實極廣，有數百畝，縱橫都有三、四里，那漸臺建在湖心，只能坐船過去。而且驩兒也未必真關在那裏。」

硃安世盯著手中的酒盞，靜默片刻，才道：「這事倘若我不知道，也就罷了。既然驩兒還活著，又知道囚在哪裏，我怎麼可能坐視不管？」說著舉盞仰脖，一口灌下。

其他三人均不好再說，屋內頓時安靜下來。

良久，韓嬉忽然道：「好，我跟你一起去！」

郭公仲也嚷道：「我！」

樊仲子跟著道：「我也去！」

硃安世忙道：「你們這番情義，硃安世粉身難報。但私闖皇宮，是滅族之罪，這事由我而起，也該由我一個人去了賬。」

樊仲子哈哈笑起來：「這些年，你為我們做的犯險殺頭的事難道少了？再說，就算不為你，單為那孩子，我們也該出手，我生平最見不得這種凌虐孩童的事！」

郭仲子叫道：「對！」

韓嬉笑道：「這事大家都有份，誰都別想躲。不過，就這樣莽莽撞撞衝進去，非但救不了驩兒，自己的性命也要白白送掉。這事得好好布排一下。」

硃安世見三人如此慷慨，心頭滾熱：「硃安世能有你們幾位朋友，此生大幸，死而無憾。既然如此，我就不再推辭。現在驩兒命在旦夕，事情緊急，拖延不得。嬉娘說得對，不能莽撞亂闖，這事我已大致想好，現在既然有了幫手，就分派一下差事——」

樊仲子道：「好，你安排，我們聽命行事。」

硃安世笑了笑，道：「你們聽聽看，有什麼不妥的地方？首先，得清楚建章宮裏的地形，樊大哥，你門路最寬，這事得你來做。」

樊仲子笑道：「這個容易！我認得一個當年修建章宮的工匠頭。不過，這算不得事，我閒散了幾年，你得給我個要緊事做做。」

硃安世道：「你在宮外照應，給我們安排退路。」

樊仲子氣道：「讓我坐等？這算什麼事？」

韓嬉笑道：「這個最要緊，一旦救出驩兒，整個京畿必定會緊追嚴搜。若不安排好退路，就算救出驩兒，也是白辛苦。再說你身體胖壯，連牆頭都爬不上去，跟著也是累贅。」

樊仲子哈哈笑道：「就聽你們的！我保管大家安全離開長安就是！」

硃安世又對郭公仲道：「漸臺在太液池中央，只能游水過去，郭大哥，你水性不好，不能去。」

郭公仲瞪眼嚷道：「我……做……做……」

硃安世道：「皇宮比不得其他地方，禁衛森嚴，輕易進不去。你身手快，就替我們引開宮衛，等我們要出來時，再設法引開追兵，幫我們逃出宮。」

韓嬉道：「這事也極關鍵，不然進不去，也出不來。」

郭公仲點頭道：「成！」

硃安世又道：「我和嬉娘去太液池救驩兒，到時候，由我引開漸臺上禁衛，嬉娘帶驩兒出來。」

韓嬉道：「好！」

樊仲子忽然笑起來：「哈哈，說了這些，原來是把我和老郭兩人支開，你們兩個好去遊湖。」

硃安世一聽，頓時漲紅了臉，韓嬉也臉色微紅，一拳打向樊仲子肩頭，笑罵道：「樊罈子！」

＊＊＊＊＊

司馬遷剛走進建章前殿，一個小黃門迎了上來：「天子在涼風臺，召中書令前去。」

司馬遷聽了，便讓小黃門引路，下了建章前殿，繞過奇華、承華二殿，來到婆娑宮後，見前面有一座闕門。這門貫通建章宮南北兩區：南為宮區，有殿宇二十六座。北為苑區，有太液池、涼風臺。

出了闕門，眼界頓開：左邊太液池，清波浩淼、山影蒼碧。右邊涼風臺，巍然高聳、簷接流雲，其上傳來鼓樂之聲。司馬遷抬頭仰望，隱隱見涼風臺上舞影翩躚，天子正在觀賞樂舞。

來到涼風臺下，司馬遷拾階而上，天子近侍蘇文正走下來，見到他，奇道：「中書大人？你來做什麼？皇上今天並沒有召你啊。」

司馬遷一愣，回頭看那傳詔引路的小黃門，卻見那小黃門已經轉身走遠。莫非是傳錯了？他只得轉身，原路返回，納悶之餘，倒也心中暗喜，每次面見天子，他都侷促不安。今日又多出一天空閒，正好回家寫史。

要到闕門時，忽見一個黃門提著一個食盒走出門來，身形步態極其熟稔，司馬遷心中一震，忙仔細一瞧：衛真！

司馬遷心頭劇跳，猛地站住，再走不動。衛真一抬眼，也看到了他，也是身子一顫，停住腳，呆在那裏。

兩人相隔幾十步，卻像隔了幾十年。

半晌，衛真才慢慢走過來，步履畏怯，像是在怕什麼。等走近些，司馬遷才看清，衛真脣上頷下原本有些髭鬚，現在卻光溜溜一根都不見。

「衛真?」司馬遷恍如遭到電掣。

衛真畏畏縮縮走到近前，低著頭，始終不敢抬眼。

「衛真，你?」司馬遷心抽痛起來。

衛真仍低著頭，身子顫抖，眼中落下大滴淚珠，砸在靴面上。

「衛真，你這是怎麼了?」

司馬遷伸出手要去攬，衛真卻往後一縮，忽然跪倒在地，放下食盒，重重磕了三個頭，而後抓起食盒，埋著頭，從司馬遷身側匆忙疾步走過。司馬遷忙回轉身，見衛真提著食盒，急急向前走去，一直走到太液池邊，漸漸消失在水岸樹影深處。

過了許久，太液池上現出一隻小船，划向水中央，船上一人划槳，一人站立，人影隱約，看不清那站立的是不是衛真。

*****

樊仲子在長安城外、建章宮西有一處田莊。

硃安世四人早早趕出城去，避開眼目，分頭進莊。

樊仲子已找來建章宮地圖，四人展開那地圖，仔細商討進宮計策。

天黑後，四人各自去換夜行衣，韓嬉最後換好，從內室出來，只見她全身黑色，窄袖、緊腰、束腿、黑靴，再加上一頭烏鬢，如一株墨菊，越發顯得俊俏秀逸。樊仲子連聲讚歎，郭公仲高聲叫好，硃安世也眼前一亮、心中暗讚。

四人牽馬出莊，馬蹄均已用羊皮羊毛包裹，行走無聲。今夜正巧天有烏雲，月暗星稀，四野昏黑。四人乘著夜色來到建章宮西北側，郭公仲按約定先下馬，說了聲「石魚！」轉身急步走向宮牆。

硃安世三人繼續北行了一小段路後，也下了馬，牆內便是太液池，距漸臺最近。樊仲子將四匹馬韁繩挽在一起，低聲囑咐一聲「小心」，隨後牽馬隱入旁邊樹叢中。

硃安世向上張望，牆頭每隔幾十步便有一個衛卒挑燈執械，來回巡守。靜待片刻，牆頭忽然傳來呼叫聲，燈光紛紛向南移動，自然是郭公仲在南頭故意暴露了行跡。

「好，走！」硃安世低聲說著，急步奔至牆角，韓嬉隨後跟來。兩人各自取出繩鉤，用力向上一拋，鉤定後，一起攥緊繩子，蹬牆向上攀行，硃安世才到牆頂，韓嬉也已到達。硃安世這是第一次見韓嬉做這些事，暗暗驚歎。兩人攀在牆邊，收好繩鉤，向內偷望。只見附近宮衛都急急向南趕過去，不遠處一個尉官大聲叫嚷，喝令其他宮衛補好空缺。乘近前留下空當，兩人迅即翻身越過牆堞，跳下行道，幾步急行，又越過對面牆堞，鉤住牆磚，溜下宮牆。

腳底是一片草叢，眼前不遠處一條甬道，甬道外一片濃黑。仍是幾十步一個宮衛挑燈巡守，另有一隊宮衛急急向南趕去。

硃安世、韓嬉伏在草中，等近前那個宮衛走開，急忙躡足前奔，穿過草野，走了不多遠，腳下開始鬆軟，到了水邊沙地，兩人放輕腳步，向前慢行，腳下漸漸濕滑，草也多起來，已到了水邊。兩人輕步探入水中，才走了十幾步，忽然碰到一團團毛茸濕滑的東西。

隨即，一陣驚鳴聲，震耳駭心！

是水鳥！不知有多少隻，紛紛撲騰驚飛，硃安世和韓嬉慌忙俯身趴下來。附近那個宮衛立即提燈趕過來，不遠處幾個也先後奔來，一起向這邊覷望。兩人低伏身子，絲毫不敢動。幸而那些鳥漸漸飛落，咕咕鳴叫撲騰一陣，重又安靜下來。那幾個宮衛張望半晌，見無異常，才回身又去甬道上巡查。

月亮透出烏雲，微灑了些光下來，硃安世睜大眼睛盡力張望，隱約辨出前面一片淺草灣地，是禽鳥棲息之所，水面黑鴉鴉伏滿了水鳥。左邊一片水面水鳥要少很多。於是他以手語示意韓嬉，隨後慢慢站起身，低彎著腰，小心避開水鳥，在草叢中輕步向左邊走去，韓嬉緊隨在他身後。

行了幾十步，見水面沒有了禽鳥黑影，兩人才慢慢探進水中。等水要沒至脖頸時，兩人相視點頭，一起深吸一口氣，俯身鑽進水裏，向前潛游，游了百十步之後，等氣用盡，才觸手示意，一起探出頭。

四周盡是黑茫茫的水，遠處亮著幾盞燈光，應該正是漸臺。

兩人便輕輕划水，盡量不發出聲響，緩速向漸臺游去。游了許久，漸漸接近燈光，也能隱約辨認出水面上矗立一座樓臺。

眼看要游到漸臺，前面忽然現出一團團黑影，硃安世怕又是水鳥，忙伸手去拉韓嬉，韓嬉也已發覺。兩人輕輕游近，仔細一看，不是水鳥，而是蓮花，一朵朵飄滿水面。現在才初夏，怎麼會有蓮花？

硃安世伸手一摸，花瓣堅硬，竟是銅片。而且，花芯中輕輕發出鈴鐺響聲。他大吃一驚，又輕手摸那花芯，裏面一根細銅杆，頂上綴著一個銅鈴。再摸下面，蓮花底座是個木盤，盤下一根細繩垂在水中，他潛入水底，順著繩子往下摸，細繩竟有一丈多長，底端拴了一個小銅球。

硃安世浮上水面，再放眼一望：眼前這銅蓮花，密密麻麻，不知道有幾千幾萬，將漸臺團團圍住。若想靠近漸臺而不觸碰銅蓮鈴鐺、不驚動上面的宮衛，除非能飛。

他扭頭望向韓嬉，韓嬉正摸著面前一朵銅蓮花，雖然漆黑中看不見神情，但應該一樣吃驚灰心。

兩人在水中靜默半晌，硃安世不死心，繞著漸臺游了一周，見那銅蓮花將漸臺整整圍了一圈，沒有一點空隙。

硃安世心中憤鬱，卻也無可奈何，只得聽從韓嬉，游到太液池北岸，岸邊有一條巨石鑿就的大魚，寬五尺，長兩丈，他們爬上石魚，郭公仲已甩開宮衛，在那裏等候。三人一起設法逃出了建章宮。

＊＊＊＊＊

司馬遷回到家中，想了許久，才告訴妻子：「我見到衛真了。」

「他還活著？在哪裏？」柳夫人正在收拾碗盞，一驚，手裏的碗幾乎跌落。

「建章宮。」

「他怎麼會在那裏？」柳夫人忙放下碗盞。

「不清楚——」司馬遷將前後經過細細說了一遍。

「他也……」柳夫人不由得看了一眼司馬遷光光的下巴，又忙轉開臉，癱坐在席上，怔怔落下淚來。

司馬遷眼眶也濕起來，忙轉頭望向窗外，暮色晚風中，那棵棗樹如一團濃墨，塗抹在夜幕。

栽種這棵棗樹時，司馬遷才滿二十，剛到冠歲，衛真則還是個孩子。那天才立春，司馬遷在執鍬挖土，衛真跑去提水，那桶高過他的腰際，他用胳膊費力挽著，一路磕絆，潑潑灑灑，好不容易才挪到土坑邊。腳下土鬆，一不小心，連桶帶人栽進坑裏。司馬遷忙拉起他，問他傷到沒有，他滿身滿臉是泥，卻笑呵呵地說：「差點把我也種下去……」

「我早說了，再不許去那秘道……」柳夫人嗚嗚哭起來。

司馬遷用衣袖拭掉眼角淚水，內疚道：「怨我，我該盯緊一些。那天進到石渠閣，我其實察覺衛真想下秘道，卻沒有喝止他。」

「一定是呂步舒，他可能料定你們會再去那秘道。他為什麼要這麼狠？」

「呂步舒這樣做，是想折辱我、恐嚇我。前幾日，我見到了杜周的奏文，杜周也知道了孔驩和孔壁《論語》，他想藉此彈劾呂步舒，自己卻反倒死了。如今，世上知道這個秘密的，恐怕只有我和衛真了。呂步舒一定會設法除掉我，只是尚未抓住我的把柄。他讓衛真在宮裏做黃門，是為了好監管，更是為了警示我。今天天子並沒有召我，小黃門卻引我去了涼風臺，回來又偏偏遇到衛真，這定是呂步舒有意安排。」

「我們該怎麼辦呢？」

「能怎麼辦？我早有死志，怕他做什麼？眼下唯有盡快完成史記。只是苦了衛真……」

＊＊＊＊＊

夜闖建章宮，無功而返，一連幾日，硃安世焦躁難安。

四個人商議了許多辦法，卻都行不通。

最後，韓嬉言道：「看來，只有找宮裏的人，才能救出驩兒。但找誰呢？」

硃安世聞言，猛地想起一人：任安。

他與任安彼此相契、情誼深厚，是忘年之交。任安當年是大將軍衛青的門客，衛青之姊是當今皇后，其子劉據又是太子，如今衛青雖然已死，但任安與太子因有淵源，仍有過往。或許能託任安，求太子和衛皇后搭救驩兒。眼前無路，不管行與不行，都得試試。硃安世念頭一動，馬上起身要去找任安。

樊仲子忙攔住道：「你是朝廷重犯，大白天，怎麼能冒冒失失就這樣闖出去？你去見任安，若被人看見，任安都要受連累。那任安我雖然沒有交接過，但我與他的朋友田仁十分熟，我去請那任安到這裏來。」

樊仲子去了半天，果然請了任安來。

任安一見硃安世，幾步奔過來，捉住他雙手，不住感歎：「你這莽頭，居然還活著！三年前我被派往益州做刺史，杜周還命我去成都捉你。我一路擔心，誰知到了成都，你居然已經逃了，哈哈！我才回長安一個多月，居然在這裏見到你！」

硃安世見任安一片赤誠，心中感激，忙連聲道謝。等落座後，他才說道：「任大哥，今天請你來，是有件急事求你——」他將驩兒的事簡要說了一遍。

任安聽後為難道：「這事恐怕不好辦，漸臺是天子祭神引仙的地方，若沒有天子授意，呂步舒怎麼敢把個孩子囚在那裏？」

硃安世問道：「有件事我始終未想明白，那劉老彘既然不願孔壁《論語》傳出去，為什麼不殺掉驩兒，把他囚在那裏做什麼？」

任安歎道：「你這莽性子絲毫不改，天子若聽見你這樣稱呼他，得將你碾成肉醬。我是頭次聽說孔壁《論語》，天子行事向來莫測，我也猜不透。」

硃安世忙求告道：「任大哥，我實在無法，才請了你來，你和太子一向親熟，能否向太子求情，救救那孩子？」

任安道：「太子心地仁厚，衛皇后也是個大善人。我去跟太子說說試試。我看你心裏焦躁，我這就去，等這事了了，我們再慢慢喝酒暢敘。」

過了幾天，任安再次來訪。

一見硃安世，他就搖頭道：「這事太子也不敢插手。」

硃安世本來滿心期待，聞言，頓時垂下頭。

「不過，太子倒是指了一條路——」

「什麼路？」硃安世忙抬起頭。

「太子對這事很是掛懷，一來他不忍心見一個小孩子受苦遭罪，二來他一向誠心學儒，聽說那孩子會背誦孔壁《論語》，十分驚喜。他說天子之所以要囚禁那孩子，是怕孔壁《論語》傳到世上。只要設法把那孩子背的《論語》抄出來，四處傳開，天子自然不會再為難那孩子。只要你能弄到孔壁《論語》，他一定幫你將它傳開。」

硃安世一聽，頓時振奮起來，以太子威望，將孔壁《論語》傳布於世，自然無人能阻攔，世人也會看重此書。

但隨即，他又沮喪起來：「孔壁《論語》驩兒記在心裏，救不出驩兒，怎麼抄得到《論語》?」

任安笑道:「有一個人抄得到。」

「誰?」

「這個人叫衛真。太子為這事,專門跑到宮裏去求衛皇后,衛皇后聽了,也於心不忍,就派身邊親信去暗暗打探。孩子果然囚在太液池漸臺上,日夜都有宮衛把守,任何人不得接近那孩子。但一個人除外,這個人就是衛真,他不久前遭了事,被淨了身,做了小黃門,專門給那孩子送飯,每天送一次。」

「這個衛真會幫我們?」

「嗯,這個衛真我再熟悉不過,他原是我一位至交好友的書僮。」

第三十八章　自殘毀容

司馬遷正在燈下寫史，忽聽到外面有人敲門。

新來的僕人開了門，是一個女子的聲音。

柳夫人迎了出去，不一時，引了一個女子走進書房，司馬遷抬頭一看，那女子彎眉杏眼、容顏秀媚，從來不曾見過。

女子走到書案前，恭恭敬敬叩過禮，道：「小女子名叫韓嬉，深夜冒昧來訪，是受任安先生之託，有件緊要的事，來請司馬先生過去商議。」

司馬遷忙擱下筆，直起身問道：「任安？他為何不親自來？」

韓嬉道：「此事須格外小心，因為事關孔壁《論語》。」

司馬遷大驚：「孔壁《論語》？你是什麼人？」

韓嬉輕輕一笑：「我是硃安世的朋友。」

司馬遷不由得站起身：「盜汗血馬的那位硃安世？好，我跟你去！」

韓嬉道：「我已經備了車來，請司馬先生便裝出行。」

司馬遷依言換了便服，出門一看，果然有兩輛民用軺車停在門外，車上各有一個車夫。

韓嬉乘前面一輛，他上了後面一輛，兩車在夜色中駛過安門大街，轉道雍門大街，到西市外民宅區，穿進一條巷子，來到一座院落後門停下。韓嬉請司馬遷下了車，走到門前，三輕三重間隔著敲了六下門，一個魁梧漢子開了門。

韓嬉請司馬遷進去，院中三個人站著迎候，其中一人連趕兩步，迎上前來，口中喚道：「司馬老弟！」正是是任安。

任安回長安後，仍任北軍使者護軍，兩人因為各自公務繁忙，只見過一面。

任安引司馬遷進屋，房裏點著幾盞油燈，甚是亮堂，任安這才一一介紹那幾人，胖壯大漢是樊仲子，清瘦中年人是郭公仲，而那個開門的魁梧漢子則是硃安世。三人都是當世名俠，司馬遷聞名欽慕已久，沒想到今夜能一起得見，心中甚是歡喜。他年輕時曾親見過郭解，近年又耳聞硃安世種種事蹟，所以著意打量硃安世，郭解生得瘦小精悍，沒想到其子卻如此雄壯豪猛，一見就知是個慷慨重諾的豪俠，不由得替郭解欣慰。

諸人落座，任安道：「大家都是朋友，不必客套，這就商議正事吧——」他將事情向司馬遷簡述了一遍。

司馬遷聽後，沉思半晌，才開口道：「這幾日，我也一直試圖探知孔驩的下落。衛真自幼就跟隨我，若是以往，他一定會捨命相助。不過，他被呂步舒囚禁多時，又遭了殘刑，那日我在建章宮見到他，他連一個字都不跟我講，不知道是心裏羞慚，還是受了呂步舒嚴命。」

任安歎道：「衛真我知道，這孩子心極誠。你因追查古文《論語》而受刑，卻沒死，反倒升了中書令，呂步舒一定不甘心。他讓衛真給孔驩送飯，就是設下陷阱，等你去跳。衛真恐怕知道呂步舒在暗中監視，擔心你受害，才不敢和你說話。」

司馬遷道：「若是如此，就更難辦了。衛真就算能從孔驩那裏得到孔壁《論語》，為防我受害，他也不肯傳給我。」

任安道：「這個我們已經商議過，衛真是唯一能接近孔驩的人，他只聽你的話，只要你能說服他出力相助，我們再另想辦法將經書弄出宮來。」

司馬遷點點頭，沉思對策。

硃安世一直默坐在一邊注視，發覺司馬遷眉目間始終鬱鬱不歡，此刻又神情猶疑，似乎有畏難之意。看他唇上頷下沒有一根鬍鬚，就算原本是個熱忱果敢之人，遭過宮刑慘禍之後，恐怕也再不敢挺身犯險。

硃安世從來不會服軟，更不會低聲下氣求人，然而，眼下驩兒生死全繫於此人，他心中急切，顧不得自家顏面，猛地起身走到司馬遷面前，重重跪下，咚咚叩首，正聲求道：「司馬先生，驩兒是個仁善的孩子，一心只想別人，連猛虎死了，他都要傷心幾天。他自幼逃難，從來沒過幾天安寧日子，實在可憐，硃安世懇請先生，出力救那孩子一把！」

司馬遷忙起身扶起硃安世：「硃兄弟，快快請起！沒有你們，我自己也一定會盡力去救那孩子。何況孔壁《論語》一旦被毀，民貴君輕之大義也將隨之淪喪。我就算忍心不管那孩子，也不能坐視古道消亡。我已經想好，我自己不便出面勸說衛真，我寫一封書信，你們設法偷偷傳給他，我想衛真讀了這信，一定會全心相助。」

「多謝司馬先生！」硃安世聞言大喜，感激之極，又要叩頭，司馬遷極力勸止，他才起身歸座。

任安笑道：「這樣一來，此事大致成了。太子還打聽到，建章宮御廚房剛死了個屠宰禽畜的庖宰。要接近衛真，御廚房最便宜，衛真每天都要去那裏領取飯食。宮中膳食歸食官令⑱管，屬皇后宮官，太子可設法選派一個人去頂這個缺。不過，此人必須十足可信、可靠，而且敢去、願去才成，否則事情一旦洩露，恐怕連皇后、太子都要遭殃。但倉促之間，又找不到這樣一個合適的人——」

硃安世大喜：「宰羊殺雞我在行，能不能求太子讓我混到宮裏去頂這個差？」

任安搖頭道：「你不成。」

「為什麼？」

「宮中庖宰得是淨過身的人。」

*****

一連半個多月，太子始終未找到合適之人。

御廚房卻缺不得人手，已經催要了數遍，食官令為奉承太子，一再推延。但再拖下去，既無道理，也勢必會令人生疑。眾人都很焦急，硃安世尤其焦躁難耐。

⑱《漢書・百官公卿表》：「詹事……掌皇后、太子家，有丞。屬官有……食官令長丞。諸宦官皆屬焉。」

一個念頭在他心底不時冒出，但都被他壓住，根本不敢去想。

司馬遷寫好給衛真的書信，趁夜送了過來，硃安世一見司馬遷，那個念頭重又冒了出來。他知道司馬遷為完成史記而忍辱受刑，心中十分敬重。

然而……

深夜，他輾轉難寐，爬起來，在屋中走來走去。

想著驩兒孤零零被囚在太液池水中央那漸臺之上，他心痛萬分，那孩子自小就受盡磨難，現在又遭這等噩運，孤苦無依，只能等死。

想到「孤苦無依」，硃安世越發難過，不禁想起自己幼年經歷：他全家被捕，一個僕人帶著他僥倖逃走。那僕人牽著他奔了一夜，天快亮時，逃到一個岔路口，那僕人說：「孩子，我不能再和你一起走了。你父親當年救過我一命，現在我救了你，這恩算是報了。現在到處都在追捕我們兩個，我們在一起，誰都逃不掉、活不了。我們就從這裏分開吧，你自己當心——」那僕人拍了拍他的小肩膀，歎口氣，然後轉身，頭也不回，朝左邊那條路走去。

當時，天才濛濛亮，又有晨霧，很快就不見了那僕人身影。

那年，他五歲。孤零零站在路口，天很冷，他不停地哆嗦，睜大了眼睛，四周霧茫茫，不知道該怎麼辦。心裏駭怕至極，卻哭不出來。

不久，身後忽然隱隱有人聲傳來，他才慌忙往右邊那條路跑去。他已經記不清當時是怎麼活下來的，只記得自己不停地跑，跑累了，就鑽到草叢裏睡，睡醒了又繼續跑，跑了不知道有多久、有多遠。餓了，能找到什麼就吃什麼，野果、草籽、草根，甚而生吃老鼠、草蟲……後來，走到集鎮上，他開始討飯、偷竊，整天被追、被打，到處遊蕩，直到遇見一個盜賊，願意收留他，才算有了依靠……

若說「孤苦無依」，沒有誰比他更明白、更清楚。

當年他還能四處跑，現在，驩兒被關在漸臺石室之中，比他幼年更加可憐。

他心裏一陣陣痛悔，為何要把驩兒交給孔家？當時為何不多想一想？我和當年那個丟下我的僕人有什麼分別？

煩亂中，那個念頭忽又冒了出來——

淨身，入宮去救驩兒。

這個念頭太過駭人，他頓時害怕慌亂起來。

但想到驩兒，卻又忍不住不去想。

眼下，太子設的這條計，是救驩兒的唯一可行之路，一旦斷絕，再要尋其他辦法，必定千難萬難，但淨身……

是他一念之差，害的驩兒被囚，理該由他去救驩兒，但淨身……

若是用他的腦袋來換驩兒，他一咬牙，也就能捨了這條性命，但淨身……

他想起酈袖，酈袖若知道這事，會怎樣想、怎樣做？

酈袖心地極善，見驢兒受難，必定不會坐視不顧，會和他一起盡力去救，但酈袖能答應他淨身嗎？

一旦淨了身，不男不女，從此再也休想在人前抬起頭，就連酈袖母子，也再無顏面去見。

他猛然想起一個人——幼年時，茂陵街坊上住著一個宮裏出來的老黃門。兒童們常聚在一起，跟在那老黃門後面，一起大聲唱童謠：「上面光光下面無，聽是牝雞看是牡……」起初那老黃門還罵兩句，後來只得裝作聽不見。他家人羞愧難當，悄悄搬離了茂陵，不知躲去了哪裏。當年，硃安世也混在孩童堆裏，叫得響，唱得歡。

一旦自己淨了身，自然也和那黃門一樣，他或許受得了那屈辱，酈袖呢？續兒呢？

可是，我若不去做，誰來救驢兒？如何救驢兒？

當時在扶風，驢兒從府寺獨自逃到軍營後、躲在那塊大石背面，見到我，就說知道我一定會去找他。那夜在孔家，我輕輕叩窗，驢兒一聽就認出是我，也說「我就知道！」現在，他也一定在等我，等硃叔叔去救他……

司馬遷能為一部書忍受宮刑，為了驢兒，我為什麼不能？

他又想起五歲那年，和父母訣別時，母親讓他長大做個農人，而父親則聲色俱厲對他說：「我不管你這輩子做什麼，你愛做什麼，就做什麼，但哪怕死，你也得記住一個字——信！說過的話，必須做到！你若是敢失信於人，就不是我郭解的兒子，連豬狗都不如！記住沒有？

信！」

活到今天，他雖然任性莽撞、胡作非為，但答應別人的事，都一一辦到，從未失信於人。在扶風，他答應那位老人，要保驩兒平安，而現在驩兒卻被囚禁深宮。那位老人家都能捨棄性命救驩兒，我為什麼不能？我怎麼忍心失信於老人、失信於驩兒？

但是，淨身……

我做不到，真的做不到！

黑暗中，他縮在床邊，垂著頭，狠力抓著頭髮，心亂到極點，幾欲發狂，竟忍不住失聲哽咽。

*****

第二天一早，任安就來報信——

「不成了。御廚房又在緊催，食官令也再等不及。太子只得在自己宮中選了個庖宰，答應明早就送進宮。」

眾人聽了，盡皆默然。硃安世通夜未眠，本就憔悴，聽了這話，頓時垂下頭，更加萎頓。

韓嬉見硃安世喪魂落魄，忙安慰道：「這個法子不成，總有其他辦法。」

郭公仲卻搖搖頭，道：「沒有。」

韓嬉反問：「怎麼會沒有？這又不是登天，總有路子可走。」

樊仲子歎口氣道：「再怎麼想辦法，也只有兩條路，一條是直接到漸臺去救孩子，咱們已經試過，有銅蓮花攔著，更不用說上面的宮衛，行不通；另一條是讓衛真偷傳《論語》，但又找不到人進宮和他接手。除此而外，還能有什麼辦法？總不能衝進宮去搶。何況皇帝老兒喜怒無常，驢兒的性命……唉！」

幾個人又默不作聲，屋子頓時靜下來。

硃安世心裏翻騰不息，盯著牆角，思緒如麻。

牆角是一架木櫥，上面擺著各樣瓶罐器物，靠裏貼著木板，豎放著一塊白石版，是習字版。望著這習字版，硃安世猛地又想起兒子郭續。在茂陵，續兒就開始用習字版練字，成都的宅子中，也有這樣一塊習字版，續兒已經能寫很多字，已經遠遠勝過自己。酈袖不但教續兒習字，也教他讀書。硃安世自己雖然厭煩讀書，看兒子習字誦文，卻很歡喜，望續兒成人後，能做個知書達理的文雅君子。

那日，硃安世向司馬遷請教《論語》，司馬遷說《論語》是儒家必修之書、啟蒙之經，凡天下讀書之人，自幼及老，都得終身誦習。孔壁《論語》司馬遷也未讀過，只偶然得悉古本《論語》中的一句：「從道不從君，從義不從父」，另有半句，或許也出自孔壁《論語》——「天下者，非君之天下，乃民之天下……」

硃安世雖不讀書，這兩句一聽也立即明白，這正與他猜測相符。劉老彘最怕的便是這等話，他獨尊儒術，是要全天下人都忠心效命於他，為奴為婢、做犬做馬，哪裏能容得下這種話在民間傳習？

尤其是那日見到庸生之後，硃安世才知道，讀書未必都能謀得到利祿，反倒會戕毒人心，尤其是老實本分之人，讀了書，如同受了巫咒蠱惑一般，愚傻木呆，只知守死理，絲毫不通人情、不懂事理。

這等巫蠱之力，不但懾人耳目，更浸入骨髓。那日劉老彘試騎汗血馬時的森然威儀，至今仍讓硃安世不寒而慄，而孔家「晨昏定省」的禮儀更是讓人僵如木偶、形似傀儡。

今世儒生，一面教人恪守禮儀、死忠死孝，一面坐視暴君荼毒、酷吏肆虐。謀得到權勢，就橫行霸道、助紂為虐，謀不到利祿，則只能俯首聽命、任人宰割。

酈袖教續兒讀書，必定也會誦習《論語》，而今本《論語》卻已不見「從道不從君，從義不從父」這些道理。續兒年紀還小，很多道理若不告訴他，他可能到老都不會知曉。就如我，若不是當年父親嚴厲教導我一個「信」字，我哪裏會知道人該重諾守信？

念及此，硃安世心中猛地一震：我不只要救驩兒，更要救孔壁《論語》。不為他人，單為了續兒，也該拼盡性命、全力營救！

就算找不到酈袖母子，若能救出孔壁《論語》，縱使不見，只要兒子能讀到孔壁《論語》，明白道義、不受巫蠱，做一個頂天立地的漢子，我也算盡了一番心力，沒有枉為人父。

於是，他不再遲疑，抬起頭，正聲道：「我去。」

幾個人都望向他，都極詫異。

硃安世鼓了鼓氣，一字一字道：「我淨身進宮。」

「什麼？」幾個人一起驚呼。

硃安世又重複了一遍：「我淨身進宮。」

郭公仲嚷道：「不……成！」

硃安世話說出口，頓時輕鬆了許多，他轉頭問道：「有什麼不成？」

幾個人見他這樣，都說不出話來。

良久，任安才道：「就算你願意，也來不及。淨身之後，至少要靜養百日。太子明天就得送庖宰進宮。」

硃安世道：「我體格壯實，要不了那麼久。太子先派自己的庖宰去對付一陣，到時候那人裝病出來，再換我進去。」

樊仲子道：「誰都成，偏偏你不成。你曾在大宛廄裏養馬，不少人見過你，又盜過汗血馬，你一進去，怕就會被人認出來。」

硃安世略一想，道：「這個更好辦，當年豫讓為行刺趙襄子，漆身吞碳㊾。我只要用烙鐵在臉上烙幾下就成了。」

㊾ 豫讓：春秋時期著名刺客。為報答知遇之恩，「漆身為厲（癩），呑炭為啞」刺殺仇人，未果自殺。「士為知己者死」就出自其口。參見《史記・刺客列傳・豫讓》。

諸人見他這樣，都驚得說不出話來。

*****

一個多月後，硃安世進了建章宮。

太子找了一個宮中出來的老刀手給他淨了身。

硃安世只想到了宮刑之恥，沒有料到宮刑之痛。他生平曾受傷無數，但所有大大小小的傷痛合在一起，也不及淨身時的痛徹骨髓，但他咬牙挺了過來。淨身之後，他一不小心，受了風寒，幾乎死去。昏迷垂危中，憑著心底一念，竟掙回了性命。他拼命進食，不到一個月，傷口竟大致癒合，體力也迅速恢復。

他又不顧阻攔，親自燒紅了鐵鉗，在臉上連燙了幾處，一陣滋滋之聲，滿屋焦臭。樊仲子、郭公仲在一旁驚得咬牙蹙眉，韓嬉更是淚如泉湧。

他卻竟不覺得有多痛，反倒分外暢快。

對著鏡子，看著自己焦糊的爛臉，怔了許久，心裏默默對自己言道：那個男兒好漢已死，世間再無硃安世……

太子派一個文丞送硃安世從側門進了宮，到執事黃門處登記入冊。

執事黃門見硃安世滿臉瘡疤，而且唇上腮下，髭鬚雄密，十分驚詫。太子文丞忙在旁解釋說才淨身不久，瘡疤是在廚房不小心燙傷。執事黃門走到硃安世面前，伸出手探向他的下身，硃安世一陣羞憤，提拳就要打——

自淨身以來，樊、郭、韓諸人都盡力迴避不提，莊中僮僕，樊仲子也全都嚴令過，故而從沒有人在他面前稍露驚異之色。縱使這樣，見眾人待自己事事小心，不像常日那般隨意，硃安世已經倍感羞恥。現在，這執事黃門竟公然伸手，來驗他身體！

拳頭剛剛揮起，他猛然驚醒：你忘了自己是來做什麼的？

那執事黃門見他抬手，頓時喝問：「你要做什麼?!」

硃安世忙將手放至頭頂，裝作撓頭癢，那執事黃門這才繼續伸手，在他身下一陣摸弄，硃安世只有咬牙強忍。

執事黃門驗過身，才命一個小黃門帶硃安世到庖廚。

庖廚設在建章宮宮區之南、婆娑宮後。宮中四處都以閣道連通，沿著閣道走了半個多時辰才到。途中，硃安世見到處殿閣巍峨，雕金砌玉，富麗奢華遠勝未央宮，看得頭暈眼花、胸悶氣窒，不由得一陣陣厭惡氣怒。到了庖廚，也是一大座院落，門闕軒昂。進了門，只見到處門套門，不知道有多少重，宮人黃門端著碗盞，捧著盤盒，來去匆忙，全都神色肅然。

小黃門引著硃安世進到一間大房，去見廚監。廚監見了硃安世的臉，又是一番驚詫。硃安世只得低頭躬身，恭恭敬敬解釋了一遍。廚監聽了才不言語，喚手下一個小黃門帶硃安世到屠宰苑。

屠宰苑在庖廚之後，周遭都是禽畜圈舍，裏面雞鳴鴨叫、羊咩狗吠，中間一片空地，幾排宰殺臺，板上地下浸滿血跡。

硃安世拜見了屠長，又解釋了一遍自己的瘡疤和髭鬚。屠長指給他院北靠裏一間小房做居室，又吩咐了一遍每日差事。

硃安世便在這裏安頓下來。

每日屠宰禽畜，事雖不輕，但足以應付。

沒兩天，他便摸清了周遭地理：屠宰苑旁邊有座門，是庖廚的後門，門外不遠處有一道牆，隔開宮區和苑區，牆外便是苑區。出了庖廚後門，左邊幾百步，便是通向太液池苑區的闕門。驩兒就囚在那邊。

其他庖宰宮女見硃安世樣貌醜惡，都避著他。這正合他的心意，每日他只悶頭做事，做完事，就坐在一邊休息。不多說一個字，不多行半步路。只有一個清洗禽畜的宮女，其他人都喚她阿繡，被黥過面。她不時望著他笑一笑，有時還走過來說一兩句話，硃安世也只點點頭，不願多言。

他一直暗中留意，尋找衛真。

正如太子打探到的，每日午時，果然有一個身形清瘦、短眉小眼的黃門從後門進來，穿到前面廚房，不久提著一個食盒回來，從後門出去。一個時辰後，他又提著食盒回來，送還到廚房。

他來回行走，都要經過屠宰苑靠路邊的羊圈，羊圈用木欄圍成，站在羊圈裏，隔著木欄便能和他說話遞物。

看樣貌舉止，這人正是衛真。

一連觀察幾日，硃安世確信無疑後，等到午時，估計衛真快來時，他從靴底抽出藏好的錦書，捲成一個小團，瞅空溜出後門。向左邊一看，衛真果然低著頭走了過來，且喜路上無人。等衛真走過身邊時，硃安世低聲道：「衛真，司馬遷先生給你的信。」說著迅速將錦團塞到衛真手中。

衛真一驚，但還是接了過去，攥在手心，低著頭進門去廚房取食盒。

硃安世走進羊圈裏，假意餵羊，等著衛真。不多時，衛真提了食盒出來，像平日一樣一直低著頭，走過羊圈時，也未向裏看一眼。硃安世知道他還沒有讀那封信，當然不會怎樣，但心中卻難免忐忑。

第三十九章　秘傳論語

硃安世到雞圈裏偷了一個雞蛋。夜裏睡覺時，在雞蛋頂上戳了一個小孔，將裏面的汁液吸盡，又從衣縫裏取出藏好的艾草，塞進蛋殼中，然後小心藏起來。

來之前，他想到一件事：驩兒從未見過衛真，絕不會將《論語》背給衛真聽。這世上，驩兒恐怕只信硃安世一人。得找一件只有硃安世和驩兒才知道的信物，讓衛真拿給驩兒看，驩兒才會相信衛真。硃安世想來想去，幸虧韓嬉提醒，才想到去魯縣途中，他做給驩兒的會飛的雞蛋殼。

想到那日驩兒開心的樣子，硃安世不由得又難過起來，又不知道衛真讀了信後會如何。一夜輾轉難眠，好不容易才捱到天亮。

第二天中午，硃安世揣好那個蛋殼，等衛真進到廚房領取食盒時，忙溜到後門外等候。不久衛真提著食盒出來，他抬頭看到硃安世，有些驚慌，忙向左右掃視，隨即又低下頭，不敢看硃安世，也並不停步。硃安世不知道他的心思，但已無暇猜測，等衛真走過，忙將那個蛋殼遞給他。衛真稍一猶豫，接過蛋殼，迅速縮進袖子裏，急急走了。

回去之後，硃安世煩亂難安，毫無心思做事，殺雞時割傷了自己的手都渾然不覺。那個阿繡在旁邊拔毛清洗，扭頭看到他的手在流血，大聲提醒他，他才察覺。

估計衛真快要回來送還食盒，硃安世趕忙把最後幾隻雞胡亂殺完，便又鑽進羊圈等候。

當時眾人商議，就算驩兒願意背誦，衛真願意出力，但宮衛森嚴，衛真送飯時，必有衛卒在附近監看，兩人至多只能低聲説一兩句話，而且必須得方便抄寫傳送。所以每次驩兒只念一句，衛真也容易記住，再隨身藏帶一小塊白絹和木炭，在途中瞅空寫下來，送還食盒時，將絹揉成小團扔進羊圈，再由硃安世撿起來藏好，得空傳帶出宮。

這些司馬遷都仔細寫在信中。

硃安世在羊圈裏左磨右蹭，好不容易才終於看到衛真走進後門，他忙走到木欄邊，抓住一隻羊假裝查看，眼睛卻一直盯著衛真。然而，衛真像往常一樣，低著頭匆匆走過，像是根本沒有看到硃安世，更沒有任何舉動。

望著衛真走進廚房，隨後轉身不見，硃安世頓時呆住。這幾天，他的髭鬚已經開始脱落，他強迫自己不去管、不去想，只在心裏反覆告訴自己：你在做應該做、必須做、只能做的事。

但這事成敗卻完全繫於衛真，看來衛真不願或者不敢做，如此一來，種種辛苦傷痛將只是一場徒勞。

「你在那裏做什麼？」屠長忽然走過來，尖聲問道。

硃安世被驚醒，但心煩意亂，勉強應付了一句：「這羊好像生病了。」

「哦？」屠長推開圈門，走了過來，抓住那隻羊，邊查看邊咕噥，説了些什麼，硃安世一個字都沒有聽進去。

這時，衛真提著食盒走了出來，仍舊低著頭，不朝硃安世望一眼，硃安世卻直直盯著他。

這時，屠長站起身道：「果然病了，今日天子要宴請西域使者，就先把這頭羊殺了，讓那些鬍子吃病羊！」

硃安世嘴裏胡亂應著，眼睛卻始終不離衛真，屠長見硃安世神情異常，順著他的目光，也望向衛真，硃安世忙收回目光，答應了一聲，站起來，吆喝著，將那羊往外趕，羊撞到屠長，屠長才忙避開，隨即轉身出圈。

硃安世一邊趕羊，一邊仍用眼角餘光回望。衛真走到他身後，腳步似乎略頓了一下，硃安世心頓時狂跳起來，忙回眼去看，眼前一閃，一小團白色從衛真袖中彈出，飛進羊圈，落在圈邊羊糞之中！

硃安世心跳如鼓，生平從未如此緊張過。他忙掃視四周，屠長正背對著他走出羊圈門，其他庖宰宮女，大半都在埋頭幹活，少數幾個坐在廊下歇息説話，沒有一個人看他。他趕忙退到圈邊，連著羊糞，一把將那一小團白絹抓在手裏，緊緊攥著，像是攥住了自己的魂一般。出了羊圈，趁著回身關圈門，他才迅速揀出絹團，扔掉羊糞，又裝作提靴，將絹團塞進了靴筒裏。

一下午，那絹團一直緊貼在腳腕邊，讓他無比歡喜。直到傍晚，回到自己房裏，關好門，他才急忙取了出來，展開一看，絹帶寬一寸，長五、六寸，上面寫了一行字，字跡十分潦草，顯然是衛真倉促中慌忙寫就。

硃安世只是幼年粗學過一點文字，後來酈袖又教他認了一些。絹上一共三十二個字，有四、五個字他都不認得，不過，其中一句「有朋自遠方來，不亦樂乎」他全都認得。這些字是出自驢兒之口，讀著就像見到了驢兒，老友重逢一般，他連念了幾遍，越念越樂，不由得嘿嘿笑起來。

白絹上的字是用木炭寫成，由於被揉搓，一些筆畫已經被抹暈，有的地方又被羊糞染汙，過些時日，恐怕就難辨認了。

幸好韓嬉心細，早已想到這一點。幾天前，硃安世已從屠長那裏偷了些墨粒，他碾碎了幾顆，調了一點墨汁，用一根細樹枝蘸著墨汁，一筆一劃，將那些字仔細描畫一遍。

他從來沒寫過字，三十二個字全部描完後，竟累出一身汗，手指僵住伸不開。

等字跡晾乾後，他才小心捲好，塞進床腳磚下挖好的一個小洞裏，蓋好磚，才躺倒在床上，心想，這輩子第一次描這麼多字，總算給續兒抄了一句《論語》，酈袖母子讀到，會不會「不亦樂乎」？

想到酈袖母子，再想想自己，一時間，心潮翻湧，竟「不亦悲乎」起來。

第二天，衛真又偷扔了一個絹團在羊圈裏。

硃安世又避開眼目撿起來，回去用細樹枝蘸墨描畫過後，藏在床下洞裏。

此後，衛真每天都來傳遞一句《論語》，除非有時硃安世正好被差事纏住，趕不到羊圈，或者羊圈裏還有其他人，衛真經過時，便不投擲，第二天等硃安世獨自在羊圈時才丟給他。

硃安世漸漸安下了心，一句一句慢慢積攢。

每隔一陣，他就趁人不備，溜到苑區，藏在太液池邊的樹叢中，眺望水中央的漸臺。其上果然有幾十個人影來回走動，應該是宮衛，日夜如此，從來沒有空歇。漸臺上樓閣錯落，也不知道驩兒被囚在哪一間。

有時，他忍不住想再次泅水過去，救出驩兒，但又立刻提醒自己，一旦失手，只會害事。於是，只能強逼自己，耐住性子。

有天，他去雞圈捉雞，見一隻雞伸著頭頸，去啄牆角一隻蟋蟀。他立即想到驩兒，驩兒一個人被囚在漸臺，一定寂寞難捱，不知道那隻木雕漆虎還在不在他身邊？想到此，他忙趕開那雞，捉住那隻蟋蟀，用草稈編了一個小籠子，把蟋蟀裝進去。等衛真來取食盒的時候，溜到門外等著。

見衛真出來，擦身時，他忙將小籠子遞給衛真，小聲道：「給那孩子，多謝你。」

衛真接過籠子，一愣，雖然他每天傳送《論語》，但始終低著頭，從來不看硃安世，今天他卻抬起眼望過來。硃安世這才看清他的目光：慌亂、驚怯、悲鬱、淒惶、悔疚、猶疑……說不清有多少傷心在其中，像是被貓撕咬戲玩卻無力逃脫的小鼠一般，一碰到硃安世的目光，立即躲開，微微點了點頭，便拿著蟋蟀匆匆走了。

硃安世知道衛真是為追查孔壁《論語》下落，不慎被捕受刑，望著他瘦削背影，心中湧起一陣同命相憐之悲，不由得長長歎了一聲。

此後，硃安世想法設法找尋各種蟲子，螳螂、蚱蜢、螢火蟲、蝴蝶、瓢蟲……偷偷交給衛真，送去給驪兒解悶。秋後，昆蟲沒有了，他就自己動手，用泥捏、用木雕、用草編，將自己幼時的玩物、給兒子郭續買過的玩具，都一一仿著做出來。雖然手法笨拙，做得難看，為便於藏遞，又得盡量小巧，因此十分粗劣，但畢竟比沒有好。

本來這皇宮讓人窒悶，自他開始動手做這些玩物，竟越來越著迷，渾然忘了周遭。

有時他也不免想，自己做了一場父親，對續兒都不曾如此傾力傾心，心中一陣疚悔，只能暗暗立誓：一定將《論語》全部抄到，傳給續兒。

* * * * *

轉眼，已是春天。

硃安世進宮已經半年，《論語》一共傳了一百二十多句。

來之前，司馬遷曾說整部孔壁《論語》至少有六百句。硃安世算了一下，全部傳完，恐怕得到明年了。他本來就性子躁，一想這還要這麼久，便有些沉不住氣。

但一想，驪兒其實比他苦得多，就連衛真，處境也比他艱難。半年來，衛真連頭都沒好好抬起過，更不用說見他笑。比起他們兩個，自己還有什麼道理急躁？

於是，他又耐下性子，踏實做活，盡量不犯一點錯，不多說一個字，就連苑區太液池邊，也不再偷偷去了。好讓自己能在這裏平安留到《論語》傳完。

屠長見他做事勤快、手腳俐落，便很少說他。其他人見他始終板著一張疤臉，也都不來招惹。

倒是那個阿繡，在一起做活時，總是在一邊說個不停。硃安世雖然極少答言，但每日悶著，有個人在身旁說笑，畢竟好過些。他也大致知道了阿繡的身世——阿繡也是茂陵人，一個小商戶家的女兒，幾年前，她父母犯了事被問斬，她則被強徵進宮，派在陽石公主宮中做繡女。一次無意中撞見公主與丞相之子私通，被公主挑了個錯，遭了罰，臉上被黥了墨字，貶到這裏來做粗活。

硃安世見她身世堪憐，性格又好，雖不多和她說話，平日能幫時也會幫一點。

卻沒想到，阿繡竟一直在偷偷窺探他的舉動。

有一天，硃安世扛著宰好的羊，送到前面廚房。回來時，見屠宰苑裏的人全都站在院子中，分男女站成兩排，屠長立在最前面，所有人都神色不安。再一看，卻見廚監背著手立在廊下，神情冷肅。

屠長見硃安世回來，朝他撇嘴示意，硃安世忙過去站到男屠一排。

院北一間居室傳來翻箱倒櫃之聲，硃安世偷眼一看，只見有幾個黃門在裏面搜查。他大吃一驚，不知道發生了什麼事。那幾個黃門搜完出來，似乎什麼都沒找到，又進了隔壁居室繼續搜查。硃安世見他們連床板都要掀開，更加驚怕。下一個居室就輪到他的，他急得火燎，卻只能站在這裏眼睜睜地看。

進宮之前，眾人商議時，曾想讓太子再找個宮裏人，每隔幾個月就到屠宰苑來取走絹帶。硃安世卻怕找的人不可靠，多一個人牽扯進來便多一分危險，便否決了這個想法，眾人也都贊同。這時，硃安世才懊悔之極，心裏連聲痛罵自己。

過了一會兒，那幾個黃門又空手而出，隨即轉身進了硃安世的居室，由於那居室在最裏側，看不見屋內，只聽見裏面不斷傳出開櫃、敲牆、扔東西的聲音，硃安世的心隨之咚咚直跳，手心裏全是汗。之後，猛聽到咣啷一聲，是床板被掀開的聲音！心猛地一撞，他不由得打了個寒顫，隨後，屋裏竟響起撬磚塊的聲音，完了……硃安世閉起眼睛，像是等死一般。

屋裏聲音忽然停歇，硃安世忙睜開眼睛，那幾個黃門走了出來，看神色，他們似乎並未發覺什麼。硃安世不敢相信，仍睜大眼睛盯著，見其中一個走到廚監面前，低聲稟告，聽不清在說什麼。廚監點點頭，手一擺，隨即轉身離開，其他幾個黃門也一起跟了出去。

硃安世正在驚疑，屠長忽然高聲道：「前面廚房連丟了幾只金碗、玉盞，我說屠宰苑沒人敢做這等事，廚監不信。你們總算沒給我丟臉，好了，都去把自己房裏東西收拾一下，趕快出來幹活！」

大家散開，各自回屋，硃安世忙跑進自己房裏，見床板被掀翻在一邊，床下藏絹帶的那塊磚也被撬開丟在一邊，露出下面那個洞，他兩步跨過去，伸手一摸，洞裏一無所有！

硃安世頓時傻住，一屁股坐在地上，靠著牆，頭不停地撞向牆面，一下接一下，咚，咚，咚，咚……

「你怎麼了？你在做什麼？」阿繡忽然走進門來。

硃安世停下來，木然看著她。

阿繡走到近前，從懷裏掏出一個麻布袋子：「你是不是在找這個？」

她伸手從裏面抓出幾條白絹帶，上面用碳和墨寫滿了字。

硃安世忙一把抓過來，一根根細看，正是！正是！正是衛真傳給他的孔壁《論語》！

他又從阿繡手中一把搶過那個麻布小袋，抓出裏面的其他絹帶，都是！都是！都在這裏！

狂喜之後，他才猛然清醒，一把揪住阿繡衣領，瞪著眼睛問道：「你從哪裏拿到的？」

阿繡驚恐無比：「我……我就是從……這個洞裏拿的……」

「你怎麼知道藏在這裏？」

「我……我見你平常死死關著門，覺得好奇，就，就趴在窗子外面……」

硃安世背上一陣發寒，手不由得鬆了。

阿繡嚇得流下淚來：「你放心，我誰都沒說，我不是有意要拿……剛才我從前面廚房回來，經過廚監的房間，無意中聽到裏面吩咐，要來屠宰苑搜查，我忙跑回來給你報信，可是你又不在，我不知道你藏的是什麼東西，但一定很寶貴，萬一被搜走……我怕等不及，就偷偷跑進來，替你……」

「你為什麼要這麼做？」

「我小時候見過你。你是我們的大恩人。」

「什麼？」

「我十二歲那年，我家住在茂陵一個破巷子裏，家裏一直很窮，我穿的衣裳從來認不出原來的顏色。有天夜裏，我被夢驚醒，聽到外面有響動，趕忙扒到窗邊往外偷偷瞧，看見有個人站在院牆上，往院子裏扔了個東西，隨後就跳下牆走了。第二天我娘開門出去，發現地上有個小錦袋，上面繡著四個字『袖仙送福』，裏面裝著一顆大珠子，又圓又光又亮，一看就知道是極貴重的寶珠。我爹娘歡喜得了不得，後來聽說整個巷子裏每家都得了一個。我爹就拿去賣了，得了些本錢，才開了間繡店。那天晚上月亮很亮，我雖然沒看清那個人的臉，但他的身影動作記得清清楚楚，刺繡一樣繡在心裏。他臨跳下牆前，還用大拇指在嘴唇上劃了一下。你第一天來這裏，我先看到的是你的背影，一見就記起來，你就是那個人。後來我還發現，你時常喜歡用大拇指在唇上劃一下。所以，更相信你就是那個人。是不是？」

硃安世驚得嘴眼大張，不敢相信世間竟有這等奇緣。因為酈袖當年一句話，隨手做了件善事，隔了十幾年，竟在這裏得到回報。

他的鬍鬚早已落盡，但心緒波動時，仍改不掉用拇指在唇上一劃的習慣。

這時，他又忍不住伸出拇指，但隨即察覺，忙縮了回去。

阿繡卻看在眼裏，笑起來，又問：「你就是那個人。是不是？」

硃安世也嘿嘿一笑，這才點頭承認。

過了一陣，硃安世才知道阿繡並不識字，他才更加放心了。

而且阿繡還出了個主意，她説：「這些散碎的白絹不好藏，也容易丟，萬一被搜去，就什麼都沒有了。這幾天，我一直在想，既然這些東西這麼寶貴，你要是不怕疼，我倒是有個主意。」

「什麼主意？」

「把這些字刺在你身上，走到哪裏都丟不掉。就像我臉上被黥的這些字一樣。」阿繡指了指自己的面頰道，「刻在身上，有衣服遮著，別人看不見。」

「你會刺字？」

「嗯，我被黥面的時候，知道了怎麼在肉上刺字。不過，那些行刑的人才不管你疼不疼，用刀子又劃又刻，其實用繡花針輕輕刺，我想不會那麼疼。」

「你不識字，怎麼刺呢？」

「這沒什麼，就像刺繡一樣，並不用識字，只要照著樣子，一筆一劃描摹上去就成。」

硃安世想了想，這些絹帶其實原本可以分批讓太子派人偷偷送出宮去，但他始終不放心其他人。如果刺在身上，等於多備了一份，到時候也好攜帶出宮，便答應道：「是個好法子，只是要辛苦你了。」

「好久沒刺繡，心裏還怪想的，正好拿你的肉皮解解饞，呵呵。」

「而且還不能被別人察覺。」

「這裏所有人閒下來都在互相串門聊天，我們小心一些就是了。就算看見，就説是在給你身上刺青，也能遮掩過去。」

第四十章　人皮刺字

阿繡知道要刻六百多句，至少一萬五千字，便琢磨了幾天，想出了一個法子。她在地上畫了張草圖，演給硃安世看：「在你雙臂、雙腿、前胸、後背，各繪兩條蛇，把那些字當蛇身上的花紋來刺，一條蛇大約分八十句，將字刺得極小，每一句繪成一條花紋。」

她先從硃安世左臂開始，一字一字刺上去。她手法輕靈，果然並不如何刺痛。每刺好一句，便用墨汁塗抹，擦淨後一看，一句話聯綴成一條烏青的花紋，若不湊近仔細瞧，根本看不出來是字。這樣，就算脫了衣服查看，也不必太擔心。

硃安世看後大喜，不由得嘿嘿直笑。

於是，只要得空，阿繡就幫硃安世把《論語》一句句刺在皮膚上。

*****

直到第三年年末，孔壁《論語》才終於全部傳完。

那天，衛真照舊又丟了一個絹團，硃安世偷偷撿起來，回到房裏，小心打開，頭前仍是「子曰」兩個字，又一句《論語》。等絹帶完全展開，卻發現裏面還另夾著一小片白絹，一不留神飄落到地下，硃安世忙拾起來一看，上面寫了一個字：

完

看到這個字，硃安世頓時長長呼出一口氣，壓在心頭的那座山忽地消失，不由得嘿嘿笑了起來。

這是事先約定好的——司馬遷在信中寫明，等全部傳完，衛真就在一片絹上單獨寫一個「完」字。

「完」這個字硃安世本來不認得，還是韓嬉教他：「完」字上面一個屋頂，下面是個人。這個人頭上綑著一條絹帶，張開雙臂，伸了個懶腰，說明事情做完，邁開兩條腿，表示準備出門往外跑。

硃安世正笑個不住，忽聽到屠長在外面喚他。他忙藏起絹團，走出門去。屠長命他趕緊殺十隻雞，廚房等著用。他便去雞圈抓了雞，提到屠宰臺上，提起刀準備動手宰殺時，不由得又嘿嘿笑起來。

阿繡在一旁聽到，忙問：「什麼好事？這麼開心？」

硃安世見左右無人，低聲道：「完了。」

「什麼完了？」

「全部傳完了，今天是最後一句。」

「太好了！」

硃安世又嘿嘿笑了起來。

笑完之後，他忽然覺得心裏有些空落落的。

生平第一次如此耗盡心血做一件事情，每天等著盼著，現在事情終於完了，反倒有些不知所措。

他抬起頭，望向牆外太液池的方向。心裏一算，從第一次見驩兒，到現在已經七年，驩兒今年已經十四歲，再不是個孩童，而是個少年郎了。不知道驩兒現在有多高，樣貌變了沒有？常年囚在石室裏，一定又瘦又蒼白。

隨即，他又想到酈袖和兒子，分別已經十一年，不知道酈袖現在如何，兒子郭續和驩兒同歲，也已經長成個少年郎，不知道他是否還記得我這個父親？現在，我已是這般殘醜模樣，還能去見他們嗎？他們見了我，一定會害怕、厭惡……

他一陣難過，不敢再想，按緊手底的那隻雞，狠狠一刀剁下去。

過了兩天。

阿繡把最後一句刺在硃安世背上，塗過墨，擦拭乾淨，歎了一口氣，道：「好了，終於完工了。」

硃安世全身已經刺滿了字，胸背腿臂上盤著八條青黑長蛇，蛇身上紋理細密婉轉，看起來殺氣騰騰。

「你要走了。」阿繡微微笑著，眼中卻隱隱流露羨慕不捨，臉頰上的黥印越發顯得刺眼。

硃安世已經想好：「等我出去後，見到太子，一定求他救你出宮。」

「多謝你！」阿繡笑著歎了口氣，「可是，我出去做什麼呢？當年我爹娘被人揭發告緡，被斬了頭，家早被抄沒了，也沒有其他親人。外面又危險，我在這裏已經好多年了，一切都熟悉，倒還安心些。」

「你不想嫁人嗎？」

「看到我這張臉，誰敢要我呢？」

硃安世看著阿繡，不知道再說什麼好。

*****

半夜，硃安世悄悄溜進婆娑宮。

太子事先已在婆娑宮找了個宮女做內應，硃安世按照商議好的，撕了一條布帶，打了三個結，鑽到側院，將布帶栓在左邊第一間寢室門上。

第二天夜裏，他又摸到那間寢室外，見窗臺上果然放著一個小瓶子，便取了回去。瓶子裏是天仙躑躅酒，喝了可致人昏死，硃安世在扶風時曾逼那黃門詔使御夫喝過。

硃安世私下裏向阿繡道了別，將那包寫著孔壁《論語》的絹帶託付給阿繡，讓她藏埋在自己房內。白天做活時，他偷偷取出那瓶天仙躑躅酒，一口灌下，將空瓶交給阿繡，隨即倒在屠宰臺邊，人事不知。

等他醒來時，躺在一張床上，韓嫣、樊仲子、郭公仲站在床邊。

「醒！」郭公仲大叫。

「你個死鬼！」樊仲子笑著在他腿上重重拍了一掌。

韓嫣則望著他，微微含笑，眼中竟閃著淚光。

硃安世忙爬起身，頭一陣暈眩，韓嫣上前扶住，輕輕讓他躺好，柔聲道：「還是這麼急性子。」

硃安世嘿嘿一笑，問道：「這是在太子府？」

韓嫣點點頭：「嗯，是博望苑，太子招待門客的地方。你的『屍首』也是太子派人從宮中運出來的。」

硃安世忙道：「太子現在哪裹？《論語》在我身上。」

郭公仲道：「沒……見。」

樊仲子補道：「我剛才已經搜過你身上了，沒見到什麼《論語》啊。」

硃安世伸手解開衣襟，敞露出胸膛刺青花紋，笑道：「在這裏。」

三人一起湊近來看，一起驚呼：「居然是字！」

硃安世將阿繡刺字的事說了一遍，三人聽了，連聲讚歎。

過了半晌，硃安世才下了床，但頭依然發暈，便斜靠在案邊，四個人對坐，暢敍離情。

正說得高興，一個中年男子走了進來，衣冠華貴、氣度雍容，硃安世一看便知是太子劉據，便撐起身子要站起來。

太子忙擺手道:「硃先生不必多禮,你身體還沒有復原。」說著,他坐到正席,詢問了一番,之後道:「我已經叫人準備好筆墨簡帛,事不宜遲,現在就讓他們開始抄錄孔壁《論語》吧。」

「好!」

太子傳命下去,不一時,三位儒生進來,宮人鋪展竹簡、安置筆墨。

硃安世脫下衣裳,先露出左臂,給那三位儒生解釋先後次序,儒生們便看一句,抄一句。

整整花了三天,硃安世身上所刺《論語》才全部抄錄完。

太子大喜,一邊命人繼續謄寫,準備將副本傳送給全國各地儒生經師,一邊召集博望苑中的儒生們一起參研孔壁《論語》,並使人在長安城中到處傳言,說無意中得到孔壁《論語》副本。

儒士們與《齊論語》、《魯論語》逐字逐句對照,發現孔壁《論語》篇次有所不同,內文差異共有六百四十多字⑥⓪。

硃安世他們都不懂經學,念著驩兒安危,便求太子遣人去宮中打探消息。

沒過兩天,太子得到內報,天子和呂步舒都聽到了傳聞。大家都歡喜無比,等著下一個喜訊。

然而一連幾天,宮中並無動靜,據說衛真每天仍照舊在給驩兒送飯。

硃安世心裏焦急,便懇求太子去天子面前替驩兒求情,太子卻面露難色:「孔驩被囚一事,並未向外面透露,我若去說情,父皇定會問我從何處得知,更會懷疑孔壁《論語》外洩與我有

⑥⓪東漢經學家桓譚(前?—西元五十六年)《新論》:「《古論語》與《齊》、《魯》文異六百四十餘字。」

關，一旦追查起來，母后都會受到牽連。你不要太心急，現在孔壁《論語》已經傳了出來，再囚禁孔驩已經毫無必要。父皇巡遊才回來，恐怕還顧不上這點事，再等幾日，應該就會釋放那孔驩了。此外——我本想讓你常住在博望苑，但眼下孔壁《論語》洩出，那呂步舒定會追查此事，一旦發現你在這裏……」

「我知道，我們這就走。」硃安世忙答道。

他見太子有避禍之心，恐怕不會再盡力救驩兒，自己身體已殘，再顧不得什麼尊嚴屈辱，雙膝跪地，重重向太子叩了三個頭，懇求道：「驩兒那孩子身世可憐，太子一向仁善，硃安世懇請太子施恩，救救那孩子。硃安世雖然已經是半條廢人，但日後只要有用到硃安世的地方，硃安世就算做牛做狗、粉身碎骨，也會報答太子之恩！」

「快快起來，我一定盡力！」

*****

四人拜別太子，樊仲子仍用酒桶藏好硃安世，運回到長安城外田莊上。

硃安世躲在莊裏，其他三人每天都去打探消息，一連數日，仍然毫無結果。

太子也似乎開始有意迴避，太子府門吏越來越冷淡，既不許他們進，也不去通報。

好在還有任安和司馬遷，兩人和他們一樣焦急。尤其是司馬遷，他剛剛陪侍天子巡遊北地回來，聽韓嬉說知情形，便時刻留心查探，但自始至終，天子從未談及過孔驩，呂步舒也一直託病未曾上朝。由於沒有時機，他也去不了太液池那邊，見不到衛真。

硃安世心裏躁悶，卻無計可施，每天只能以酒熬日。

雖說古本《論語》已經盜出，劉彘、呂步舒已經不必再殺驢兒，驢兒性命多少算是安全了些。然而，劉彘並非常人，從來賞罰無度，喜怒無常。此舉恐怕反倒會激怒劉彘，那麼驢兒就越發危險了。

硃安世思來想去，只有一個辦法可以真正救得了驢兒：刺殺劉彘。

一切禍患皆來自劉彘，殺了劉彘，自然就能救得了驢兒，也算為天下人除掉最大之害。

想到行刺，他頓時悔恨萬分，將手中一隻酒盞捏得凹癟。那年舉手之間，他就可殺死劉彘，如果那日得手，現今太子繼位，就不會有後來這些禍事。當日自己卻臨陣猶疑，錯失良機。

但悔之已晚，多思無益。既然這是一條可行之策，再想就是。他振奮起來，拋掉那只癟酒盞，不再飲酒，回到房中，用冷水痛快洗了把臉，讓自己沉下心，細細思忖起來：

其一，行刺劉彘，得抱必死之心，你可願意去死？

他略略一想，隨即慘然一笑。自己唯一掛念的無非是妻兒，但現在身體已殘，再算不得男人，又有何顏面去見他們母子？就算他們母子願意接納，世人之譏、鄰舍之嘲，又怎麼避開？我豈能讓他們為我蒙羞含辱？除非躲到深山之中，但酈袖願意嗎？就算酈袖願意，續兒怎麼辦？他最愛熱鬧，一會兒沒有玩伴就受不得，豈能讓他小小年紀與世隔絕？所以，不見最好，不見最好……

想到從此不見，他心裏一陣傷痛。

但事已至此，又可奈何？好在我盜出了孔壁《論語》，太子已在四處散播，酈袖若能教續兒讀這部書，也算是見到了我。這副殘軀，活著只是恥辱，用來換驩兒一命，正好用得其所。

他又繼續往下想——

其二，此次行刺，再不可能如上次那般輕巧，你能否得手？

劉彘雖然戒備森嚴，但未必時刻護衛圍擁，必定會有鬆懈之時。何況還有幸識得司馬遷先生，他日常在劉彘身邊，必定知道劉彘起居行程。只要他身邊侍衛不上百人，我便有得手之機。

至於能否成功，一半在我，一半靠天，我只能盡力而為，若驩兒命該不死，我便能得手。

其三，不論能否得手，行刺都是萬死之罪，絲毫不能牽連他人。

首先是酈袖母子，朝廷必會滿天下緝捕他們，不過酈袖向來心思細密，連我都找不到他們母子，朝廷恐怕也難查出他們下落。

其次便是樊仲子、郭公仲、韓嬉這些好友。他們若知道，必定又會挺身相助。所以這次不能透露半個字。

第四十一章　宮中刺客

硃安世琢磨了一夜，終於想定了兩句話。

第二天他背著樊仲子等人，找到莊子上的管家。那管家粗通文墨，硃安世向他請教幾個字，一個一個都仔細學會記牢後，便討要了筆墨，躲進自己屋中。

他關好門，先研好了墨粒，濃濃調了些墨汁。而後從床頭取過一隻木盒，裏面一卷白帛。這是離開博望苑時，太子命人謄抄好贈給他的孔壁《論語》。他取出那卷《論語》，展開最後一張白帛，見最末一句後面還有幾寸空餘，心想：足夠了。

他拿起筆，照著酈袖教他的樣子握好，先蘸著水在几案面上練習。寫了十幾遍後，覺著已經純熟，才向墨汁中濃濃蘸了一蘸，又在硯臺邊沿上將筆毫仔細捋順抹尖。而後，坐得端端正正，深吸了一口氣，提筆在那片空餘白帛上，一個字，一個字，慢慢寫下那兩句話，又落上自己的姓名。

雖然練了許多遍，書寫時，手卻一直抖個不住，幾個字寫得歪歪斜斜、笨笨拙拙。他越看越不中意，但又不好塗改，只能這樣了。這樣或者更好，酈袖知道我字寫得醜，寫好了反倒認不得了。兒子現在字寫得那麼好，見了一定會笑我，笑就笑吧，你爹就是這麼笨，你能比爹強，爹歡喜得很。

他坐在案前，盯著那白帛，一字一字、一遍一遍，默念著，自己笑一陣，歎一陣，而後怔怔呆住，鼻子一酸，眼睛一熱，竟落下淚來。

這時門忽然叩響，隨後是韓嬉的聲音：「青天白日，一個人關在屋子裏，做什麼呢？大夥兒在等你去喝酒呢。」

他忙兩把擦乾眼睛，隨口應了一聲「我這就來！」同時急急捲起白帛，放回盒子，蓋好盒蓋，藏到枕頭內側，這才起身出去。

晚飯時，硃安世暢飲談笑，韓嬉三人望著他，全都有些驚異納悶。

他心想：等他們察覺，我已是死人了，這是與朋友們最後一次飲酒，當得盡興。於是假託說愁煩無益，不如開懷暢飲，而後好好尋思救人之策。三人聽了，方始放心。硃安世感念三人待己之恩，盡心敬了幾輪酒。

吃飽喝足後，他裝作大醉，跌跌撞撞回到自己房間，蒙頭便睡。

睡到半夜，他睜眼醒來，起身用壺裏冷水抹了把臉，換上夜行黑衣，背好夜行包。因想著倘若劉彘離得遠，得飛擲兵刃刺他，便棄刀不用，取下牆上所掛一把好劍，隨身佩好。

臨出門，他又回頭望了一眼枕畔那只木盒，他怕樊、郭、韓嬉三人察覺，故而沒敢提及。不過他們都知道這《論語》是他留給自己兒子的，自己死後，他們定會找到酈袖母子，將《論語》交給酈袖。不必擔心。

他轉身輕輕開門，翻牆出院，向長安奔去。

奔到雙鳳闕下，他攀上飛閣，越過城牆，滑入城中，避開路上巡衛，穿街過巷，來到司馬遷宅前。

翻牆進去，見北面一扇窗還亮著燈。過去一看，房內一人在燈下執筆寫文，正是司馬遷。

他輕扣窗櫺，低聲喚道：「司馬先生，我是硃安世。」

司馬遷聽到聲響，先是一驚，隨即辨出他的聲音，忙開門讓他進去。

「司馬先生，請恕我深夜驚擾，我是來問一件事，問完就走。」

「什麼事？」

「天子現在哪裏？」

「你問這個做什麼？」

「先生最好不要問，你只需告訴我便可。」

「建章宮。」

「明日早朝什麼時辰？」

「卯時。」

「罷朝後呢？」

「天子要去上林苑遊獵。」

「騎隊在哪裏等候？」

「玉堂之南。」

「好，多謝！告辭！」硃安世轉身出門。

司馬遷追上來問：「硃兄弟，暫停一步，你究竟意欲何為？而且，我也有事問你，那孔壁《論語》——」

硃安世心中有事，更怕牽連到司馬遷，因此並不答言，快步出門，縱身跳上牆頭，翻身躍下，原路返回。

他又爬上飛閣，攀著輦道下的橫木，躲過上面巡衛，凌空攀行半里多，越過城牆，來到建章宮，溜下飛閣石柱，躲進草木叢中。

這時已經是凌晨，天子早朝在建章前殿。上次進宮營救驩兒前，他曾細細查看過建章宮地圖，從他藏身處向西直行一里多路，到宮區中央便是建章前殿。正南對著玉堂，前殿與玉堂之間，則是中龍華門。

硃安世知道劉彘寢處必定守衛森嚴，故而沒有打問。行刺只能在途中，正巧劉彘罷朝後要去上林苑，必定是下建章前殿，走中央大道，穿中龍華門，過玉堂，出建章南門。既然騎隊在玉堂之南等候，自前殿到玉堂，途中只有常備護衛。

於是，他避開巡守，一路潛行，來到南端的鼓簧宮。又沿著宮牆折向西面，趁著天色昏濛，一路躲避，到達南區中央的玉堂。

堂下有間黃門寢室門虛掩著，他推門溜了進去，房內無人，應該是應卯去了，正好藏身。

他透過窗戶，查看地形，見北面一座門闕，巍然軒昂，是中龍華門。通過此門，一條青玉大道，直達建章前殿。宮中人行走，都是沿著周邊閣道，宮殿之間場闊數里，空空蕩蕩，根本無處藏身。他窺望良久，抬頭看到中龍華門，忽然想出一個主意，趁天色未亮，離了玉堂，悄悄行至中龍華門下。

中龍華門門簷距地有兩、三丈高，硃安世取出繩鉤，向上用力一拋，勾住簷角，隨後猱身上攀，不多時，攀到門頂。頂上四角飛簷，簷脊各有一條木雕漆金的飛龍，龍身徑長兩尺餘，剛好能遮住身子。他便躡足來到左邊兩條簷脊交會處，縮身伏在凹角裏，四處一望，周圍宮殿在幾十丈之外，若不細看，應不會有人發覺。

他趴伏在那裏觀望，半晌，晨曦微露，天色漸亮，隱約遙見建章前殿高臺上，黃門宮女往來急行，應該是快要早朝了。果然，不多時，就見許多官員陸續由閣道登上殿側臺階，依次從大殿邊門進去。

他抬頭向西北遙望，越過宮殿高牆，那邊是太液池，能依稀望見青峰聳立、白水蒸霧，水中央隱現一座樓臺，是漸臺，驩兒正在那裏，被囚在石室之中。

他默默道：驩兒，硃叔叔來救你了。

過不多時，只見一隊宮衛護著一輛金碧輝煌的八馬車駕，行至中央臺階之下，馬頭朝南停好，宮衛分作兩列，整齊侍立於車駕兩側，各個手持長戟，筆直豎立，紋絲不動。

硃安世心道：是了，劉彘的車駕。

他數了一下宮衛數目，共六十四人。倒也不是太難對付。

又過了半個多時辰，那些官員陸續退出，隨後，只見一隊宮人黃門從前殿正門出來，中間有個四個黃門扛著一架傘蓋木榻，木榻上隱約坐著個人，自然是劉彘。

硃安世不由得握緊劍柄，睜大眼睛細看。

連宮女黃門一共二十四人，護著木榻緩緩走下前殿數百級長階，來到車駕邊。兩個黃門攙下劉彘，另一個黃門已經跪伏在車邊，劉彘踩著地下黃門，上到車中。車駕緩緩啟動。宮衛分作兩部，三十二人前導，三十二人殿後，二十四個黃門宮人護侍車駕兩側。

這時朝陽升起，霞光照射建章宮千門萬戶，到處金光閃耀。地下青玉磚也鍍上一層金箔，大道流金，似是登仙之路。那車駕彩幡飄颺、金輝熠熠，真如神龍驂駕、玉虬仙舟。

硃安世被那光芒刺到眼睛，猛然發覺一事，心裏暗叫：不好！

方才，他尋思行刺之策，本想趁劉彘車駕穿過門下時，自己拽住繩索，從空而降，刺穿車頂，直擊劉彘。然而此刻看車身映射光芒，才知那是一輛銅車，車頂車壁都是銅製，根本無法刺穿，只能從車門下手。而車門在左側，門邊有兩個黃門緊緊護侍，只有先除掉黃門，才能刺殺劉彘。前導、殿後的宮衛，距離車駕最近的只有十幾步，片刻之間就能趕到，行動必須極快。

他拔出長劍，在衣襟上割下一條布帶，纏在左掌上。又抓起身邊的繩鉤，將鐵鉤用力釘在簷頂木樑上，拽了幾拽，確認鉤牢後，他略想一想，再也沒有什麼可預備。於是向劉奭車駕望去。儀隊距離中龍華門只有七、八丈遠，已可辨認出最前宮衛的面容。車駕前懸掛著錦簾，看不到車中。

是時候了，硃安世長呼一口氣。

血氣頓時上湧，心又開始劇跳。但只是激奮，絲毫沒有畏怯。

相反，他從未覺得自己如此莊重肅然、雄武有力。

他右手持劍，左手攥緊繩索，目不轉睛盯視車駕，隨時準備騰身跳下。

七丈、六丈、五丈、四丈、三丈……

忽然，左邊響起一聲嚷叫：「停！停下來！」

四下裏本來一片寂靜，這聲音尖利無比，穿刺耳鼓，迴蕩在殿閣之間，驚起四周殿頂的宿鳥，撲啦啦，向空中亂飛。

硃安世忙扭頭望去，只見一個黃門從左側宮殿中奔出，向車駕急急奔過去，邊奔邊扯嗓大喊。

儀隊前列侍衛長聽到叫聲，忙舉臂一擺，儀隊車駕頓時停下。

硃安世大驚，再一望，只見左側宮殿又奔出十幾人，都是黃門，隨後，一隊宮衛也衝了出來，全都手執長戟，向車駕疾奔。

不好！定是有人見到我藏在這裏，行蹤暴露了！

他急忙定神，心中閃念：自己如果現在下去，相距還有兩丈多，完全能在報信之人到達前先趕到，但必須先衝過前面三十二名宮衛。而且，就算闖得過第一陣，還有幾十名黃門宮女，更有殿後的宮衛。得再廝殺一番，才能接近車門。

這第二關過得去麼？

他望望那車駕，心底知道：絕難衝得過。

但不論如何，自己行跡已經暴露，如果現在不動手，劉彘遭了這一回，必定會加倍警戒，再想刺殺，根本無望。反正自己早已想好要死，何必多慮？衝下去就是了！就算刺不到劉彘，也該死個痛快！

他不再多想，抓緊繩索，騰身站起，正要抬腿躍下，忽然想到驪兒。

我這一死固然痛快了當，但我死之後，誰來救那可憐的孩子？

他又向車駕望去，宮衛們仍持戟嚴待，那報信的黃門還在奔跑呼叫，他身後其他黃門和宮衛也疾奔不止。而那車上，錦簾依然垂掛，劉彘就坐在裏面。

他猶豫片刻，隨即清醒：雖然自己只剩一副殘軀，活著只有恥辱，卻也不該如此輕棄，驪兒還在等我去救。死有何難？生才不易。我不能為求一時痛快，就這樣莽撞死掉。

主意一定，他隨即向玉堂望去，那邊依然寂靜無人，看來警報還未傳開，只要奔到那裏，左右都有花木草叢，未必逃不掉。

於是他抓住繩索，一躍而下，從門簷凌空墜向地面，片刻之間，腳已著地。再看車駕那邊，宮衛們已經發覺，並紛紛挺戟朝自己奔來。這時，劍已無用，反倒惹眼，他振臂一甩，將手中長劍擲向前方，長劍劃空而起，飛向車駕[61]。

他隨即轉身，一路疾奔，奔到玉堂下，順著旁邊小道，跑到玉堂後面閣道，向左右一看，兩邊各有一隊宮衛奔來，而正前方，則是一道宮門，自然有門值把守。正在猶豫，耳側忽然有人叫：「這邊！」

轉頭一看，是個宮女，再一細看，竟是韓嬉！

韓嬉躲在一塊巨石後，身穿宮女衣裳。他忙跑過去，韓嬉說了聲「跟我來！」隨即轉身鑽進旁邊閣道下面，他忙跟了過去，也俯身鑽進去。閣道離地三尺懸空而建，韓嬉帶著她伏地爬行了一段，上面響起一陣急重的腳步聲。二人忙停住，等腳步聲遠去，才鑽出閣道，躲進旁邊樹叢中，穿石繞樹，向東跑了一陣，來到一處石洞前。韓嬉從石洞中取出一包東西，是黃門衣冠，她轉身遞給硃安世：「快換上！」硃安世忙將外衣脫下，塞進那個石洞，隨後換上黃門衣冠。

韓嬉又帶著他前行一段路，前面現出一道牆壁，到了牆角下，見草叢中一塊石頭上放著一個木托盤，上擺著一套酒具，旁邊還有一個食盒。

「你提食盒。」韓嬉向他微微一笑，隨即俯身端起托盤。

硃安世忙提起食盒，兩人沿著宮牆來到閣道，上了閣道，放慢腳步，向北邊走去。一路上不時有宮衛持戟密搜急查，看到他們，卻都沒有起疑。兩人行至飛閣輦道附近，趁左

---

[61]《資治通鑒・卷二十三・征和元年》（西元前九十二年）：「上居建章宮，見一男子帶劍入中龍華門，疑其異人，命收之。男子捐劍走，逐之弗獲。」

右無人，跳下閣道，躲進飛閣下面的草叢中。

硃安世等四下無人，才小聲問道：「你怎麼來了？」

韓嬉淺淺一笑：「這還用問？」

硃安世心中一陣暖熱，一陣愧疚，說不出話。

兩人一直等到天黑，不遠處忽然一陣叫嚷騷動，附近巡守的宮衛聞聲，紛紛趕了過去。

韓嬉輕聲道：「是郭大哥，我們走！」

兩人急忙攀上飛閣，越過宮牆，溜下牆頭，急走了不多遠，林子邊，一個人牽著四匹馬等候在那裏，是樊仲子。

*****

驩兒始終沒被釋放。

四人日夜商議對策，等尋時機。

硃安世雖然時刻擔憂驩兒，卻不再焦躁。他能逃出建章宮實屬不易，這條性命得自三位朋友捨身相救，只有救出驩兒，這副殘軀才用得其所，才對得住朋友，也不枉自己殘身毀容、拋妻捨子，辛苦這一場。

只是，經他一鬧，宮中戒備越發森嚴，百般思量，也未找到營救之策。

一天黃昏，四人正在商議，司馬遷忽然來到莊上。

他穿著便服，獨自一人騎馬來的，神色甚是惶急。進了門，也不坐，見到硃安世，便急急道：「硃兄弟，你得盡快離開這裏！建章宮御廚房搜查失物，從一個宮女床底磚塊下面搜出一包絹帶，上面寫滿了字——」

硃安世猛地叫道：「阿繡？」

司馬遷點點頭，歎口氣道：「廚監將阿繡姑娘和絹帶一起交給了光祿寺，今早呂步舒來向天子奏報，說阿繡和你串通，盜傳《論語》，又說那日刺客攜劍獨闖建章宮時，有個小黃門隔著窗看到了那刺客，滿臉盡是瘡疤，呂步舒斷定那刺客正是你。天子大怒，立即下命通緝你。明天定然會四處大搜，京畿之內都不安全，你趕快離開這裏！」

硃安世忙問：「阿繡怎麼樣了？」

司馬遷黯然搖頭：「呂步舒沒有講，但阿繡姑娘恐怕已遭不測。呂步舒已經在繼續追查，定然將又是一場血雨腥風。諸位也都要小心，最好一起遠遠逃走。」

司馬遷說完，便立即告辭，匆匆離去。

想起阿繡，硃安世心中傷懷，怔怔道：「是我害了她……」

果然，長安、扶風、馮翊三地巡衛騎士盡被調集，大閉城門，四處嚴搜㉒。

樊仲子忙將硃安世藏到後院穀倉下的暗室中，平日大家就在這暗室裏議事，倒也暫時安全。

㉒《漢書・武帝紀》(征和元年)：「冬十一月，發三輔騎士大搜上林，閉長安城門索，十一日乃解。」

躲了兩天，僕人忽然從外面打開秘窗報說：「任安大人來了。」

樊仲子忙命僕人請任安進來，任安也是一身便服、一臉惶急，一見硃安世，也急急道：「硃兄弟，你得馬上離開這裏！」

硃安世未及答言，樊仲子已先問道：「他們追查到這裏了？」

任安點頭道：「丞相公孫賀要來捉拿硃兄弟。」

樊仲子奇道：「公孫賀？關他什麼事情？他夾雜進來做什麼？」

任安道：「公孫賀的兒子公孫敬聲擅自挪用軍餉一千九百萬，被發覺，下了獄。公孫賀救子無路，見天子正極力追捕硃兄弟，便懇求天子，捉了硃兄弟，來贖兒子之罪，天子應允了。」

樊仲子道：「他想捉就捉嗎？三輔騎士到我莊上來搜過，都沒能找到。」

韓嬉在一旁卻提醒道：「太子知道。」

任安點頭道：「太子門下有一位書吏和我私交甚厚，十分敬重硃兄弟，兩個多時辰前，他來給我報急信，說公孫賀去求太子，讓太子說出硃兄弟下落——」

郭公仲忙問：「說……說了？」

任安道：「太子並沒有立即答應，只含糊說一定盡力相助。但公孫賀畢竟是他的姨父，公孫敬聲是他表弟，若不是怕受牽連，他怎麼會避親救疏？而且衛皇后也知情，一定會逼他說出硃兄弟的下落。你們藏身之處，早晚會漏出去。所以，趕緊離開此地，遠遠逃走！」

硃安世一直在聽，想的卻不是逃，他聽到「公孫敬聲」，猛然想起阿繡——阿繡當初不正是因為無意中撞破公孫敬聲和陽石公主姦情，才被公主尋事處罰？與公主私通，此罪極大，甚至會禍及丞相全族。這一陣他日夜尋思營救驩兒之計，苦無出路，此刻心頭一亮，忙問道：「如果有人告發丞相罪行，天子會不會親自聽審？」

任安一愣：「應該會。你問這個做什麼？」

硃安世不答，卻道：「趙王孫大哥曾講過，說劉彘最恨后戚勢力龐大，他斷言衛皇后及公孫賀遲早要被翦除。」

任安道：「嗯。這話倒也沒錯。不過，太子立位已久，又是長子，天子對其一向鍾愛，而且天子年事已高，恐怕不會再新立太子。」

硃安世道：「劉彘就算饒過皇后、太子，至少不會放過公孫賀。公孫敬聲為惡已久、臭名昭著，長安城哪個不知？現在才來懲治，恐怕是劉彘覺得時候到了。先除兒子，再滅老子。我猜劉彘現在正在找公孫賀的把柄。公孫賀要捉我贖罪，正中劉彘下懷。我盜了汗血馬，又進宮行刺，劉彘定是要將我碎屍萬段才解氣。公孫賀若是能捉住我，正好遂了他的意，若捉不住，也正好給公孫賀定罪。無論如何，公孫賀這次是躲不掉了。倘若這時有人再告發公孫賀，劉彘就更加如願了。任大哥，若是要告發丞相，該走什麼途徑？」

任安更加疑惑，但還是答道：「要告丞相，最便捷的路子，是先向內朝官上書，事關丞相，內朝官必不敢阻攔隱瞞，會直接上報天子。」

「呂步舒？」

「對。」

硃安世笑道：「那就好！我去見公孫賀。」

眾人大驚，齊望著他，不明所以。

硃安世將阿繡舊事講述一遍，隨後道：「公孫賀父子已是死人，我就用這點穢事，借他們父子的命，還有我的命，來換劉彘的命。只要在一丈之內，我就能設法殺掉劉彘。」

郭公仲大叫道：「……蠢！」

樊仲子和任安也忙一起勸阻，硃安世卻充耳不聞，始終笑著在心裏盤算。

韓嫣一直望著硃安世，沒有說話，半晌才輕聲道：「你們不用再勸了。」

諸人一起望向她，韓嫣注視著硃安世，歎息道：「你們讓他去吧，這樣他才能安心。」說著，竟流下淚來。

＊＊＊＊＊

硃安世從枕畔取過那個裝著孔壁《論語》的木盒，坐了下來，打開盒蓋，抽出匕首，從頭頂割了一把頭髮，挽成一束，放到帛書之上，蓋好盒蓋，端端正正擺到几案中央。

一抬頭，卻見韓嫣站在門邊，呆呆望著他。

硃安世咧嘴一笑：「你來得正好，我有件事情得再勞煩你。」

韓嫣勉強回了一個笑，輕步走過來，端坐在他的對面。

砱安世看她這一向清瘦了不少，回想這幾年，韓嬉諸多恩情，此生再難回報，心中湧起一陣歉疚，一時間，說不出話來。

「你不是說有事託付？」韓嬉輕聲問。

「噢——」砱安世忙回過神，從案上拿起那只木盒，手指摩挲著盒面，笑了笑，「這是孔壁《論語》，我兒子郭續在讀書習字，我想留給他。」

「這是你千辛萬苦盜出來的，你兒子讀了，一定會感念你這個父親。」

「我要求你的正是這樁事，你能否替我找到酈袖母子，將這東西交給他們？本來我想託付樊大哥或郭大哥，但我妻子藏身太隱秘，連我都找不到，他們兩個就更難找到。你聰慧過人，比我妻子只會強，不會弱，恐怕只有你，才能找見他們母子。」

韓嬉點點頭，眼圈微紅：「好，放心，我一定辦到。」

砱安世嘿嘿笑笑，又深歎了一口氣：「你這些恩情，我是沒辦法回報了。」

韓嬉淒然一笑：「等我們都做了鬼，我一定要趕在她之前找到你，到時候你再慢慢回報——」說著淚水頓時湧了出來。

第四十二章 壯志未酬

硃安世戴上鉗鈦、坐進囚車。

公孫賀奉旨將他押進建章宮[63]，到了宮門外，一隊執戈宮衛已經在等候。

硃安世下了囚車，兩個宮衛一左一右押著他，其他宮衛前後護從，從側門進宮，沿著閣道曲曲折折向宮區西面行去。望著四處殿宇樓閣，硃安世心裏笑歎：又回來了。及至見到玉堂、中龍華門和建章前殿時，更是無限感慨。不由得望向太液池方向，心裏默默道：驩兒，硃叔叔來救你了。上蒼保佑，但願這次能救得成。

下了閣道，穿進一道高牆深巷，走到一個僻靜院落，四面都是青石矮屋，鐵門小窗。宮衛將他推進其中一間，緊鎖了門，隨即離開。硃安世踮著腳，從小窗向外張望，見只有兩個宮衛在外看守，都背對著門，便趁機從嘴裏取出一小圈細絲——韓嬉贈給他的絲鋸。

樊仲子將他捆起來，載到長安，前往丞相府，交給公孫賀，他預先將這絲鋸藏在嘴裏。

正如他所料，公孫賀急於將他上交天子，只簡略盤問了他幾句，他始終閉著嘴，一言不發。

這時，已時近黃昏。

---

[63]《資治通鑑・卷二十三・征和元年》：「是時詔捕陽陵大俠硃安世甚急，賀自請逐捕安世以贖敬聲罪，上許之。後果得安世。」

來之前，他們已商議好：午時，將他交給公孫賀。等公孫賀上報、遣送，幾番來回，大致也已過申時。要受審，至少也得明天，一夜時間，足夠鋸斷鐐銬。

他靠著牆，坐在地下，閉起眼睛，養精蓄銳。

過了半晌，天昏黑時，門外一陣鎖響，一個黃門進來，將一碗麥飯放到地上，隨即出去又鎖起了門。他捧起那只大碗，心想，現在是吃一頓就少一頓了，便用手抓著，大把大把往嘴裏送，不一時，便吃得乾乾淨淨，一粒不剩。

腹飽神足，他才扯直絲鋸，開始鋸鐐銬。

門外仍有宮衛把守，雖然天黑看不見裏面，但夜裏寂靜，極易聽見聲響。他兩腳分開、手臂力挺，將鐵鏈繃緊，而後只動手腕，先鋸腳鐐。他在棧道山嶺上曾用過這絲鋸，已掌握了些技巧。在樊仲子莊上，又戴著鉗鈦演練了幾日，鋸斷了幾副。現在鋸起來，便駕輕就熟。起初，絲鋸還在鐵鏈上打滑，沒多久，鋸出一條凹縫，絲鋸陷在裏面，便不太費力了。

他鋸鋸停停，一個多時辰後，黑暗中用手一摸，腳鏈中間一環已經被鋸了十之七八，到時候用力一掙，便能扯斷。

歇了一會兒，他又開始鋸手鐐，手鐐就要難一些，不好使力，又極易發出響聲。他按之前演練的，左肘拐起，將左邊那根鐵鏈抵在膝上，繃緊，而後翻動手腕，鋸脖頸部位的第一環。

近兩個時辰，左手鐐才鋸好，他稍歇了歇，繼續鋸右手鐐。

等右手鐐也鋸好，已是凌晨，天色微微發亮。

他從牆角抓了些泥土，就著微光，將三處鋸縫全都填抹好，又仔細檢查一遍，絲毫看不出痕跡，這才躺下休息。

一陣鎖響，是送早飯的黃門。

硃安世被驚醒，忙跳起身，朝那黃門叫道：「你去稟報呂步舒，我要上書，我要告丞相公孫賀！我知道他所犯的滔天大罪！」

那黃門本來放下碗就要走，聽見他喊，一愣，回身望著他，滿臉驚異。

硃安世又叫道：「聽見沒有？我要告公孫賀，他兒子淫穢公主，他本人罪大惡極。你快去稟告呂步舒！」

那黃門瞪大了眼，惶然點點頭，而後出去了。硃安世忙走到窗邊探頭，見那黃門小跑著匆匆走出院門，看樣子是去上報了。硃安世這才放心，端起地上的大碗，仍是粗麥飯，還冒著熱氣，晨光照射其上，淺黃潤亮，煞是悅目。

這恐怕是最後一頓飯了。

硃安世用手指撮了一小團，放進嘴裏，慢慢嚼，細細品，滿嘴麥香，還竟有一絲回甜。他不由得笑著歎口氣，這些年，自己糟蹋了多少好東西？無論吃什麼，從來都是胡吃亂嚼，哪裏好好品嘗過滋味？

這碗飯，他吃得極慢，很久，才吃罷。

他放下碗，坐到地下，將臉迎向小窗，在晨光中閉起眼，深吸暮秋涼氣，只覺得胸懷如洗、身心俱淨。父母給他取名「安世」，是望他能安穩一世，然而一生之中，他竟從未這樣安安靜靜坐過片刻。

正在愜意，又是一陣鎖響。清靜被擾，他微有些惱，睜開眼一看，進來的是個黃門令丞，身後緊隨兩個宮衛。

「你說要上告丞相？」黃門令丞尖聲問道。

硃安世點點頭。

「你要告他什麼？」

「他的罪太多，就是伐盡南山之竹，也寫不盡⑭。」

「你可有真憑實據？」

「果真有？」

「有。」

「當然。」

「你為何要告他？」

「他捉了我，我豈能讓他逍遙？」

⑭《資治通鑒・卷二十三・征和元年》：安世笑曰：「丞相禍及宗矣！」遂從獄中上書，告「敬聲與陽石公主私通；上且上甘泉，使巫當馳道埋偶人，祝詛上，有惡言。」

那黃門令丞盯著他，他也回盯過去。

半晌，那黃門令丞道：「好，我去稟報呂大人。」

說著轉身鎖門而去。

成了，硃安世暗暗道。

他忙又在心裏演練行刺劉彘的種種情形和對策。

過了一陣，那黃門令丞又回來了：「呂大人已經上奏皇上，皇上要親自審問你。」

「哦？」硃安世心中大喜。

「將他押走！」

兩個宮衛過來，揪起他，架著便拖向外面。

硃安世聽之任之，來到院中，兩個宮衛卻沒有走向院外，而是折向旁邊另一間大石室。硃安世心中納悶，卻不及想，已經被拖了進去。

這間石室沒有窗戶，裏面十分昏暗，牆上掛著幾盞油燈，中間一張木臺，臺邊一個木架，上面擺著錘鋸刀斧，到處血跡斑斑。旁邊立著幾個漢子，各個精壯兇悍。

硃安世大驚，心中正急閃對策，那幾個壯漢已經迎了上來，從衛卒手中接過他。抓住他的手足，抬起四肢，將他按到木臺上。接著，打開他的鐐銬，將他的手足綁在臺角的四根木樁鐵環上。

手，轉身出去。

誅安世見勢不對，想要掙扎，但哪裏能掙得開？

那黃門令丞走過來，陰惻惻望著他，尖聲道：「要見皇上，得先去掉你的殺氣。」隨後一擺手，轉身出去。

一個漢子從木架上拿了把鐵錘，走到誅安世腿邊，舉起鐵錘向他的左腿砸下！

「喀嚓」一聲，骨頭斷裂。

誅安世撕心裂肺慘吼起來，劇痛鑽心，全身急劇抽搐，幾乎昏死過去。

那漢子又一次揮起鐵錘，又砸向他的右腿，又是「喀嚓」一聲，誅安世頓時疼昏過去……

不知道過了多久，他被劇痛疼醒。

全身上下到處疼得如同被鋸、被燒一般，卻絲毫動彈不得，他忍不住又痛叫起來，但嘴裏也劇痛無比，聲音含糊，竟發不清字句，反倒噴出一口血。他又痛又急，又驚又慌，頓時又昏死過去。

就這樣，數度痛醒又昏死，他才稍稍清醒過來。嘴裏空蕩蕩，才知道舌頭竟已被割掉，已經不能説話。他費力抬起頭，看見雙臂雙腿血肉模糊，四肢都被砸斷。

他曾以為自己已是個廢人，這時才真正知道什麼叫廢人。

除了頭頸，身體已是一塊死肉，癱在木臺上，動不了分毫，像是他在屠宰苑宰殺過的那些牲畜一般。淚珠不由自主從眼角滾落。他連哀求別人殺死自己都已經做不到，只能在嘴裏含混念叨：死，死，死……

有人走過來，在他腿上、臂上的傷口處塗抹藥膏，又用布條包紮。之後，扳開他的嘴，將藥粉灌進他口中。

自始至終，他都只能聽之任之。不知道又過了多久，疼痛才漸漸緩和，但他的心也漸漸麻木，覺得自己已經死了。

又有人過來，搬動他的身子，給他套了件衣服，將他抬起來，放到一個木榻上，木榻上豎著塊木板，他們讓他背靠木板，保持坐姿，又用一根布帶攔腰紮緊，以防他倒下。

其中一人道：「皇上要見你。」

隨後四個人抬起木榻，向外走去。

他只有脖頸和眼睛能動，但他呆呆靠著，直直睜著眼睛，眨都不眨。

那四人抬著他，沿著閣道急速行走，曲曲折折，來到宮區最北端，行到婆娑宮後，經過屠宰苑，裏面傳來雞鴨羊犬的叫聲。木架繼續前行，經過門闕，來到苑區。左邊便是太液池，水面茫茫，漸臺寂寂。

木榻轉向右邊，來到涼風臺下。放慢速度，緩緩登上臺階，這長階又高又陡，像是登天一般。到了臺頂，整個建章宮鋪展在眼底。向東，未央宮、長安城，一覽無餘。但他仍然連眼珠都不轉。

木榻穿過長廊，進到一座殿堂，放了下來。

殿堂裏一片寂靜，中央高懸著紗帳，裏面隱隱現出一張几案，後面榻上坐著一人，應該正是當今天子。帳外立著一個官員，枯瘦矮小，形如老鷲，是呂步舒。旁邊候著幾個黃門。

這時已是深秋，臺頂秋風浩蕩，一陣陣寒意在殿堂中流蕩，不時拂動帳前的青紗，偶爾會露出天子的身臉。雖然他正對著天子，而且相隔不到五尺，他卻視而不見。

「硃安世，你還認得我嗎？」呂步舒忽然開口問道。

聽到自己的名字，硃安世茫然轉頭，木然望向呂步舒。

呂步舒笑道：「我還得謝你，那夜你跳到我床上，用刀逼住我，卻沒有殺我。」

硃安世並沒有聽見他在說什麼，只覺得眼前這人可憎，不由得微微皺眉。

呂步舒又道：「為了一部《論語》耗費了我多年心血，若不是你，這事早就該了結了。不過，也得謝你，若沒有你，此事收場也不會這般圓滿——」說著他手指著左邊的太液池，滿臉得意，笑問道，「你一直以為孔驩被囚在漸臺上，是不是？哼哼……漸臺是天子迎神之所，怎麼可能把個罪臣孽子囚在那裏！」

「孔驩」兩個字，像是一根刺在心裏一蟄，硃安世上身不由得一顫。

「你認得這個吧！」呂步舒舉起一樣東西。

一隻木雕漆虎，黑底黃紋，色彩昏沉，已經陳舊。

看到這隻漆虎，硃安世上身劇烈顫抖起來，嘴裏含糊喊道：驢兒！一瞬間，當年的一幕幕在他心中迭相閃現：扶風、棧道、成都、長安、冠軍縣、貨郎、驢兒又黑又圓的眼睛、抱著漆虎時的笑臉、荊州、魯縣、孔府後院、夜裏那扇窗、驢兒瘦小的身影……

呂步舒擺弄著那隻漆虎，笑道：「你為了那小兒，連皇上都敢刺殺。皇上說，為了犒賞你，在你死前，有件事該讓你知道——」

硃安世瞪大了眼睛，死死盯著那隻漆虎，忽然清醒過來，想起了自己是誰，自己為何而來。

呂步舒緩緩道：「那小兒其實早已死了。四年前，杜周將他帶進宮，第二天，他就被處死了……」

呂步舒森然一笑，將那隻漆虎隨手一丟，摔在硃安世腳邊，「啪」地一聲，漆虎碎裂成幾塊。

一片碎屑飛濺起來，擊中硃安世左眼，眼淚頓時湧出。

他渾身劇顫，頭不住搖晃，雙眼幾乎瞪出血來，喉嚨中發出獸一般的悲號怒嘶。隨後，他張開嘴，拼力一掙，向幾尺外帷帳內的劉彘咬去，木榻翻到，他重重栽伏於地，卻仍伸著脖頸，向劉彘不住嘶吼……

第四十三章　茂陵棺槨

整整一年，長安城不知死了多少人。

自去年冬天，硃安世在西市被斬，血光便像瘟疫一般四處漫延。先是丞相公孫賀被滅族，接著天子以清查巫蠱為名，重用佞臣江充、黃門蘇文，宮裏宮外滿城大搜，兩位公主相繼被處死，數萬人被殺。最終禍及皇后、太子。衛皇后畏而自殺，太子宮中據説搜出木偶和帛書，帛書上有不道之語。太子被逼起兵，殺死江充，城中混戰，又是數萬人死亡。血流入河溝，紅染數里㊀。

太子逃亡，最終被捕自殺。門值田仁因為放走太子，被腰斬。御史大夫暴勝之因為失察，畏罪自殺。就連呂步舒，也被問罪誅戮㊁。太子曾向任安調兵，任安拒絕，天子認定任安坐觀成敗，也被判死刑，冬季即將問斬。

耳聞目睹這一切，司馬遷心中慘痛，卻無能為力，只能一筆一筆載入史記。

㊀這一事件史稱「巫蠱之禍」。《漢書・武五子傳》：「是時，上春秋高，意多所惡，以為左右皆為蠱道祝詛，窮治其事。丞相公孫賀父子，陽石、諸邑公主，及皇后弟子長平侯衛伉皆坐誅。」《前漢紀》(荀悦)：「巫蠱之禍，始自硃安世，成於江充……死者數萬人。莫敢訟其冤……太子因而驅四市人合數萬人。逢丞相，合戰五六日，死者數萬人，流血入溝中。」

㊁《鹽鐵論》：「呂步舒弄口而見戮。」

硃安世一案，他也牽連其中，遲早會被追查出來，命在旦夕，他無暇多想，唯有趕在死前，晝夜拼力，完成史記。

只有一件事，讓他迷惑不已：硃安世從宮中盜出孔壁《論語》後，韓嬉曾將副本送來一份給他，他搬出齊魯兩種《論語》對照，發覺並沒有多大差異，既不見長陵圓郎所留殘簡中那句「天下者，非君之天下，乃民之天下」，也不見簡卿臨終所言的「從道不從君，從義不從父」，更不見其他貶天子、責君父之語。

那夜，硃安世深夜突訪，他要詢問盜經詳情，硃安世卻匆匆告別，誰知那一面竟成永訣。他又在宮中四處打探衛真和孔驩的下落，卻聽不到絲毫音訊。

有一天，他去石渠閣查閱檔案，經過孔子書櫃，心中一動，便過去打開查看，竟赫然看到孔壁《論語》古簡。忙展開細讀，簡上所用文字確是古字，但內文與硃安世所盜的《論語》完全相同。

他悵然若失，難道是自己猜測有誤？

但隨即生疑：既然如此，呂步舒先前為何要盜走孔壁《論語》？而且還偷改藏書目錄？既然已經盜走，為何又要放回來？

他慢慢捲起那卷竹簡，卻忽然發現穿皮繩的小孔內壁與外面看起來有些不同：竹簡表面古舊汙朽、內壁卻很新鮮。湊近細看，發覺這竹簡其實只是看起來像古簡。這種仿古手段司馬遷以前就曾見過，是用煙熏、泥染、土埋等法子，將新簡做出古舊的模樣，但穿繩之孔太細，不好動手腳，所以難免露出破綻。

這孔壁《論語》是假的！

既然這部古簡是假的，那麼硃安世盜的那部也是假的！呂步舒是在借硃安世之力，以假替真，將假孔壁《論語》流布於世上！

一時間，司馬遷驚怒悲憤之極：呂步舒心機如此可怖！硃安世為了救孔驩而盜經，為進宮而淨身毀容，最後連性命都搭上，盜出來的竟是一部假《論語》！

他又猛地想起衛真，這假《論語》是衛真傳給硃安世，他所傳《論語》不是從孔驩口中得來，而是受呂步舒之命！呂步舒讓衛真給孔驩送飯，只不過是設下釣鉤，用來誘騙蒙蔽我和硃安世。

衛真啊衛真，你為何要這麼做？

司馬遷心中悲傷，不敢深想，匆匆離開了石渠閣。

回到家中，他將此事告訴了柳夫人，柳夫人聽後也驚駭無比，不禁落淚。

*****

史記只剩最後一篇——《孔子列傳》。

這幾年，司馬遷一直在等待孔壁《論語》，然而現在孔驩不知去向，恐怕早已遇害，此生再也無望見到《論語》全文。

他滿腔悲憤，心想：後世縱使不知《論語》真面目，但必須知道這一真相。

於是他奮筆疾書，將真相全部書之於文，終於完成《孔子列傳》。

寫罷最後一個字，天色微亮，已是清晨。他擱下筆，吹滅燈，直起身子，望著案上竹簡，萬千滋味一起湧上心頭，一時間難辨悲喜。不由得喃喃念起兒寬帛書上的那六句：

星辰下，書卷空
高陵上，文學燔
九河枯，日華熄
九江湧，天地黯
鼎淮間，師道亡
啼嬰處，文脈懸

尤其是讀到「啼嬰處，文脈懸」，更是喟歎不已，呆坐半晌，萬千感慨最終化做一聲深歎，消散於清寒之中。

正要起身，遠處忽然傳來一聲雞鳴，他心中一動：人心鬱暗，世道昏亂，孔子一片仁心，不正是這世間的一聲雞鳴？雄雞不會因世人昏睡，便不鳴叫。仁人志士，又何嘗會因為天下無道，便杜口噤聲？孔子一生寂寞，但為傳揚仁義，明知其不可為，卻不遺餘力而為之。

癡嗎？傻嗎？的確是。

但世間若沒有了這一點癡傻，人心還能剩下什麼？

人可死，魂不可滅。他精神一振，生出一念，忙抓起書刀㊽，將卷首《孔子列傳》的「列傳」二字削刮去，重新提筆蘸墨，寫下「世家」二字。

他寫史記，是以人為綱，獨創了紀傳體，將史上人物按身分分為「本紀」、「世家」、「列傳」三類。《本紀》記帝王，《世家》記王侯，《列傳》則記載古今名臣名士、特出人物。孔子家世低微，故而一直分在《列傳》中。但此刻想來，孔子雖不是王侯，但孔子之重，重過歷代所有王侯。世間少一位王侯，並無損失，但世間若沒有了仁義，則暗無天日。

*****

史記完成，只剩下最後一件事：如何留傳？

古史部分倒還好，天子也曾看過。但當代之史，不少都是隱秘醜聞，尤其景帝及當今天子本紀，他毫無避諱，秉筆直書，一旦被天子看到，必會被焚毀。

他能託付的人，只有女兒女婿，女兒司馬英頗具膽識，自不會推脫，但女婿楊敞膽小怕事，只要看到當今天子本紀，就斷然不敢收留史記。就算他敢，一旦被察覺，也必將禍及全族。孔壁《論語》之禍已經令人慘痛，再不能為了史記，又禍害親人、傷及無辜。但如果不能公諸於世，

㊽書刀：又稱「削」，書寫修改工具。秦漢時期文字書寫於竹簡，有誤則用刀削去重寫。

寫史記又有何用？

司馬遷思前想後，始終想不出一個妥善之策。

幸好柳夫人想到一個主意：抄一份副本，將該避諱的地方全部刪去，再交給女兒女婿，這樣，至少大部分史記能得以留傳。至於正本，萬萬不能託人收藏，找個隱秘的地方，埋藏起來，以待後世之人發掘。

這個法子兩全其美，很是妥當。但正本藏在哪裏好？藏的地方既不能太顯著，也不能太荒僻。太顯著，易被當世人發現，則仍然難逃被毀之運；太荒僻，則恐怕永世都不會被人發現。最好是劉氏王朝覆滅之後，再被發現，到那時，則不用再怕觸怒朝廷。但什麼地方能保證這一點？

夫妻兩個一邊思索商議，司馬遷一邊抓緊抄寫史記副本，邊抄邊刪改：

景帝及當今天子本紀，全部刪去[68]；

河間獻王劉德，只留下劉德好儒學一句，藏書、獻書及死因全部刪去[69]；

---

[68] 世傳《史記》有缺失，班固言「十篇有錄無書」（《漢書・藝文志》）。其中包括《孝景本紀》和《孝武本紀》。唐人司馬貞《史記索隱》指出：「《景紀》取班書補之，《武紀》專取《封禪書》」，其中《孝景本紀》是從《漢書》摘補，《武帝本紀》由《史記・封禪書》中截取。

[69] 世傳《史記》關於河間獻王劉德只有簡略一句：「好儒學，被服造次必於儒者。山東諸儒多從之遊。」（《史記・五宗世家》）

淮南王劉安，有意記得極其詳細，文中處處自相矛盾⑰；
遊俠列傳中，硃安世段落本來篇幅最多，只有狠下心，全部刪除。趙王孫、樊仲子、郭公仲只錄其名，事蹟全都刪去⑱；
孔子第十一代孫中，孔延年為嫡長子，刪去其子孫名姓，以為諷戒⑲；
孔安國、孔驩經歷全部刪除，只留下一句「安國生卬，卬生驩⑳」；
想到孔壁《論語》就此湮滅，他心中實在不甘，再三思忖，又提筆在孔安國處添了一句「至臨淮太守，早卒」。孔安國死時已年過六旬，用「早卒」二字，暗示他死於非命㉑；
至於孔壁《論語》，只在《仲尼弟子列傳》篇末提及「孔氏古文」，寫了一句：「論言弟子籍，出孔氏古文近是。余以弟子名姓文字悉取論語弟子問並次為篇，疑者闕焉。㉒」

⑰參見《史記・淮南衡山列傳》。
⑱參見《史記・遊俠列傳》。
⑲《史記・孔子世家》中第十一代孫，記錄次子孔安國子孫姓名，卻未記錄嫡長子孔延年子孫姓名。
⑳參見《史記・孔子世家》
㉑孔安國生卒年為歷史懸案，至今未解。司馬遷《史記・孔子世家》中記載孔安國「早卒」，然而《孔子家語後序》與《孔子世家譜》則稱孔安國「年六十卒」。而且孔安國既已有孫，當不算「早卒」。
㉒見《史記・仲尼弟子列傳》大意為：講述孔子弟子的書籍，孔家所傳古文經最接近真實，我摘取《論語・弟子問》中語句依次編寫成篇，可疑之處，只能空缺。

副本抄完刪罷，司馬遷連聲喟歎：疑者闕焉，疑者闕焉。

如果史記正本不幸消失，這些空缺之處，不知道後世之人能否起疑、思索、明白？

*****

司馬遷喚來女兒女婿，將史記副木託付給他們。

女婿楊敞面露難色，司馬遷細細給他解釋，這份副本中毫無違逆不敬之語，楊敞聽後才放心，命僕人將簡冊全都搬到車上，等到天黑，悄悄載回家中⑯。

送走女兒女婿，司馬遷和妻子繼續商議史記正本的藏處，正在為難，韓嬉來了。

韓嬉身穿素服，頭上不戴釵環，面上也不施脂粉，如秋風秋霜中一株素菊。明天是硃安世周年祭日，韓嬉是來取司馬遷為硃安世所作祭文，明日到墓前去焚。柳夫人忙請韓嬉入座，三人談起硃安世，又不禁歎惋悲慨，韓嬉眼中頓時泛起淚光。

司馬遷歎道：「硃安世為孔子後裔和孔壁《論語》而獻身，雖然最終人書俱滅，但我想一部《論語》不過『仁義』二字，硃兄弟這番豪情義氣，足以抵得上半部論語。」

一番感慨之後，司馬遷言及自己心事，韓嬉聽了，略想一想，道：「我倒是想到一個好地方。」

「哦？什麼地方？」

「這地方有五處可選，地方倒是好挑，難的是怎麼把書藏到那裏。這件事我辦不到，得請人

⑯《史記》後來正是由司馬遷外孫、楊敞之子楊惲傳播於世。

來辦，該選哪一處得由辦事的人來定，而且這事越隱秘越好，我不知道最好。但我可以幫先生找來能辦這事的人。」

司馬遷夫婦越聽越迷惑。

韓嬉又道：「我要找的人先生其實也認得——樊仲子和郭公仲。這兩人，先生應該信得過吧？」

「他們二位？當然信得過。只是我這史記和孔壁《論語》一樣，一旦不慎，又是一場殺身滅族之禍，怎好牽連他們？」

「這一點先生倒不必過慮。先生書中不但有硃安世的事蹟，還寫到了他們兩位和趙王孫。僅為此，赴湯蹈火他們也一定樂意去做。此事不能拖延，明天他們也要去祭奠硃安世，我約他們一起來，取了書，盡快去藏。」

第二天傍晚，韓嬉果然帶來樊仲子和郭公仲，駕了一輛車，趁夜將史記正本偷偷載走。⑰

＊＊＊＊＊

一連幾日，司馬遷夫婦惴惴不安。

正在焦急，韓嬉來了，她的雙眼哭得通紅。

⑰司馬遷在《史記・太史公自序》及《報任安書》中均言《史記》有正副兩本，正本「藏之名山，副在京師」。正本下落，至今未明。

柳夫人忙上前牽住她的手，連聲詢問。

韓嬉言未出口，淚珠便滾了下來：「樊仲子和郭公仲一起自殺了……」

「啊?!」司馬遷夫婦一同驚呼。

韓嬉流淚道：「他們臨死前，讓我來轉告先生，說那書按照說定的地方，已經藏妥當。他們一死，世上就只有先生一人知道藏書之處，先生可以放心了。」

司馬遷夫婦驚痛至極，一起凍住。

又過了幾日，司馬遷正在宮中查閱古簡，近侍的小黃門忽然跑進來悄聲說：

「宮裏捉到了一個刺客，是一個美貌女子，她妝做宮女，意欲行刺天子，被侍衛發覺，亂戟刺死——」

司馬遷一驚，竹簡掉落，散亂一地。

他一猜便知，那美貌女子定是韓嬉……

第四十四章 天理不滅

司馬遷早早起來，穿戴整體，走進書房，打開牆角的櫃子，在裏面翻找。

「你是在找這個？」身後忽然傳來柳夫人的聲音。

司馬遷轉頭一看，柳夫人站在門邊，神情悲戚，伸著右臂，手裏拿著一個小瓷瓶。

司馬遷一愣，隨即歉然一笑，答道：「是。」

那是一瓶鴆酒。

昨天，任安被處斬。任安臨死前，司馬遷曾寫了封書信，託人遞進牢獄，傳給任安，向摯友傾吐心中悲鬱，並告知任安史記已經完成。任安死後，這封書信被搜出，呈報給了天子。

司馬遷知道：自己死期已到。今天上朝，恐怕再回不來。

他不能再受任何屈辱，所以才來找這鴆酒。卻不想柳夫人已經察覺。

他望著妻子，不知道該說什麼好，夫妻兩個怔怔對視良久，冬日寒冷，兩個人都顫抖。

許久，他才輕聲道：「這次逃不過了。」

「我知道。」柳夫人眼圈頓時紅了，她擦掉眼淚，悲問道：「但你為什麼要背著我？」

「我是——怕你傷心。」

「你不說，我只有更傷心。」

「等我死後，你先去女兒那裏，然後慢慢找尋兒子。」

「你死了，我還能活嗎？」

司馬遷望著妻子，一陣悲慟，再說不出話來。

柳夫人走近他，將瓷瓶塞進他手中，隨後從懷裏又拿出另一個小瓷瓶：

「我已經分了一半。過了午時，你若沒回來，我就喝下它，我們一起走。」

「你不能這麼做！」

「為什麼？」

司馬遷答不上來。他一把將妻子攬在懷中，兩人都已凍僵，身子緊貼，才漸漸有了些暖意。

良久，司馬遷才低聲道：「時候不早了，我得走了。」

柳夫人伸手替他將鬢髮抿順，柔聲道：「我很知足。」說著，眼圈又紅了。

司馬遷鼻子一酸，眼淚也滴了下來，他重重點點頭，又用力抱了一下妻子，而後低頭舉步就走。

＊＊＊＊＊

天冷，天子在未央宮溫室殿。

來到殿門前，司馬遷從懷中取出那個小瓷瓶，捏在手心，而後，振振衣襟，昂起頭，並不脱靴，直接走了進去，一陣熱氣混雜著馥郁香意，撲面而來。

小黃門見司馬遷竟然穿靴進殿，大驚，司馬遷並不理睬，昂然前行，殿中其他黃門見了，均面面相覷。

大殿正中一座方銅爐，燃著炭火，靠裏懸掛一張錦帳，半邊撩起，裏面是一張暖榻，天子正斜靠著繡枕，手裏展開一方錦書，正在讀。

司馬遷走至銅爐前，停住腳，隔著銅爐，望向天子——這個名叫劉徹、時年六十六歲、雙眼深陷、目光幽暗火燙的人。他所讀錦書恐怕正是自己寫給任安的書信。

天子聽到皮靴踏地的聲音，抬起頭，看到司馬遷，微微一愣，隨即懶洋洋道：「你來了？」

司馬遷不答言，也不叩拜。

這一生，他第一次挺直腰身，立在天子面前，並且他站著，是俯視。

劉徹竟不以為意，放下手中的錦書，又望向司馬遷，目光越發燒灼：「你的史書完成了？我猜副本裏沒有我的本紀，該刪的你也都刪淨了。那正本現在已經藏了起來。」

司馬遷聞言，不由得微微一笑。

他知道劉徹定會滿天下去搜尋史記正本，而且志在必得。但是，天下有一個地方劉徹絕不會去搜：他的陵墓棺槨。

劉徹繼位不久，便開始修建自己的陵墓——茂陵。十幾年前，樊仲子和郭公仲便開始挖掘地洞，潛入茂陵墓室，查看地形，預作準備，等待天子一死，就開始盜取其中財寶。他們得知司馬遷期望史記能在劉家王朝覆亡後再被發覺，便立即想到了茂陵。兩人將史記正本偷偷運入茂陵地洞，又挖了一條地道通到棺槨正下方幾尺處，將史記簡卷裝進一隻鐵箱，放在那裏，又將那條地道用土封死。

劉徹怎麼會想到，他死之後，會睡在史記之上？

劉徹看司馬遷笑，嘴角輕輕一撇：「孔壁《論語》我能以假亂真，讓你們盜出去傳到世上，你的史書……哼。」

司馬遷心中一刺，隨即正聲道：「你雖毀了孔壁《論語》，卻毀不掉天理公義。人可以殺，書可以毀，但只要人心不滅，公道便永世長存。孔子也不過是以自己之口講天下之理。」

劉徹猛地笑起來：「小兒之語！」

司馬遷道：「善，不論老者，還是小兒，人人都愛；惡，不論七十，還是七歲，人人都不愛。這就是天理公義。我尊你敬你，你喜；我辱你罵你，你不喜。這也是天理公義。小兒不教就懂，老人昏聵不忘，這是天理公義。千年之前，人願被人愛；千年之後，人仍願被人愛，這也是天理公義。這些，你可毀得掉？」

劉徹冷笑一下，漫不經心道：「哪裏要我勞神去毀？我只要放下釣餌，自然有人爭搶著來替我毀。公孫弘是這樣，呂步舒也是這樣，張湯、杜周、減宣，各個都是這樣。過不了幾十年，只要有利祿，天下人都會這樣。」

司馬遷立即道：「你只見到這些人，你見不到天下無數人怨你、憎你。硃安世執劍獨闖建章宮，他刺殺你，不是為自己，是為孔驩、為天理公義。此後更會有張安世、李安世、司馬安世執劍來殺你，同樣不是為自己，是為天理公義！」

劉徹臉色陰沉下來：「看來你今天要做司馬安世？」

司馬遷搖搖頭：「不需我殺你，我也殺不了你，但天會殺你。你幾十年苦苦求長生，求到了嗎？」

劉徹聞言，頓時變色，坐起身子道：「這天下是我的，我雖不能長生，但我劉家子孫生生不息，這天下也將永為我劉家之天下。」

司馬遷忍不住笑起來：「禹之夏、湯之商，如今在哪裏？姬姓之周、嬴姓之秦，如今在哪裏？」

劉徹忽然得意道：「你拿他們來和我比？哼哼！他們哪裏懂御人之道？我威之以刑、誘之以利、勸之以學、導之以忠孝。從裏到外、從情到理、從愛到怕、從生到死，盡都被我掌控馴服，誰逃得出？」

司馬遷又笑道：「你為鉗制人心，獨尊儒術，忘了這世間還有其他學問，你難道沒有聽過莊子之言：『盜其國，所盜者豈獨其國邪？並與其聖知之法而盜之』。你能創制這御人之術，別人難道不能借你之道，奪你天下？」

劉徹竟然高聲贊道：「好！你說了這麼多，獨有這句說得好！這兩年我也正在尋思這件事。以你看來，該當如何？」

司馬遷道：「你貪得天下，人也貪得天下。只要這天下由你獨占，必會有人來盜來奪。」

劉徹問道：「如此說來，此事不可解？」

司馬遷道：「天下者，非君之天下，乃民之天下。把天下還給天下，誰能奪之？」

劉徹大笑：「你勸我退位？哼哼，就算我答應，這天下該讓給誰？」

司馬遷道：「天下公器，無人該得。一國之主，乃是民心所寄、眾望所歸。既為一國之主，便該盡國主之責，勤政愛民、勸業興利。而非占盡天下之財、獨享天下之樂。」

「我若不樂意呢？」

「你不樂意，天下人也不樂意。」

「他們不樂意，我便殺！」

「嬴政也只懂得殺。」

劉徹沉吟半晌，笑道：「說得不錯。看來我是得改一改了。不過，你必須死。」

「我知道。」

「我不能讓你這麼容易死。」

司馬遷舉起手中的瓷瓶，拔開塞子，送到嘴邊，直視劉徹道：「不需你費心，我之生不由你，我之死也不能由你。」

劉徹一怔，隨即點頭：「好！好！不錯！不錯！只是我不愛見死人，我答應你，讓你自己回家去死。」

司馬遷放下手，道：「多謝。」

劉徹道：「你離開之前，最後替我寫一篇詔書，我留著預備用。名字我已經想好，就叫《罪己詔》。我已經活不了幾年，的確如你所說，民怨太盛，下一代皇帝不好做。我就悔一下罪，讓天下人心裏舒服些⑱。」

＊＊＊＊＊

離開未央宮時，太陽已經高懸頭頂，眼看就到正午。

馬已被抽打著疾奔欲狂，司馬遷卻仍嫌太慢，連聲催促。

好不容易趕到家門，司馬遷立刻跳下車子，到門前狠命敲門，僕人剛打開門，司馬遷便立即問道：「夫人在哪裏？夫人可還活著？」

僕人滿臉惶惑，司馬遷一把推開他，奔進門，衝向正房，卻見柳夫人迎了出來。

司馬遷顧不得僕人在旁，一把抓住柳夫人的手，連聲道：「太好了！太好了！」

柳夫人也喜極而泣：「我幾乎要走了，但又怕你會趕回來……」

司馬遷轉頭吩咐僕人不許打擾，而後，緊牽著柳夫人的手，走進屋中，一起坐下，彼此注視，均都悲喜莫名。

司馬遷伸臂攬住柳夫人，兩人相偎相依，並肩而坐。

不知不覺，坐到了傍晚，天色漸漸黑下來。

⑱ 征和四年（西元前八十九年），漢武帝頒布《輪臺罪己詔》，三月，見群臣，自言「朕即位以來，所為狂悖，使天下愁苦，不可追悔。自今事有傷害百姓，糜費天下者，悉罷之。」（《資治通鑑》）

司馬遷溫聲道：「時候到了。」

柳夫人輕聲應道：「嗯。」

兩人坐直身子，各自取出小瓷瓶，一起拔開塞子。對望一眼，黑暗中面容模糊，但彼此目光都滿含繾綣、毫無懼意。

瓷瓶輕輕對碰，一聲輕微但清亮的鳴響。

二人一起舉瓶，一起仰頭喝盡，一起將瓶子放到案上。

而後，手緊緊握住、身子緊緊依偎在一起……⑲

⑲司馬遷死於何時何因，至今仍是歷史懸案。

尾聲：汝心安否

五鳳元年⑧⓪，春。

黃昏，一個青年男子獨自立在驛館客房門邊，抬頭望著庭中那棵槐樹。這青年名叫郭梵，新近被徵選為博士弟子，正要進京從學。槐樹剛發新綠，樹枝間有個鳥巢，巢裏小雀吱喳啼叫。望著那鳥巢，青年不由得笑了笑：祖母和父親都最愛槐樹，搬了幾次家，都要在院中種一棵槐樹。幼年時，父親還曾捉些小蟲子，背起他，爬到樹上，去餵小雀仔……

正在沉想，驛館門外忽然一陣吵嚷。一個蒼老尖細的聲音道：「我聽說又有博士弟子要進京，小哥你開開恩，就讓我進去跟他說幾句。」

門值罵道：「又是你那些瘋話，哪個耐煩聽？」

「這真真實實，沒有半個字假，古文《論語》真的是一部假書！」

郭梵聽到「古文《論語》」，心裏一動，不由得走向院門邊，門外是一個老漢，六十多歲，穿著件短破葛衣，一雙爛麻鞋，白髮蓬亂，渾身骯髒，唇上頷下並無一根鬍鬚，郭梵這才明白門值為何喚他「老禿雞」。

---

⑧⓪ 五鳳：漢宣帝第五個年號，五鳳元年為西元前五十七年。

郭梵問那門值：「他說什麼？」

門值忙解釋道：「這老兒原是宮裏黃門，有些瘋癲。一年前來到這裏，只要見到儒生，就上去說古文《論語》是一部假書！」

郭梵又向那老漢望去，老漢雖然破爛窮寒，但神色並不呆癡愚拙，看得出曾讀過書。正好自己也客中寂寞，便道：「你隨我進來，給我講講聽。」

門值勸道：「郭先生，這人滿嘴胡話——」

「我知道。」郭梵打斷了門值，喚老漢一起進到自己客房。

剛坐下，老漢便道：「古文《論語》真的是假書！」

郭梵微微一笑，示意老漢繼續。

老漢咂著嘴講起來：「那還是太始二年，到今年，已經三十八年了。那天主公帶我去石渠閣——」

「石渠閣？未央宮石渠閣？」郭梵一驚，石渠、天祿兩閣是天下讀書人夢寐之地，他已渴慕多年，如今做了博士弟子，終於可以去兩閣讀古經真卷。

老漢點點頭：「我偷偷鑽下那條秘道，被呂步舒捉住，他們把我押到蠶室……」

老漢忽然停住，雙眼蒼老渾濁，滿是怨恨痛楚。

郭梵聽他說什麼「秘道」，以為真是瘋話，但看他神情，又似乎不假。等老人稍稍平復，他和聲問道：「接下來呢？」

老人用手背擦了擦老淚：「呂步舒拿出一個玉佩給我看，那是主公的家傳玉佩！是主公臨別前傳給兩個公子的。呂步舒說，『我命你做什麼，你就做什麼。稍有違抗，我先殺了司馬遷兩個兒子，再殺了他們夫妻！』」

郭梵只隱約聽說過呂步舒，是前朝重臣，而司馬遷，他則欽慕已久。面前這老漢的主公竟是司馬遷！不知是真是假。他極欲往下聽，便沒有開口打斷。

那老漢歎了口氣：「我原來是個孤兒，是主公主母救了我的性命，養我成人，我怎麼敢忘恩？怎麼敢違抗呂步舒？他命我每天去御廚房領食盒，到太液池漸臺一間石室，將飯倒進室內一口井裏。起初，我不知道這是做什麼。後來，屠宰苑有個滿臉瘡疤的人，那人名叫硃安世，他偷傳給我一封主公的絹書，讓我從漸臺被囚的孩子孔驩那裏，每天偷傳一句孔壁《論語》。可是漸臺沒有那孩子啊？呂步舒搜走了那封信，每天給我一句《論語》，讓我傳給硃安世。硃安世毫不知情，還讓我偷送小玩物給孔驩，我不敢說破，只能接著，那些玩物都丟在漸臺石室的牆角，三年下來，堆了一大堆。我愧對主公，也對不住硃安世，這樁事壓在我心裏，壓了幾十年……」

老漢竟嗚咽哭起來。

郭梵聽到「硃安世」三個字，心中一動：父親去世後，他整理遺物，發現櫃中藏著一個木盒，盒中是一束頭髮、一部帛書《論語》。他很納悶，通讀了一遍，並沒有什麼稀奇。只是讀到最後一章，見空白處歪歪斜斜寫著幾個字：

永思吾妻
永念吾兒
郭安世

字跡稚拙，如同孩童所寫，但看文句和落款，又似是郭家先祖。郭梵從未見過祖父，幼時曾問過祖母和父親，但他們頓時沉下臉，不許自己多嘴，他也就再未敢問過。現在聽到「硃安世」這個名字，他又猛然想起一件事：父親教他習字，寫到「硃」字，總要缺一撇，他後來發覺，問過父親，父親說這是避諱，紀念一位先人。至於哪位先人，父親卻不說。

郭梵正在思憶，那老漢擦乾眼淚，顫巍巍站起身，來到郭梵案前，跪了下來：「大人，孔壁古文《論語》真的是假的，你是博士弟子，求你把這件事告訴別的博士、儒生，讓天下人都知道這件事。」說著，老漢咚咚咚磕起頭來。

郭梵忙站起身，勸止道：「老人家，萬莫這樣！」

老人眼中又流下濁淚，哀求道：「你若是不答應，我就磕到死，我已經活不了多久，這事若是傳不出去，我就是死了做鬼，也不得安寧！」

郭梵不知道該如何對答，但祖母、父親一直教他敬老憐貧，他忙扶起老人，含糊答應道：「好，到了長安，我盡力而為。」

老漢重又俯身跪下，重重叩頭：「感謝恩公，感謝恩公……」

郭梵連番勸止，老漢才爬起來，滿口仍在道謝，弓著背，告別而去。

郭梵站在門邊，望著老漢蒼老背影，心中惶惑：看老人言語真切悲痛，父親又藏著那帛書《論語》，此事難道是真的？但無憑無據，自己又好不容易得選博士弟子，貿然向人說這事，不但要遭人恥笑，恐怕還會斷送仕進之途㉛……

思忖良久，他啞然失笑：就算真的又如何？不過是一部書而已，何況已經消亡？

於是，他回身進屋歇息，獨坐片刻，心裏終還是放不下，又從囊中取出父親所藏的那部帛書《論語》，點燈誦讀。讀至其中一段對話，心中一動，不由得抬起頭，望著窗外蒼茫暮色、怔怔出神——

「於汝安乎？」

「安。」

「汝安，則為之。」㉜

㉛郭梵：遊俠郭解之曾孫，後官至蜀郡太守。參見《後漢書・郭汲傳》。

㉜見《論語・陽貨第十七》。

西漢末年，帝師張禹（？—前五年）根據《魯論語》，參照《齊論語》，重新編定《論語》，號為《張侯論》，為儒生尊奉，風行於世，《齊論語》、《古論語》大半失傳；

東漢末年，經學大師鄭玄（一二七—二〇〇）以《魯論語》為底本，參考《齊論語》、《古論語》，編校《論語注》，世稱「鄭玄本」，三家差別就此泯滅；

三國時期，何晏（一九〇—二四九）等人著《論語集解》，為漢以來《論語》集大成著作，是現傳最古《論語》完整注本……

本文故事基於推測
歷史真相有待考證

二〇一〇年十一月十一日

國家圖書館出版品預行編目資料

人皮論語／冶文彪著. -- 一版. -- 臺北市：
大地, 2011. 07
冊： 公分. --（History：41-42）
ISBN 978-986-6451-29-4（上冊；平裝）, --
ISBN 978-986-6451-30-0（下冊；平裝）

857.7 100012245

人皮論語（下）

HISTORY 042

作者	冶文彪
發行人	吳錫清
創辦人	姚宜瑛
主編	陳玟玟
出版者	大地出版社有限公司
社址	114台北市內湖區瑞光路358巷38弄36號4樓之2
劃撥帳號	50031946（戶名：大地出版社有限公司）
電話	02-26277749
傳真	02-26270895
E-mail	vastplai@ms45.hinet.net
網址	www.vastplain.com.tw
美術設計	華藝數位股份有限公司
印刷者	普林特斯資訊股份有限公司
一版一刷	2011年7月

大地

定　價：250元

九十九年度數位出版產業創新應用典範體系計畫補助出版